DIE 218

Dorothea Kleine

Paula, liebe Paula

DAS NEUE BERLIN

Die Krimi-Reihe »Delikte – Indizien – Ermittlungen« erscheint im Verlag Das Neue Berlin seit 1970.

Figuren und Handlung sind frei erfunden. Ähnlichkeiten mit lebenden oder toten Personen sind zufällig.

ISBN 3-360-01218-6

1. Auflage

Rosa-Luxemburg-Str. 39, 10178 Berlin
Umschlag- und Reihengestaltung: Matthias Gubig
Druck und Bindung: Ebner Ulm

I

Der Mann war gegangen. Paula Riemkoff stand an der Tür, lauschte seinen Schritten nach, hörte das dezente Surren des Fahrstuhls. Fauler Hund, dachte sie, kann nicht einmal zwei Treppen laufen.

Sie löste sich von ihrem Horchposten, ging ins Wohnzimmer zurück, rief in der Praxis ihrer Tochter an. Als die Sprechstundenhilfe sich meldete, wurde ihre Stimme leise und schleppend. Die Sprechstundenhilfe sagte. »Tut mir leid, ich kann Frau Doktor jetzt nicht stören.«

»Es geht um Leben und Tod«, wisperte Paula, »bitte sagen Sie das meiner Tochter.«

Mit Genugtuung nahm sie das Erschrecken der Schwester wahr. Sie ging zum Fenster, sah hinaus, sollte sie sich da hinunterstürzen? Zum ersten Mal seit fünfundzwanzig Jahren betrachtete sie den Garten unter diesem extravaganten Aspekt. Sie fiele in blühenden Jasmin. Welch eine Tragik. »Tod im Jasmin« – das wäre doch mal eine Schlagzeile. Wenn der Tod nur nicht so endgültig wäre. Sie verwarf diese Variante, die zur Lösung ihres Problems hätte beitragen können. Sie war ihrem Wesen ohnehin fremd.

Im Musikzimmer hingen, einer Galerie gleich, Fotos in beträchtlicher Größe. Hier verbrachte Paula jeden Morgen in einer Art Andacht. Die Fotos waren simple Zeugen ihrer glücklichsten Zeit. Paula, die Tänzerin, Paula in ihren Rollen als Giselle, Dornröschen, schwarzer Schwan. Was war sie doch für eine Schönheit gewesen. Ihre Beine, lang und schlank, waren der schönste Teil ihres Körpers. Einem plötzlichen Impuls folgend, hob sie, misstrauisch geworden, den Rock, musterte verwirrt ihre Beine. Dass die Beine einer Frau im Alter dicker würden, hatte sie murrend zur Kenntnis genommen, aber dass sie auch kürzer würden, empfand sie als eine Infamie der Schicksals. Es war die zweite Beunruhigung an diesen Vormittag. Man sollte sich keine alten Fotos ansehen oder nur von Leuten, die man nicht leiden konnte. Paula liebte Katastrophen, liebte es, wenn Regeln außer Kraft traten, Gesetze aufgehoben, Rituale lächerlich wurden. Ihr stand nun eine ganz persönliche Katastrophe bevor. Sie dachte darüber nach, welchen Reiz sie ihr abgewinnen konnte. Sie ging erst einmal in die Küche, brühte Kaffee, trug das Tablett in das Balkonzimmer. Es klingelte. Katharina kam, blass, abgehetzt, das Gesicht vor Angst entstellt. »Was ist los, Mutter? Bist du krank?«

»Setz dich, Mädel«, sagte Paula, »ich hole dir eine Tasse.«

»Du sagst, es ginge um Leben und Tod. Ich lasse meine Patienten sitzen, rase hierher, du knabberst, verdammt nochmal, Nussecken.«

»Ich geb dir meine Chipkarte, dann rechnest du das als Hausbesuch bei der Kasse ab.«

Katharina war dem mörderischen Charme ihrer Mutter nicht gewachsen. Sie setzte sich, ließ sich

Kaffee einschenken. Wartete. Paula sah an ihr vorbei zum Fenster. »Ich werde bedroht«, sagte Paula mit Grabesstimme.

»Von wem?«

»Von einem Rechtsanwalt, sein Lakai ist eben gegangen. Der Anwalt ist ein gewisser«, sie zog die Visitenkarte aus der Tasche, »Maywitz.«

»Ach«, sagte Katharina, »Klaus Maywitz?«

»Kennst du ihn?«

»Ich habe von ihm gehört.«

»Rede mit ihm. Er kann mich doch nicht einfach raussetzen.«

»Von einer Patientin weiß ich, dass er die Restitutionsansprüche einer Erbengemeinschaft vertritt. Es geht um ein Stück Land, draußen bei uns in Klein Wulkow.«

»Restitutionsansprüche, was für ein hinterhältiges Wort.«

Katharina trank Kaffee, um die Mutter nicht zu kränken. »Was hast du mit Maywitz zu tun, hast du was ausgefressen?«

Paula entrüstete sich. »Kannst du dich vielleicht einer Umgangssprache bedienen, die deiner akademischen Bildung entspricht.«

»Tanz nicht wie eine Katze um den heißen Brei, Mutter. Irgendetwas hat du doch auf dem Kerbholz.«

»Also gut, ich will es dir sagen. Ich soll einen Offenbarungseid leisten oder ins Gefängnis.«

»Wieso denn das?«

»Ich habe Schulden.« Paula wartete auf die Wirkung.

Katharina lachte. »In unserer neuen Gesellschaft gehören Schulden zum positiven Image. Wer keine Schulden hat, hat auch kein Geld.«

»Mietschulden.« Paula zog das hässliche Wort ungebührlich in die Länge.

»Großer Gott, Mutter, wieviel?« fragte Katharina.

»Kann ich nicht sagen, deine gute Laune wäre gleich dahin.«

»Ich habe keine gute Laune, also, wieviel?«

»Zehntausend.«

»Bezahl sie ganz einfach.«

Paula streckte sich, machte eine ihrer unnachahmlichen eitlen Gesten. »Geld, Geld, alle denken nur ans Geld. Ich habe kein Geld.«

»Was hast du denn mit Vaters Erbe gemacht?«

Paula zierte sich, zupfte sich eine Locke in die Stirn. »Es wurde Opfer der apokalyptischen Reiter.«

»Die heißen mit bügerlichen Namen Dior, Chanel und Genossen.« Katharina stand auf. »Ich muss jetzt gehen.«

»Sie werden mich einsperren.« Paula jammerte.

»Ich besuche dich im Knast.«

»Andere Kinder machen ihren Eltern nur Freude.«

»Mutter, meine Patienten warten. Franz wird einen Ausweg finden.«

»Ich kann deinen Mann nicht leiden.«

»Er dich auch nicht.«

»Ist das nicht eine Tragödie von antiker Größe?« Paula rang gekonnt die Hände.

»Ach was, es reicht nicht einmal fürs Millowitsch-Theater.«

»Kinder haften für ihre Eltern, ist das nicht so?«

»Das könnte dir so passen.« Katharina war schon an der Tür. »Meine Patienten warten.«

Paula hielt die Tochter zurück. »Was ich dich noch fragen wollte, werden die Beine einer Frau im Alter kürzer?«

Katharina drehte sich noch einmal um. »Sag mal, bist du sicher, dass du meine leibliche Mutter bist?«

II

Katharina war eine stille dunkle Schönheit. Sie konnte mühelos lachen und war allgemein beliebt. Der melancholische Ton ihrer Stimme verlieh ihr eine besondere Note. Man sagte von ihr, sie sei eine der wenigen Ärzte, die sich mit ihren Patienten noch unterhielten. Man sagte auch von ihr, sie sei eine starke Frau. Vielleicht stimmte das sogar. Zwar tat sie, als könnte sie der Mutter widerstehen, doch in ihrer Gegenwart verwandelte sie sich in das kleine Mädchen, das von Paula theatralisch auf das Leben vorbereitet worden war.

Sie begriff die Mutter nicht, ihre Überaktivität, ihre nahezu pathologische Unbekümmertheit, und dass sie annahm, die Welt regle sich nach ihren Gesetzen. Katharina hatte für sich längst entdeckt, dass Anpassung das grundlegende Gesetz des Menschen ist. Mochte es ein unanständiges Gesetz sein, es war das einzige, das dem Menschen ein ruhiges Leben sicherte. Für Paula dagegen war Anpassung der Verrat an sich selbst.

Dass Paula nun wieder in Schwierigkeiten steckte, empfand Katharina als die logische Folge ihrer teils sentimentalen, teils aufsässigen Lebensweise. Sie spürte, sie würde der Mutter nicht helfen können, wenn nicht auch Franz, ihr Mann, dazu bereit war.

An diesem Tag beeilte sich Katharina, schnell nach Hause zu kommen. Sie hatte Angst vor der Unterredung, fürchtete, Franz könnte die Mutter infantil nennen und seine Hilfe verweigern. Das hätte sie nicht ertragen. Nicht alles ließ sich über den Verstand regeln.

Franz Lenau war Journalist, sein Alter war schwer zu schätzen. Obwohl er recht jugendlich wirkte, sah man ihm an, dass er sich forsch auf die Fünfundvierzig zu bewegte. Er war, alles in allem, ein zufriedener Erdenbürger.

Katharina fand ihn an seinem Schreibtisch. Sie hatte vorgehabt, mit ihm über die Mutter zu reden. Der Zeitpunkt schien nicht günstig zu sein. Sie fragte: »Ob Jochen den Anwalt Maywitz kennt?«

»Sicher, warum?«

»Später«, sagte sie, »ich kümmere mich jetzt um das Essen. In einer Stunde ist Jochen da.«

Jochen Feldmann, ein Jugendfreund Lenaus, war Kriminalist, hatte es zum Oberkommissar gebracht. Katharina hoffte, er würde Maywitz kennen, obwohl ihr das auch nicht weiter half. Sie hätte allerdings gewusst, mit wem sie es zu tun haben würde.

Katharina und ihr Mann freuten sich auf den Besuch. Jochen war unkompliziert, sensibel, heiter und immer noch ledig.

Als er dann da war, fragte Katharina: »Was ist der Maywitz für einer? Kennst du ihn?«

»Gute Manieren, Maßanzüge, intelligent, war einst in Potsdam zu Hause, ging 82 in den Westen, nach München, glaube ich, stieg in eine große Kanzlei ein, machte Karriere. Ein richtig guter Wessi also.«

»Guter Anwalt?«

»Gerissen und unerbittlich. Tritt er euch auf die Füße?«

»Nein«, sagte Katharina unentschlossen, »Mutter hat mit ihm zu tun.«

Sie deckte den Tisch. Es gab Hecht, gedünstet in Weißwein, mit saurer Sahne und Schalotten. Als Nachtisch servierte sie bittere Schokoladentorte mit Sahne.

»O Mann«, sagte Feldmann, »warum habe ich dir

Katharina nicht ausgespannt, eine unverzeihliche Schlappheit. Ob ich es jetzt noch versuche?«

Sie lachten. Nach jedem Essen, das Katharina zubereitet hatte, überbot sich Feldmann in hymnischen Bemerkungen. Katharina war Frau genug, sich über Feldmanns Komplimente zu freuen. Auch wenn er sie stereotyp wiederholte.

Es war Mitternacht. Feldmann war gegangen. »Das Haus, in dem Mutter wohnt, wird übrigens von Maywitz verwaltet.«

»Er hat es ordentlich sanieren lassen. Der Mann hat Geschmack.«

»Er will Mutter exmittieren.«

»Ist der Kerl verrückt?«

»Sie hat keine Miete bezahlt.« Katharina erzählte vorsichtig, ein wenig ängstlich, als fürchtete sie die Wirkung ihrer Worte

»Ich hatte gehofft, sie würde eines Tages vernünftig.«

»Eigentlich ist sie zu beneiden«, sagte Katharina mit gewohnter Milde, »sie schwebt ein bisschen über dem Boden, ist dem Himmel etwas näher.«

»Aber nur Gespenster zahlen keine Miete.«

»Schlaflose Nächte hat sie deswegen nicht.«

»Aber wir«, brummte Lenau, »und, was machen wir jetzt?«

»Ich weiß es nicht«, antwortete Katharina, aber das stimmte nicht. Ihr Haus war zu groß für zwei Personen. Als sie nach dem Unfalltod ihrer Schwiegereltern in das Haus am See zogen, hatten sie die Idee, die Arztpraxis darin einzurichten. Sie verwarfen den Plan. Wer von ihren Patienten wäre bereit gewesen, vierzig Minuten Autofahrt auf sich zu nehmen. Die Buslinie nach Klein Wulkow war längst eingestellt worden.

Im Obergeschoss standen zwei Zimmer leer. Mit der Mutter unter einem Dach zu leben bedeutete allerdings, dass das vegetative Nervensystem permanent auf Hochtouren liefe. Das bedeutete auch, dass sie sich der Mutter anzupassen hätten, wenn es nicht zu kriegerischen Auseinandersetzungen kommen sollte. Dass Paula sich fügen könnte, damit war nicht zu rechnen.

Katharina war gar nicht sicher, ob Paula überhaupt bereit war, ihre Vier-Zimmer-Wohnung aufzugeben. Man würde ihr Angst machen müssen. Ein Gefühl, das Paula unbekannt war. Der Mutter weh zu tun war Katharina ein unerträglicher Gedanke.

Plötzlich sagte Lenau: »Wozu braucht Paula eigentlich vier Zimmer? Kann man ihr nicht schonend beibringen, dass man auch in zwei Zimmern leben kann?«

Da wusste Katharina, dass er sich in das Unvermeidliche gefügt hatte. Sie umarmte ihn. »Sprichst du mit ihr?«

»Das werde ich tun, und ich werde mich bis zur Unkenntlichkeit zurücknehmen.«

Katharina brachte die Diskussion schließlich auf den entscheidenden Punkt »Es ist schließlich die Mutter.«

»Dankbarkeit«, erwiderte Lenau, »ist eine vergessene Kategorie.«

III

Das Haus, in dem Paula Riemkoff wohnte, glich einem kleinen, erträumten Barockschlösschen. Es war am Rande des Goethe-Parks gelegen, inmitten von Blumenrabatten, Jasminsträuchern und alten Edeltannen. Franz Lenau stand vor dem Haus mit einem Gefühl, als würde sich in den nächsten Minuten sein Schicksal entscheiden.

Paula begrüßte ihren Schwiegersohn mit zerstreuter Freundlichkeit.

»Du kriegst eine Glatze, mein Junge. Mach was dagegen.«

»Du siehst gut aus«, sagte Lenau leicht gereizt. Er wusste selbst, dass sein Kopf einer abgegrasten Weide glich. »Es gibt drei Etappen im Leben einer Frau«, sagte Paula gelangweilt, »die Jungmädchenjahre, die mittleren Jahre und du siehst gut aus.«

Sie lachte. »Komplimente sind nicht gerade deine Stärke, was, mein Junge. Du kommst mir gerade recht, ich brauche dringend deinen Rat.«

Lenau setzte sich. »Ich weiß Bescheid. Katharina hat mir alles erzählt.«

Paula lächelte nachsichtig. »Ich schreibe ein Gedicht, mir fehlt ein Wort, es soll gefühlvoll, keinesfalls sentimental sein. Ich les dir den Anfang vor.«

»Um Himmels willen«, rief Lenau, »verschone mich. Du steckst bis zur Halskrause im Dreck und schreibst Gedichte, eine bemerkenswerte Leistung.«

»Ändert es meine Lage, wenn ich kein Gedicht schreibe?« Sie machte eine weite Geste zu ihrer Fotogalerie hin. »Wer kann angesichts von so viel Harmonie an Geld denken.«

Lenau wurde ärgerlich. »Paula, liebe Paula, man will dich aus der Wohnung treiben, hast du denn das nicht begriffen.«

»Vor den Jahrhundertwerken der Kunst verblasst jedes Problem.« Sie sagte es ein wenig vorwurfsvoll.

»Du sprichst von deinem Gedicht?«, fragte Lenau und hatte Mühe, sich zu beherrschen und nicht loszulachen.

»Ich mache uns einen schönen starken Kaffee.

Du siehst aus, als könntest du ihn gebrauchen.« Sie tänzelte beschwingt zur Küche, drehte sich in der Tür um. »Halskrausen sind seit Maria Stuart nicht mehr modern, das solltest du wissen, mein Junge.«

Lenau rief ihr hinterher: »Ich überlege, ob ich dir nicht den Hals umdrehen soll.«

Paula brachte den Kaffee. »Es müsste ein Fundbüro für verlorene Wörter geben, für verlorene Regenschirme gibt es das ja auch.«

Lenau hatte sich vorgenommen, sanft und rücksichtsvoll zu ihr zu sein. Ihre Verrücktheiten machten ihn rabiat. Er vergaß, dass er Katharina versprochen hatte, lieb zu sein. »Hör auf mit deinem Unsinn«, fuhr er sie an, »es gibt keinen Ausweg, du musst zu uns ziehen.«

»Dein Ton gefällt mir nicht«, sagte sie. »Die Jugend von heute bedient sich allzu bedenkenlos des kategorischen Imperativs.«

»Wir bieten dir zwei Zimmer, Balkon, gute Behandlung und einen schönen Blick auf den See. Außerdem verspreche ich dir, mich im Gebrauch des kategorischen Imperativs zu mäßigen sowie die Modetrends der Zeit um Maria Stuart fleißig zu studieren.«

»Und wer garantiert mir meine Freiheit?«

»Freiheit, das sagt schon der alte Engels, ist die Einsicht in die Notwendigkeit.«

»Ich wollte eigentlich eine neue Karriere beginnen.«

»An was dachtest du?«

»Eine Schule für gutes Benehmen, mit Unterricht im klassischem Tanz. Ich könnte auch ein Restaurant für Feinschmecker aufmachen.«

»Du kannst doch gar nicht kochen«, gab Lenau zu bedenken.

Das war für Paula kein stichhaltiges Argument. »Ich könnte aber auch dicke, unverständliche

Bücher umschreiben. Wer liest heute noch tausend Seiten Thomas Mann, *Josef und seine Brüder* beispielsweise. Ich mach eine verständliche Kurzfassung. Was meinst du? Glaubst du, dass ich Chancen hätte? Mit der Bibel ist es ähnlich. Ich könnte sie überschaubarer machen. Na, ist das eine Idee?«

»Aus der Bibel Sprichwörter machen, so für den täglichen Gebrauch. Ich glaube, darauf ist noch keiner gekommen.«

»Dann bleibt mir nichts anders übrig, als meine Fahrerlaubnis zu machen und mir ein Auto zu kaufen.«

»Doch kein Auto, liebe Paula, wir bauen einen Landeplatz und kaufen dir ein Flugzeug.«

Sie sah ihn zweifelnd an. »Na, ich weiß nicht. Sind das nicht nur leere Versprechungen.«

Paula war eigensinnig, lebte in einer Welt, die sie sich selbst geschaffen hatte. Zu den Koordinaten ihres Lebens gehörte die Tochter, nicht aber Franz, der Schwiegersohn.

Sie hatte sich einen anderen Mann für Katharina gewünscht, einen, mit dem sie angeben konnte, einen, der Kinder zu zeugen verstand. Dass die Ehe immer noch kinderlos war, lastete sie ihm an.

Am Tage von Katharinas Hochzeit hatte sie sich vorgenommen, Franz Lenau umzubringen. Sie musste zugeben, dass es nicht die landesübliche Art war, einen Menschen loszuwerden, den man nicht leiden konnte. Doch darüber gedachte sie sich hinwegzusetzen. Sie war selbstgefällig genug zu glauben, ihre Probleme auf ihre Art lösen zu können. Aus Kriminalromanen, aber auch aus einem natürlichen Empfinden für Recht und Ordnung, wusste sie, dass diese Art der Selbstbetätigung nicht sehr geschätzt wurde. Und dass, wenn es raus käme, ihr eine düstere Zeit bevorstand.

Diese durchaus lobenswerte Erkenntnis hielt sie jedoch nicht davon ab, ihrem Traum nachzuhängen. Niemand würde auf die Idee kommen, dass sie, die ehrenwerte Paula Riemkoff, einst Tänzerin am Stadttheater, Witwe des gleichfalls ehrenwerten Veterinärmediziners Wolfgang Riemkoff, etwas mit dem ebenso frühen wie tragischen Tod des Journalisten Franz Lenau zu tun haben könnte. Wann sie und wie sie ihr Vorhaben in die Tat umsetzen würde, war ungewiss. Durch einen Zufall, den sie als glücklich bezeichnete, erfuhr sie, dass nur eine Wanne aus Gusseisen den gewünschten Erfolg bringen konnte. Wannen aus Plaste, wie sie in der DDR hergestellt worden waren, taugten nicht für ihre Unternehmung. Dass sie dies erfuhr, wertete sie als indirekte Ermunterung. Dass ihr Vorhaben leicht sein würde, damit rechnete sie nicht. Franz Lenau stand in der Blüte seiner Jahre und erfreute sich bester Gesundheit.

Etwas in ihr sagte ihr, dass sie, falls sie zur Tat schreiten sollte, doch auf die Hinterlassenschaft zurückgreifen müsste. In einem Schrank, der sich auf dem Boden befand, waren zahlreiche Medikamente, die ihr Verblichener kranken Tieren verordnet hatte. Sie kannte sich darin zwar nicht aus, aber sie war sicher, das Richtige zu finden.

IV

Paula inspizierte das Dorf, das sie lange nicht gesehen hatte, und von dem sie argwöhnte, dass es ihre Verbannung würde. Über das gewölbte Kopfsteinpflaster der Dorfstraße war eine gefällige Asphaltdecke gezogen. Scheunen und Kuhställe waren zu Ferienwohnungen umgebaut, in den Höfen keine Misthaufen, keine Hundehütten, statt dessen Blumenrabatten, Rasen, dem Paula bedenkenlos das Prädikat »englisch« gegeben hätte, bunte Sonnenschirme, weiße Gartenmöbel. Statt der unwirschen Hofhunde lümmelten Schoßhündchen arrogant im Garten. Paula hoffte, eine Kuh würde brüllen, ein Schwein grunzen, Hähne krähen. Nichts von all dem, ein Wiener Walzer tönte aus weit geöffneten Fenstern, auch Rockmusik und Schmuselieder. Am Hoftor der Fischer warben Tafeln um Kunden, Aal wurde angeboten, Hecht, Barsch, Zander. Der Konsum war verschwunden, die Post war verschwunden, das Gemeindebüro. Aus den Bauernhäusern waren Möchtegern-Villen geworden. Sie zählte mehr Autos als Kinder.

Der Luisensee war schön wie immer, der Ostwind kräuselte das Wasser, die Sonne übergoss es mit glitzerndem Gold. Paula überlegte, welche Note sie Klein Wulkow geben sollte, war unentschieden, nahm sich vor, damit zu warten.

Paula stand am Ufer, beobachtete missbilligend die Fischer, die wehrlose Fische in vollen Netzen in ihre Boote zogen. Sie fasste den ebenso schnellen wie kühnen Plan, eine Bürgerbewegung ins Leben zu rufen, die es den Fischern verbieten sollte, unschuldige kleine Lebewesen aus ihrem Element zu vertreiben. Was Vertreibung bedeutete, wusste sie. Ein Schwanenpaar zog vorüber, lenkte sie von ihren rebellischen Gedanken ab. Die stolzen Schwäne würdigten sie keines Blickes. Das, fand sie, war ungerecht. Fühlte sie sich doch gerade mit diesen Vögeln besonders innig verbunden. Mit welcher Hingabe hatte sie die Rolle des kleinen Schwans getanzt, so, als wäre sie selbst ein Schwan. Noch bis vor wenigen Wochen war der Schwan für sie eine Kunstfigur. Nun aber musste sie sich beschämt eingestehen, dass die wirklichen Schwäne graziöser, geheimnisvoller waren, als sie es je auf der Bühne darzustellen in der Lage gewesen war.

In diesem überaus seltenen Moment, in dem Paula Riemkoff vorsichtig zur kritischen Selbstbetrachtung ansetzte, trat ein Mann an ihre Seite. höhensonnengebräunt. Sein Haar war schwarz, wirkungsvoll grau durchzogen, wie die elegante Mode es vorschrieb. Dem schneidet kein gewöhnlicher Frisör die Haare, an diesem Kopf arbeitet ein Coiffeur, stellte Paula mit dem geübten Blick einer lang gedienten Künstlerin fest. Und er lässt sich von Valentino anziehen. Die Schuhe, italienische Edeltreter, waren, obwohl ein wenig schlammverschmiert, von feiner Machart. Ein Geldmensch, dachte Paula, Geld macht sinnlich und anmutig, es erhöht die Beliebtheit und die Anziehungskraft. Die Art, wie er an das Ufer getreten war, allerdings missfiel Paula. Er tat, als gehörte ihm die Luft, das Wasser, das junge Grün der Birken. Der Mann betrachtete den goldenen See nicht wie ein Stadtmensch, eher wie ein Makler, der ein Objekt zu begutachten hat.

Paula platzte vor Neugier. Zurückhaltung war ohnehin nicht ihre Stärke. Sie sprach ihn an. »Wollen Sie sich hineinstürzen? Ich kann nicht schwimmen. Bevor Hilfe kommt, sind Sie abgesoffen.«

Der Mann sah sie ebenso neugierig wie herablassend an. »Das sind ja nette Aussichten.«

»Wasserleichen sind nicht sehr ansehnlich.«

»Ich kann schwimmen«, erwiderte der Mann. In seinen Ton war keine Dankbarkeit.

»Aber Sie tun es nicht.« Paula sah etwas pikiert auf den Bauch, der sich unter seinem Sakko leicht wölbte.

»Mögen Sie diese märkische Landschaft, Sand, Kiefern, Schilf, alles flach wie eine Tischplatte?«, fragte er.

»Als ob es von Bedeutung wäre, was mir gefällt. Mich fragt doch keiner.«

»Kann ich mir nicht vorstellen. Sie sehen nicht aus wie eine schüchterne Handarbeitslehrerin.«

»Sondern?«

»Wie eine rabiate Hausfrau.«

Paula nahm ihren berühmten spitzen Ton an, der zwischen Arroganz und Belehrung schwankte. »Ich bin Künstlerin, beuge mich keiner Macht, nur der des Geldes. Sie wissen doch, was das ist, Geld?«

Der Mann grinste. »In etwa.«

»Geld ist die eigentliche, die wirkliche Freiheit«, sagte Paula.

»Aber, aber, was für eine fatalistische Einstellung.«

Paula lachte unmelodisch. »Sind Sie Regierungssprecher?«

»Gott bewahre.«

»Dann, mein Guter, befinden sich noch im Zustand politischer Unschuld, haben noch Illusionen.«

»Was ist eine Illusion gegen eine Aktie von Daimler-Chrysler.« Er grinste friedfertig, zog eine Zigarette aus dem Etui. Paula erwartete, dass auch das Feuerzeug aus Gold war. Sie wurde nicht enttäuscht.

»Wer sind Sie«, fragte Paula, »der liebe Gott?«

»Sie haben es erraten. Ich bin das, was ich sein will.«

»Das haben Genies und Scharlatane so an sich.«

»Unser Leben vollzieht sich in Wellenbewegungen«, erwiderte er ungenau.

»Heutzutage«, sagte Paula in ihrem arrogant-philosophischen Ton, »sind Gentleman und Zuhälter kaum noch auseinander zu halten. Der Zuhälter liest Homer, der Gentleman zahlt mit gefälschten Schecks und prügelt seine Kinder.«

Der Fremde sagte, seine Stimme nahm melancholische Lakonie an: »Ja, ja, die Welt ist schlecht. Das Leben wäre sonst zu langweilig.«

In diesem Moment überkam Paula der Wunsch, den Mann ein bisschen ins morastige Wasser zu stoßen. »Alle Nieten«, sagte sie, »halten sich für den Hauptgewinn.«

»O Madonna«, rief der Fremde. »Was sind Sie doch für ein schreckliches Weib.«

Paula lachte, sie hörte so etwas gern. »Sie sind auch nur als Einzelausgabe zu ertragen.« Er war nicht gekränkt. Er gefiel ihr, war nicht zimperlich, schlagfertig und nicht ohne Charme.

Plötzlich sah er zur Uhr. »Großer Gott«, sagte er mit veränderter Stimme, »ich hätte längst weg sein müssen.« Er grüßte ohne Wärme, drehte sich um und ging. Paula sah ihm nach, lange. Er überquerte die kleine Wiese, verschwand zwischen den Wohnwagen und Zelten, tauchte in der Gasse wieder auf, die zur Dorfstraße führte. Dort, vermutete Paula, hatte er seinen Wagen abgestellt. Sie hätte gern gewusst, was für einen Schlitten er fuhr und wo er zugelassen war. Sie wollte ihm nachgehen, besiegte ihre Kleinmädchen-Neugier.

V

Aus einem Grund, den sie sich nicht erklären konnte, erzählte sie zu Hause nichts von ihrer Bekanntschaft und ihrem bühnenreifen Auftritt. Vielleicht war die gespannte Stimmung schuld. Es dauerte eine Weile, bis sie begriff, dass sich die Gereiztheit nicht gegen sie richtete. Es war etwas geschehen, wovon sie, Paula, nichts wissen sollte. Sie überlegte, ob sie sich damit zufrieden geben sollte.

Es gab Spargelsuppe und Spargelgemüse. Sie sagte launig. »Gibt es heut auch Spargelpudding?«

»Die Leute aus dem Dorf haben uns den Spargel gebracht«, sagte Katharina.

»Einfach so?«, fragte Paula.

»Spargel ist gesund.«

»Die Leute schenken euch Spargel, bringen ihn auch noch ins Haus?«

Katharina sah ihren Mann an. Er tat unbeteiligt. Endlich sagte Katharina: »Eine Art Honorar. Ein paar Dorfbewohner wollen, dass Franz über ihre Probleme schreibt.«

»Gibt es denn Probleme? Ich dachte immer, die Leute halten Dankgottesdienste ab.«

»Ach Paula«, sagte Lenau, »du hast Nerven. Du kennst doch Anwalt Maywitz, er will das Land, auf das jene Erbengemeinschaft Anspruch erhebt, einklagen. Die ehemaligen Neusiedler sind unsicher, wissen nicht, wie sie sich verhalten sollen.«

»Ich kenne diesen Maywitz nicht. Er hat seinen Vasallen zu mir geschickt.«

Paula begann sich für den Vorgang in einer Weise zu interessieren, wie Lenau es von ihr nicht erwartet hatte.

Er hielt sie für oberflächlich und egozentrisch, hatte gedacht, sie würde mit wohlwollender Zerstreutheit oder einem unpassenden Klassikerzitat über die Sache hinweggehen, bestrebt, keine ernsthaften Probleme an sich herankommen zu lassen. Nun freute er sich, sagte fast liebevoll: »Maywitz interessiert sich für alle, die damals Land aus der Bodenreform bekommen haben. Die Leute haben Angst, wissen, wie leicht man sie vertreiben kann.«

»Kann man den Leuten wirklich alles wegnehmen?«

»Natürlich nicht.«

»Von einer SPD-Regierung wird man doch nichts zu befürchten haben.«

»Ich weiß nicht«, sagte Katharina, »sicher bin ich nicht.«

Lenau schwieg, wollte Katharina nicht beunruhigen, auch Paula tat ihm leid. Sie fühlte sich aus ihrer Wohnung vertrieben, nun drohte Gleiches auch hier. Was dann kam, war das Altersheim. Sie schwiegen. Plötzlich sagte Paula. »Kann man mit Maywitz nicht reden?«

»Er versteht unsere Sprache nicht.«

»Dann rede ich mit ihm!«, rief Paula mit kämpferisch leuchtenden Augen.

»Das Dorf sollte sich gegen ihn zusammen tun«, sagte Katharina. Glaubte selbst nicht daran, was sie sagte.

»Das Dorf, das Dorf«, sagte Lenau , »existiert nicht mehr als Gemeinschaft. Wir treffen uns heute Abend in der Kneipe. Die Leute werden ihren Kummer im Bier ertränken. Es kommt nichts dabei raus.«

Katharina räumte den Tisch ab, spülte das Geschirr. Dann setzten sie sich auf die Terrasse, redeten leise miteinander, als könnten sie sich nicht mehr frei bewegen. Sie wiederholten die immer gleichen Fragen, Antworten, Argumente. Sie wollten auch nicht schlafen gehen, bevor Lenau nicht zurück war. Paula versuchte, die Tochter abzulenken. Es gelang ihr nicht, also schwieg sie, wunderte sich, dass sie in der Lage war, fast einen ganzen Abend lang stille zu sein.

Es war Mitternacht, als Lenau endlich kam. Er wirkte matt und niedergeschlagen, roch nach Bier und dem Qualm billigen Tabaks.

»Erzähl«, bat Katharina.

»Hast du gedacht, sie rüsten zum Sturm auf die Bastille?«, sagte Lenau.

»Wirst du den Artikel über Klein Wulkow schreiben?«, fragte Paula.

»Wen interessiert das? Es würde nicht gedruckt.«

VI

Paula gewöhnte sich an das Leben in der Einöde, wie sie Klein Wulkow ohne einen Anflug von Dankbarkeit nannte. Eine Weile befasste sie sich trotzig mit den zu erwartenden psychosomatischen Erkrankungen, die bei einem Menschen eintreten, der aus dem nichtigen Grund, nur weil er keine Miete gezahlt hatte, aus seiner Wohnung vertrieben wurde. Sie beobachtete sich mit stiller Feindseligkeit, streng, doch ohne Ausdauer. Keines der Symptome, die sie erwartet hatte, trat auf. Im Gegenteil, sie schlief ohne das geringste Narkotikum, aß mit bewunderungswürdigem Appetit respektable Mengen, buddelte mit steigendem Vergnügen im Garten, wobei sie mehr Schaden anrichtete als ein Maulwurf.

Ihr unerwartetes Wohlbefinden wertete sie als eine persönliche Niederlage. Notgedrungen fing sie an, die Natur zu entdecken, fand die Butterblume von sensationeller Schönheit, den Duft der Lupine erotischer als Chanel. Bald konnte sie eine Kiefer von einer Lärche unterscheiden, einen Storch von einem Reiher. Wofür sie sich von Katharina und dem Schwiegersohn feiern ließ. Sie freundete sich mit den Campern an, die am Ufer des Sees ihre Wohnwagen aufstellten, Fernsehschüsseln richteten, die Betten in die Sonne hängten. Für sie war alles neu, alles fremd, alles aufregend. Sie fühlte sich wie ein Astronom, der beglückt einen neuen Himmelskörper entdeckt. Wenn sie von ihren Streifzügen nach Hause kam, fiel sie Lenau mit ihren ausschweifenden Berichten auf die Nerven. »Paula«, sagte er, »du bist ein echter Härtetest.«

»Ihr hättet mir früher sagen können, wie erfreulich die Natur sein kann. Ihr habt sie mir vorenthalten.«

»Halt die Klappe, Paula, zehn Minuten mit dir an der frischen Luft, und du hattest einen Sauerstoffkollaps.«

Paula mokierte sich. »Deine Kinderstube lässt sehr zu wünschen übrig. Aber ich verzeih dir.«

»Die Natur hat dich, alte Raubkatze, in ein sanftes Mäuschen verwandelt.«

»Ach ja, die Natur«, schwärme sie, »weißt du, sie ist nicht so edel wie die Kunst, aber doch irgendwie echter.«

Lenau lachte. »Das stimmt, sie ist irgendwie echter.« Paula begriff sein Lachen nicht.

Die Unruhe, die sich im Dorf und auch im Haus bemerkbar machte, störte Paulas Harmoniebedürfnis. Sie wurde stiller, dachte über vieles nach, fühlte sich manchmal hilflos Das war ungewöhnlich, gehörte sie doch zu den bevorzugten Menschen, die mit sich selbst im Einklang lebten, was sich wohltuend auch auf den Schlaf auswirkte. Nun aber lag sie mitunter lange wach, überlegte, wie sie ihrer Tochter helfen konnte. Sie sollte ihr schönes Haus behalten. Sie redete sich ein, dass man in einem vernünftigen Gespräch alles regeln könnte. Und sie konnte sich nicht vorstellen, dass Maywitz ein Unmensch war. Er besaß Vernunft und Anstand. Sie nahm sich vor, mit ihm zu reden, vergaß, dass es üblich geworden war, Geschäfte und Gefühle auseinander zu halten. Ein wenig pathetisch dachte sie, dass die Sorgen einer Mutter um ihr Kind die edelsten Sorgen seien.

Am nächsten Morgen zog sie ihr hellblaues, eng geschnittenes Kostüm an, legte den Goldschmuck venezianischer Herkunft an und setzte zur Krönung den weißen Hut mit dem kleinen Schleier auf. Katharina war zum Zeitpunkt dieser Kostümierung schon aus dem Haus. Lenau saß über der Zeitung. Als sie die Treppe herunter kam, sah er auf, stutzte, lächelte. »Hast du ein Rendezvous?«, fragte er.

»Fährst du mich in die Stadt?«

»Wenn du unterwegs den Hut abnimmst.«

Paula ließ sich am Theater absetzen, log ihn an, sie wolle eine Freundin besuchen, die Probe habe. Als Lenau außer Sichtweite war, bog sie ab und stöckelte zur Post.

Sie wollte zu Maywitz, wusste nicht einmal, wo seine Kanzlei war. Seine Visitenkarte war das Opfer ihrer Rachsucht geworden. Sie hatte das unschuldige Kärtchen in winzige kleine Fetzen zerrissen. Auf der Post ereilte sie dann eine wirkungsvolle Ohnmacht. Die Anwaltskanzlei des Herrn Maywitz nämlich befand sich am Goethe-Park 35, also in ihrer alten Wohnung. Dieser krumme Hund, dachte Paula, er hat mich vertrieben, um sich selbst einzunisten. Hat die Mietschulden auflaufen lassen, mich nicht gewarnt, nicht gemahnt, mich einfach rausgeworfen. Zum ersten Mal in ihrem Leben bedauerte sie, nicht im mindesten bewaffnet zu sein. Wie gern hätte sie diesen hinterhältigen Knochen erschreckt. Obwohl ihr elegantes Kostüm, der teure weiße Hut sich nicht sonderlich für eine blutige Auseinandersetzung geeignet hätten. Und wer weiß, vielleicht war dieser Maywitz ein bemitleidenswerter, schmächtiger Mann. An so einem vergreift man sich nicht. Sie ordnete ihre animalischen Gelüste dort ein, wo sie hingehörten, in das Reich der unerfüllbaren Wünsche.

Auf dem Weg zum Goethe-Park flammten die zärtlichsten Gefühle für ihre kleine Stadt auf. Sie fragte sich, warum weiß man immer erst hinterher, wie glücklich man war. Sentimentalitäten konnte sie sich allerdings jetzt nicht leisten. Sie brauchte einen klaren Kopf. Wie sollte sie auftreten, aufgebracht, kalt, böse, drohend oder schwach und bittend?

Das leise Rauschen des Fahrstuhls weckte Träume in ihr. Der Spiegel in der dunkelbraunen Polsterung schien ihr zuzublinzeln, als hätte er sie wiedererkannt. Sie streichelte das Polster, sagte zum Fahrstuhl: »Alter Freund, ich ziehe in einen schweren Kampf.«

Die Sekretärin war jung, hübsch, von modischer Magerkeit. Paula dachte, zum Frühstück schnuppert sie den Duft frischer Brötchen, zum Abendbrot knabbert sie die Schale einer unbehandelten Zitrone. Die junge Dame war von professioneller Reserviertheit, betrachtete Paula allerdings mit unverhohlenem Respekt, sagte, Herr Maywitz sei beschäftigt, aber sie könne ihr einen Termin geben.

»Es ist privat und dringend«, sagte Paula hoheitsvoll und gleichsam verzeihend.

»Dann darf ich um Ihren Namen bitten?«

Paula nannte ihren Namen, als verkünde sie eine himmlische Botschaft. Die Sekretärin war beeindruckt. Dann tat sich die Tür auf, Paula trat ein, flammte vor Verlegenheit rot auf. Ihr entgegen kam der Mann, den sie am See kennen gelernt hatte.

Er streckte ihr die Hand entgegen. »Was für eine Überraschung«, sagte er, lächelte, es lag Herzlichkeit in seiner Stimme. Er freute sich über das unerwartete Wiedersehen. Paula dachte, das soll der Mann sein, der mich aus der Wohnung gejagt hat, der den Leuten in Klein Wulkow schlaflose Nächte bereitet? Nein, das ist der nicht. Der schubst doch keine kleinen Kinder in den Bach.

Maywitz betrachtete sie mit Wohlgefallen.

»Ihnen steht kein kleinbürgerlicher Chic, Sie sind eine Dame von Welt!« Er sagte es mit der Freude an liebenswürdiger Unverfrorenheit. Sie ärgerte sich. »Wenn schon bürgerlich, dann aber bitte nicht klein!« Sie hatte tapfer ihre Verwirrung niedergekämpft. »Ich freue mich, Sie wiederzusehen«, sagte sie.

»Wir sind doch fast alte Bekannte.« Er setzte sein schönstes Lächeln auf. »Sie wussten, wer ich bin?«

Sie lächelte verheißungsvoll. »Ja, ja, die Welt ist klein.« Sie sah sich im Zimmer um. »Was für ein herrlicher Raum, eigentlich doch mehr ein Wohnzimmer, hochherrschaftlich, versteht sich.«

Er stimmte ihr zu. »Das war es auch, hier wohnte eine alte Frau, aber die machte sich nichts aus einer so wundervollen Wohnung.«

Paula musste sich zurückhalten. »Warum nicht?«

»Nun, wer keine Miete zahlt, dem ist doch offensichtlich seine Wohnung egal!«

Paula schluckte heimlich, aber wütend eine Träne.

»Einen Kaffee?«, fragte er.

Paula hätte zugestimmt, selbst wenn er ihr kalten Teer angeboten hätte. Während er den Kaffee bestellte, sah sie sich im Zimmer um, verbot sich aber die Erinnerung an ihr ehemaliges Wohnzimmer, den sie hatte keine Zeit, ihr Herz bluten zu lassen. Sie wies auf den Schreibtisch. »Chippendale«, sagte sie. »Und was für ein Schreibzeug, Silber? Und diese Statue, ist das die Frau Gemahlin? Sie haben sie in Silber gießen lassen?«, fragte sie hinterhältig. »Passend zum Schreibzeug. Was für eine grandiose Idee.« Er verzichtete darauf zu erklären, um wen es sich bei der kleinen Statue handelte.

Die Begrüßungszeremonie war vorüber. Er sah kurz, wenn auch augenfällig zur Uhr. Mit einer leichten Spur von Ungeduld fragte er. »Was kann ich für Sie tun?« Er war ohne Übergang in einen unverbindlichen Geschäftston gefallen. Der schnelle Wechsel irritierte Paula. Seine Freundlichkeit ist dünn wie Spinnweben, dachte sie, o Gott, beinahe hätte ich sie ernst genommen. Plötzlich war ihr klar, wie töricht ihr Vorhaben war, wie einfältig zu glauben, er könne hilfreich sein oder einer menschlichen Regung folgen. Sie überlegte, wie sie sich aus der Affäre ziehen konnte. Es war unmöglich, ihm zu sagen, weshalb sie wirklich zu ihm gekommen war. Er hätte sie ohne Zögern verabschiedet. Sie brauchte Zeit, ihre Gedanken zu ordnen. Warum läutete jetzt nicht das Telefon, warum kam nicht die Sekretärin ins Zimmer gestöckelt? Paula glaubte an die göttliche Inspiration. Und tatsächlich, plötzlich hatte sie eine Idee. Sie machte nur einen Fehler, sie bedachte nicht die Folgen, die daraus entstehen konnten.

Sie nahm den Henkel ihrer Tasse graziös zwischen Daumen und Zeigefinger, wobei sie darauf achtete, dass die restlichen Finger sichtbar gespreizt waren, führte die Tasse anmutig zum Mund, sagte zwischen zwei kleinen, mehr angedeuteten Schlückchen: »Ich habe eine Freundin, einst eine bekannte Künstlerin. Weil sie keine Miete gezahlt hat, warf man sie aus ihrer Wohnung. Ist das nicht schrecklich?«

»Da hat sie ja noch Glück gehabt, Ihre Freundin, früher wurden solche Leute mit glühenden Zangen gezwickt.«

»Aber sie ist eine wunderbare Frau.«

»Auch wunderbare Frauen müssen zahlen. Jetzt wollen Sie meinen juristischen Rat?«

»Sie ist nach Klein Wulkow gezogen. Sie kennen ja das Dorf.«

Er nickte. »Ein kleines Nest mit einem schönen See.«

»Über diesen Ort und seine Verwandlung will ich schreiben.«

»Sind Sie denn Journalistin?«

»Nun ja«, sagte sie, und dabei ritt sie der Teufel, »ich bin das, was ich sein will.«

Er lachte. »Das sollen Genies und Scharlatane so an sich haben.«

»Unser Leben vollzieht sich in Wellenbewegungen.« Paula ahnte nicht, was sie da anrichtete. Noch fühlte sie sich unschlagbar.

»Sie haben ein gutes Gedächtnis.«

»Sie auch.« Paula dachte an ihre Tochter. Und dass sie ihr helfen musste.

»Wo soll der Artikel erscheinen?«

Auf diese hinterhältige Frage war Paula nicht gefasst, fing sich aber überraschend schnell. »Ich bin mit mehreren Zeitungen in Verhandlung. Wie gefiele Ihnen der *Spiegel?*«

»Die Bildzeitung für Intellektuelle, na ja, warum nicht.«

Paula hing noch immer ihrem Kinderglauben an, dass es eine sich selbst regulierende Gerechtigkeit gäbe. So gesehen, konnte nichts schief gehen. Sie wollte ihm zunächst mit freundlicher Unverfrorenheit begegnen. »Erzählen Sie, Herr Maywitz«, sagte sie, »was haben Sie in Klein Wulkow vor?«

»Vielleicht erst einen kleinen Whisky?«

»Ein Glas in der Hand ist ja so kleidsam.«

Er lächelte, fand sie offenbar ganz drollig, schenkte ein, warf Eisstücke hinterher. Sie nahm das Glas, ließ das Eis singen. »Es ist das schönste aller Geräusche.«

»Es kann Tote aufwecken.« Er prostete ihr zu.

»Warum sind Sie nach Brandenburg gekommen?« Sie fand, dass sie ungeheuer professionell vorging.

Er überlegte zu lange. Das kam ihr verdächtig

vor. »Sie werden sich doch noch daran erinnern?«

»Neugier«, sagte er schlicht. »Ja, es war Neugier.«

»Sie vertreten eine Erbengemeinschaft, ihr gehören ein Dutzend Grundstücke in Klein Wulkow und der halbe Luisensee.«

»Sie übertreiben.« Die Vertiefung seiner Mundwinkel zeigte, dass er nicht gern darüber sprach.

»Was haben Sie mit Klein Wulkow vor?«

Schon bei ihrer ersten Begegnung hatte Paula die Wandelbarkeit seiner Stimmung bewundert. Maywitz war plötzlich voller Charme und Zutrauen, mit jedem Wort wuchs ihm ein Heiligenschein aus Redlichkeit und sozialer Güte. Ein sanfter, pastoraler Ton war in seine Stimme gekommen. »Ich bringe den Leuten Arbeit, Wohlstand, gehobene Zivilisation.«

»Und wie das?«

»Ich mache aus Klein Wulkow einen Ausflugsort ersten Ranges, wir bauen komfortable Bungalows, Tennisplätze, eine Golfanlage, ich spiele selbst sehr gern, Reitstall, Restaurant, eine Bar.«

Paula unterbrach ihn. »Ein Bordell?«

»Die Regierung sitzt in Berlin, die Diplomatie, der internationale Journalismus, Manager, Künstler, Sportler, alle kommen nach Berlin. Und von Berlin nach Klein Wulkow ist es nur ein Katzensprung. Ein schöner Katzensprung.«

»Und was wird aus den Campern, die seit dreißig, vierzig Jahren hier leben?«

»Für die wird sich doch was finden lassen.«

»Haben Sie angeordnet, dass das Südufer eingezäunt wird, dass man nicht mehr am See entlang laufen kann? Schwere Schlösser hängen an schweren, hohen Eisentoren.«

»Privateigentum, das ist nun mal so.«

»Die Leute im Dorf haben Zeit ihres Lebens mit dem See gelebt. Er ist ein Stück ihres Lebens.«

»Aber meine Liebe«, sagte er begütigend, »Sie sind naiv, erstens profitieren die Dorfleute von uns, sie rücken der großen Welt etwas näher, die Prominenz wird sich dort tummeln, sie bekommen Arbeit und eine Perspektive, und zweitens ist ja nicht der ganze See gesperrt, doch nur ein Stück.«

»Sie werden noch Land dazu kaufen müssen, wenn Sie alles realisieren wollen?«

Maywitz schien ein wenig bekümmert. »Ich werden mit den Leuten reden müssen, die ihre Häuser in unmittelbarer Nähe des Sees haben. Was nützen uns die Flächen im Hinterland.«

»Denken Sie, die Besitzer verkaufen ihre Seegrundstücke?«

»Die machen sich dabei eine goldene Nase. Die verkaufen, da bin ich sicher.«

»Ich weiß nicht recht«, sagte Paula, »ob ich Ihnen dabei Glück wünschen soll.«

»Anstandshalber sollten Sie das tun.«

»Ich habe das sonderbare Gefühl, dass die Entwicklung in Klein Wulkow ins Mittelalter zurückgedreht werden soll. In die Zeit der Leibeigenschaft.«

Er lachte, stand auf, ließ die Hände elegant in die Hosentaschen gleiten, wippte vom Absatz auf die Spitze. »C'est la vie«.

Paula dachte, dann werden auch Katharina und Franz ihr Haus verlieren, und ich, ich kann mich nach einem sonnigen Zimmer in einem Altersheim umsehen. Sie trank mit einem Zug ihr Glas aus, stelzte, ein wenig unsicher, dem Ausgang zu.

»Im Mittelpunkt Ihrer Reportage sollte unsere Absicht stehen, Arbeitsplätze zu schaffen«, sagte Maywitz, während er sie zur Tür begleitete.

Na klar, dachte Paula, Zimmermädchen, Balljungen, Pferdeknechte.

VII

Am Rande von Klein Wulkow stand ein Haus, das sich von den anderen Häusern des Dorfes durch seine Schlichtheit unterschied. An ihm waren keine Spuren neudeutscher Verschönerungskunst zu entdecken. Nichts deutete darauf hin, dass sein Besitzer den Unterschied zwischen Stadthaus und Bauernhof aufheben wollte. Paula stand vor dem kniehohen Zaun, zögerte, die Gartentür zu öffnen. Dann straffte sie sich. Ich werde wohl alt, dachte sie erschrocken, seit wann zweifle ich an mir. Ihre Entschlüsse wurden vom Gefühl dirigiert. Deshalb hatte sie auch immer gewonnen. Nun stand sie an der Gartentür, dachte, noch ist Zeit umzukehren. Sie zupfte das Blatt einer Akazie. Das botanische Orakel war gegen ihr Abenteuer. Trotzdem stieß sie das klapprige Türchen auf und betrat den schmalen Weg, der zwischen Steinnelken, Astern, Rittersporn und rotem Phlox zum Haus führte. Konrad Wedekind war dabei, Tomatenpflanzen hochzubinden, als er die Frau im weißen Kleid auf sich zu kommen sah. Er war ein Mann um die Sechzig, mit grauem Vollbart. Es sah aus, als habe er die Mähne selbst geschnitten. Er war gedrungen, hatte eine fleischige, breite Nase, aufmerksame Augen von schwindendem Blau. Paula dachte, ein Mann zwischen Zirkusdirektor und Biedermann.

»Ich erwarte keinen Besuch«, sagte er, bevor Paula noch den Mund aufmachen konnte.

»Bitte um Entschuldigung«, sagte Paula verschämt.

»Sie wünschen?«

»Könnten wir uns nicht bekanntmachen?«

»Wozu?«

»Es gibt gewisse Gemeinsamkeiten.«

»Ich habe wenig Zeit.«

Paula dachte, es ist schwerer, als ich dachte. Sie zeigte auf die Gartenbank unter dem alten Nussbaum. »Darf ich mich einen Augenblick setzen?«

»Wozu?«

»Ich glaube, wir sind miteinander verwandt.«

»Unmöglich, ich habe keine Verwandten.«

»Seelenverwandt.«

»Was soll das?«

»Sie sind Junggeselle und haben zuviel Magensäure, stimmts? Ach ja, das Leben ist schwer.« Sie lächelte ihr schönstes Lächeln. »Kann ich ein Glas Wasser haben?«

Er ging tatsächlich ins Haus, kam mit einem kleinen Töpfchen aus Aluminium zurück, stellte es von Paula hin.

»Oh«, sagte Paula, »da ist ja noch Ruß dran.«

»Ich denke, Sie haben Durst.«

»Nun setzen Sie sich endlich«, sagte sie, »und hören auf, sich wie ein Dorftrottel zu benehmen.«

Wedekind setzte sich wirklich.

Paula wusste nicht recht, wie sie beginnen sollte. Hatte sie ahnen können, ein solches Stacheltier vorzufinden? Sie sagte das, was ihr gerade in den Sinn kam, was meistens eitel, erstaunlich und trotzdem zutreffend war. »Einsamkeit macht den Menschen weise«, sagte sie, »lässt ihn reifen wie einen guten Wein.« Sie hielt inne, von ihren eigenen Worten ergriffen. Er senkte unter ihrem Blicken den Kopf.

»Hässlichkeit macht gütig.« Sie bemerkte seinen Unwillen, er zeigte Reaktion, sie freute sich.

»Wollen Sie Ärger?« Wedekind war es nicht gewohnt, dass jemand so mit ihm sprach. Seine Stimme war rauh, aber nicht aggressiv. Die Hände, breit, klobig, von der Arbeit im Gemüsebeet verdreckt, lagen auf dem Tisch. Paula folgte einer spontanen Regung, legte ihre schon etwas runzelige, aber immer noch weiche, weiße Hand auf seine. Sie zuckten beide zusammen, brachten ihre Hände in Sicherheit. Danach war plötzlich alles anders. Sanft, leise, ohne einen Anflug von Aufsässigkeit sagte sie: »Ich weiß nicht, wie ich Ihnen beibringen soll, was mir so schwer auf der Seele lastet. Aber vielleicht erzähle ich Ihnen erst einmal, was ich neulich in der Zeitung gelesen habe. Ein kleines Mädchen, des Lesens gerade kundig, erhebt Anspruch auf die Original-Handschriften von Goethe und Schiller. Außerdem verlangt das kleine Mädchen wesentliche Teile der Anna-Amalia-Bibliothek zu Weimar. Dieses kleine Mädchen ist freilich kein gewöhnliches kleines Mädchen, es ist Leonie Prinzessin von Sachsen-Weimar-Eisenach. Also, diese Göre verlangt die Handschriften unserer Dichterfürsten, unser aller Heiligtum. Das Blut erstarrt in den Adern, wenn man nur daran denkt. Unsere Klassiker sind das, worauf wir uns noch berufen können, nachdem wir Auschwitz zugelassen haben.«

»Ja und?«

»Es bewegt Sie nicht?«

»Nicht mehr.«

»Lesen Sie Zeitung?«

»Wozu?«

»Haben Sie Freunde?«

»Was soll das? Was wollen Sie von mir?«

»Ich weiß es auch nicht. Vielleicht«, sie hielt inne, »vielleicht, weil ich jemanden brauche, mit dem ich reden kann.«

»Reden wozu, es gibt nichts mehr zu reden.«

»Der Mensch lebt nicht nur sein Leben, er lebt auch das Leben seiner Zeit. Das war doch einmal unser Bekenntnis. Haben Sie alles vergessen?«

»Ich habe aufgehört, mich um diese Welt zu sorgen.«

»Und wer soll das machen, wenn nicht die Schriftsteller?«

»Ich habe aufgehört zu schreiben.«

»Ich dachte«, sagte Paula, »in dieser Zeit kann man keine Bücher lesen, sondern nur schreiben.«

»Weisheiten aus dem literarischen Quartett.«

»Jede Krise ist ein Geschenk des Himmels«, versuchte Paula zu trösten, weil sie Krisen kannte.

»Meine Bücher sind auf der Müllhalde. Ich habe keine Vergangenheit Ein Mensch ohne Vergangenheit hat auch keine Zukunft.«

Sein Argument entmutigte Paula. »Das ist schon sehr bedenkenswert, aber eigentlich ist es doch nur eine Ausrede. Wissen Sie denn überhaupt, was in unserem Klein Wulkow passiert?«

»Was in allen Dörfern passiert.«

»Unser kleines Nest bekommt einen neuen Herrn, es ist nicht Gott Vater, auch keine königliche Hoheit, es ist schlicht und fromm ein gewisser Herr Maywitz, Klaus Maywitz, seines Zeichens Rechtsanwalt, er lebte früher in Potsdam, ging in den Westen, nach München, kam nach der Wende zurück und lebt jetzt in unserer Stadt.«

»Was sagten Sie, wie heißt er?«, fragte Wedekind.

»Klaus Maywitz, und damit er nicht wie ein Bussard auf unserem Dach hockt, sollten wir etwas unternehmen.«

Wedekind verzog das Gesicht zur Grimasse. »Nicht einmal Ihnen wird es gelingen, das Rad der Geschichte zurückzudrehen.«

»Bedenken Sie«, rief Paula, »die heilige Inquisition mit ihren gesundheitsschädigenden Daumenschrauben war ein kühles Bad gegen das, was uns möglicherweise erwartet.«

»Sie übertreiben.«

Sie dachte, dass sie ihm von ihr und ihrem Leben erzählen sollte, damit er sie verstand. Und sie erzählte von ihrer Tochter, dem Haus ihres Schwiegersohnes, von ihrer Zeit als Tänzerin, ihrer Wohnung im Goethe-Park, kam schließlich auf den Besuch bei Maywitz und ihre Hochstapelei. Sie war zutraulich und ehrlich, erreichte, dass er teils amüsiert, teils unwillig zuhörte. »Ich verspreche mir von einer Reportage über unser Dorf eine Menge«, sagte sie. »Vielleicht kommt eine Diskussion darüber in Gang, ob man die Idylle eines Dorfes dem Kommerz opfern soll. Das Dumme ist nur, ich kann nicht schreiben. Das könnten Sie tun. Es wäre wunderbar. Und wer weiß, möglicherweise ist es sogar ein Romanstoff.«

»Was erreichen Sie damit?«

Paula überlegte. »Vielleicht nichts. Aber wir hätten es wenigstens versucht.«

Er dachte nach.

Es dauerte ihr zu lange. »Wir sind zwei alte Kukidentis, trotzdem dürfen wir uns nicht geschlagen geben. Ich habe den Charme und die Beredsamkeit, Sie den klugen Kopf und die elegante Feder. Dieses Kapital muss arbeiten.«

»Wir sind dieser Welt nicht gewachsen.«

Paula weitete die Nasenflügel, der Duft geräucherten Fischs zog über sie hinweg. »Sie räuchern Aale«, rief sie, sog die Luft mit aufbrechender Wollust ein, »da kann ich doch zum Essen bleiben.«

»Es ist alles sinnlos geworden.«

»Was soll dieses Selbstmitleid, da kann man sich ja gleich aufhängen.«

Er wandte sich ab. Da wusste sie, dass ihn der Gedanke an den Tod beschäftigte. »Die Liebe ist überall«, sagte Paula behutsam, »man darf nie aufgeben.«

Eine Weile schwiegen sie. »Ach, was bin ich gierig auf den Aal«, sagte sie. »Wir machen jetzt ein bolschoi Prasdnik.«

»Ich glaube«, sagte Wedekind, »ich hätte die Sintflut überstanden, möglicherweise sogar die Prohibition, aber Sie, Sie sind ein Alptraum.«

»Sie Schmeichler.«

»Der Räucherofen gehört dem Nachbarn.«

»Schade, jammerschade, während uns das Fett auf das Chemisett tropft, hätten wir einen Plan machen können.«

Wedekind sagte. »Ich bin müde.«

VIII

Bevor Paula nach Klein Wulkow umzog, hatte sie sich von ihrer alten Freundin Nelly verabschiedet. Nelly war einst Konzertmeisterin im Stadttheater gewesen, die beiden Frauen waren seit einer Ewigkeit befreundet. Nelly hatte eine Tochter, die im gleichen Alter wie Katharina war, sie hieß Anna, war Krankenschwester von Beruf, heiratete irgendwann den Uhrmacher Richard Serafin, der ein kleines Geschäft besaß. Das Ehepaar hatte eine Tochter, Laura, sie war gerade zehn Jahre alt geworden. Als die Entlassungswelle auch über das Krankenhaus schwappte, verlor Anna ihren Job, entschloss sich zu einer Umschulung, wurde Uhrmacherin, erwarb sogar den Meisterbrief. Alle bewunderten Anna, und Nelly, ihre Mutter, pflegte zu sagen: »Sie ist der einzige Mann in der Familie.«

An jenem Nachmittag, an dem Paula kam, um Abschied zu nehmen, saßen die beiden alten Damen zusammen, tranken Tee, knabberten Butterhörnchen und zogen über ihre Schwiegersöhne her, überzeugt davon, dass ihre Töchter bessere Männer verdient hätten.

Aus dem Nebenzimmer kam Klavierspiel, eine Sonate, hübsch und flott gespielt. Es war Laura, die bei ihrer Großmutter Unterricht bekam. Paula hörte eine Weile zu, sagte dann: »Sie hat Talent, die Kleine, du machst was aus ihr.«

»Ich hoffe, sie hält durch, Talent reicht nicht, da gehört noch ein bisschen mehr dazu. Aber wem sag ich das.«

Paula bedauerte, einen solchen Schatz, wie ein klavierspielendes Enkelkind es ist, nicht zu besitzen. Zu ihrem großen Kummer konnte sie überhaupt auf kein Enkelkind verweisen. Sie neidete der Freundin diesen Schatz.

Nelly ging der Abschied zu Herzen. »Eine nach der anderen geht«, sagte sie bekümmert, »nur ich altes Vehikel bleib.«

»Na hör mal, ich bin doch nicht aus der Welt. Der Luisensee ist genau dreißig Autominuten von hier entfernt. Da kannst du altes Vehikel mich ja mal besuchen kommen.«

Anna mischte sich ein. »Mutter«, sagte sie, »unser Wohnwagen steht am Luisensee, vom Wohnwagen zu Paula gibt es einen wunderbaren Wanderweg. Du bist doch flott auf den Beinen. Wenn du will, kann ich dich auch jederzeit zu Tante Paula bringen.«

»Aber nur, wenn die Sonne scheint«, gab Nelly nach.

Die Sonne schien. Eine vorzeitige Hochsommerhitze brütete über dem Land. Hatte das normale Leben lahm gelegt. An den Badestellen des Luisensees tobten die Kinder im Wasser. Die Luft war erfüllt von ihrem Geschrei. Die Leute saßen unter ihren Sonnenschirmen oder waren unter die ausladenden weiten Äste der alten Eichen geflüchtet.

Im Wohnwagen der Familie Serafin waren die

Fenster zugezogen, der Ventilator surrte, bewegte sich pflichtbewusst hin und her, die Illusion verbreitend, er könne Kühlung bringen. Anna Serafin saß vor dem Fernseher, verfolgte das Rennen der Formel 1. Sie liebte diesen Sport, der in ihr alle Sehnsüchte nach Freiheit, Eleganz und Schnelligkeit wach hielt. Obwohl sie vor der Erbarmungslosigkeit zurückschreckte, mit der der Kampf um die Krone geführt wurde. Neben ihr saß Paula, die sich an diesem wunderschönen Frühsommertag aufgemacht hatte, ihr Versprechen einzulösen, die Serafins in ihrem Wohnwagen zu besuchen. Auch sie liebte den Rennsport, kannte die Fahrer mit Namen und ihre Position in der Weltrangliste. Als Paula kam, sah Richard eine Möglichkeit, den Fernseher abzustellen. »Wenn man Besuch hat«, sagte er, »guckt man nicht in die Röhre.« Beide Frauen protestierten, sie wollten das Rennen bis zum Ende sehen. Richard hielt nichts von diesem Sport. Ihn beunruhigte der Gedanke, dass gesunde Männer ihr Leben für Geld riskierten. Das erschien ihm unmoralisch und gegen die göttliche Ordnung.

Er war achtunddreißig Jahre alt, schweigsam, hager, von aufrechter Gestalt und gemessenen Gebärden. Sein Gerechtigkeitssinn, der mitunter in Rechthaberei ausartete, machte Anna zu schaffen. Sie war von anderem Zuschnitt, ihrer Mutter ähnlich, heiter und nicht so leicht zu beeindrucken. Mit den Jahren hatte sie sich an seine kleinherzige Art gewöhnt, was dazu führte, dass der innere Zusammenhalt spürbare Risse bekam.

Anna und Paula waren begeistert vom Rennen. Ihr Favorit hatte seinen Boxenstop in 8,2 Sekunden absolviert. War wieder hinaus geschossen auf die Bahn, hatte dabei fast einen anderen Wagen gerammt, aber die Führung wieder übernommen. Anna zitterte vor Erregung. Just in diesem

Moment kam Laura, die kleine Klavierspielerin, herein. Ihr langes blondes Haar reichte bis zur Schulter. Für die sommerhafte Temperatur war das Kind entschieden zu warm angezogen. Das Mädchen war für ihr Alter gut entwickelt, versprach, die weiche, mollige Figur ihrer Mutter anzunehmen.

»Mama«, sagte Laura, »es ist so heiß, darf ich baden, alle Kinder sind im Wasser.«

Anna hatte ihre Tochter nicht wahrgenommen. »Du siehst doch«, sagte der Vater, »Mama muss fernsehen. Sie hat jetzt keine Zeit.«

»Das ist gemein«, schimpfte das Kind, wandte sich an Paula. »Oma Paula, darf ich baden?«

Anna sah auf, kam zurück in die Wirklichkeit, nahm das Kind in den Arm. »Sei nicht ungeduldig, Schätzchen, du bist krank, heute morgen hattest du sogar noch Fieber. Morgen ist doch auch noch ein Tag.«

Laura zupfte Paula am Arm. »Ich möchte doch so gern.«

»Deine Mutter ist der Boss, ich habe hier nichts zu sagen. Wenn man krank ist, ist man krank.«

»Mama«, bettelte das Kind, »darf ich mir wenigstens den Badeanzug anziehen?«

»Meinetwegen«, Anna gab nach, »aber geh bitte nicht ins Wasser, versprich es mir.«

Richard Serafin war vor die Tür gegangen, wo Lauras Freundinnen warteten. Er gebot ihnen, darauf zu achten, dass Laura nicht ins Wasser ging. Die Mädchen liefen davon. Laura hatte sich umgezogen. Anna sagte: »Um vier trinken wir Kaffee.«

»Ich werde pünktlich sein«, rief das Mädchen und rannte davon. Nichts deutete darauf hin, dass das kleine, folgsame Mädchen nur noch wenige Stunden zu leben hatte.

Es sollte einen grausamen Tod sterben.

An diesem Nachmittag saß noch ein anderer Mensch vor dem Fernseher, sah sich das Formel 1 Rennen an, Uwe Marek, Fliesenleger und Installateur. Ein Mann um die Fünfundvierzig, von kleiner, gedrungener Gestalt, die er durch erhöhte Absätze auszugleichen trachtete. Er hatte breite Schultern, kräftige Oberarme und einen etwas vorgeschobenen Bauch. Der Mann war sich seiner geringen Attraktivität offenbar bewusst, hatte sich einen Schnauzbart zugelegt, was am Gesamteindruck nur wenig änderte. Er hatte einen zwergenhaft großen Kopf und dünnes strähniges Haar von unbestimmbarer Farbe. Vielleicht war es seine spitze Nase, vielleicht aber auch der kalte Blick, der ihm im Zuchthaus den Spitznamen »Ratte« eingetragen hatte. Kriminelle hinter Gittern sind weder wählerisch noch feinfühlig bei der Vergabe von Spitznamen. Kinderschänder rangieren ohnehin auf der untersten Stufe der Hierarchie. Und Uwe Marek war ein Kinderschänder, und er war ein Vergewaltiger mit zwei Vorstrafen im Register.

Nur seine Mutter, Annemarie Marek, wusste, wie viele Verbrechen er wirklich begangen hatte, wie vielen Kindern er unzüchtig begegnet war. Verbrechen, die ungesühnt geblieben waren. Aus Gründen, die mit der Scheu und der Hilflosigkeit der Opfer zu tun hatten oder auch mit der Angst der missbrauchten Kinder. Sie, Annemarie Marek, war der einzige Mensch, der zu ihm hielt. Eine funktionierende Ehe, hatte sie damals gedacht, könnte ihn vor Verdächtigungen schützen, außerdem glaubte sie, dass die Nähe einer Frau ihn von seinen sexuellen Abartigkeiten abbringen könnte. Sie suchte eine Frau für ihn, die Wahl fiel auf Gerda, ein junges Mädchen aus dem Waisenhaus, schüchtern, anhänglich und langweilig. Sie wurde ihm eine treue Frau.

Die Rechnung der Mutter indes ging nicht auf. Zwei Jahre nach der Heirat beging Marek ein neues Verbrechen, für das er achtzehn Monate hinter Gitter musste. Seit zehn Monaten war er wieder in Freiheit, war arbeitslos, verbrachte seine Zeit in der Kneipe oder bei seiner Mutter in Klein Wulkow, wo sie ein Bauernhaus, etwas Kleinvieh besaß, das sie von ihren Eltern geerbt hatte. Das alte Haus war seit der Wende im Wert sprunghaft gestiegen, es lag direkt am Luisensee, mit weitem Blick über das Wasser. Uwe Marek war ein geschickter Handwerker, hielt Haus und Hof in Ordnung. Eines Tages würde ihm alles gehören, das war so sicher wie das Amen in der Kirche.

IX

An diesem Sonntagnachmittag saß er im Haus seiner Mutter vor dem Fernseher, verfolgte das Formel-1-Rennen. Seine Mutter und seine Frau saßen im Garten hinterm Haus, tranken Kaffee. Er hatte keine Lust, den Nachmittag mit ihnen zu verbringen, blieb im Wohnzimmer, rauchte, blies Rauchringe in die Luft, sah zu, wie sie verwehten. Er langweilte sich. Das Rennen war unterbrochen. Werbung lief. Er sah aus dem Fenster und erblickte ein Mädchen mit langen blonden Haaren. Es bewegte sich zwischen den Sträuchern auf das Wasser zu. Er verfolgte jeden Schritt des Mädchens. Es war, als erfasste ihn ein Stromstoß. Die Augen glänzten. Der Atem ging stoßweise, die Stirn furchte sich wie altes Pergament. Die Werbung im Fernsehn war vorüber, das Rennen ging weiter. Er hatte dafür keinen Blick mehr. Leise stand er auf, trat zur Tür, aus dem Garten war das Gemurmel der Frauen zu hören. Er schloss die Tür auf, zog sie leise ins Schloss, schlich über dem kurzen Weg auf das Gebüsch zu, hinter dem das Mädchen verschwunden war.

Katharina Lenau verbrachte diesen Sonntag Nachmittag an ihrem Schreibtisch, erledigte Büroarbeit. Unter einem Sonnenschirm brütete Lenau, las Zeitung, ärgerte sich, dass Katharina sogar am Sonntag zu arbeiten hatte. »Hör endlich auf«, sagte er, »was du da machst, grenzt an Selbstverstümmelung.« Katharina zeigte Einsicht, versprach etliche Verbesserungen an ihrem Charakter vorzunehmen und schloss ihren Computer. In diesem Moment hielt ein Auto vor der Tür, ein Mann schrie: »Kommen Sie, Frau Doktor, ein Kind ist verunglückt.«

Katharina griff ihre Tasche und sprang ins Auto.

Sie untersuchte das Mädchen, das sie erst beim zweiten Hinsehen als die Tochter von Anna und Richard erkannte. Der Puls war nicht mehr zu fühlen, das Herz hatte aufgehört zu schlagen, die Pupillen zeigten keine Reaktion. Laura war tot. Der Körper des Kindes war blutverschmiert, das Blut war aus einer Wunde am Kopf gekommen. Der Badeanzug war zerrissen. Katharina stellte Kratzwunden im Genitalbereich fest. »Rufen Sie die Polizei«, sagte sie.

Inzwischen hatten Anna und Paula mit gemischten Gefühlen das Rennen verfolgt. Ronny, ihr Favorit, hatte einen Fahrfehler begangen, war mit der Breitseite seines Autos gegen eine Wand geknallt. Unverletzt zwar, doch blass vor Wut, war er aus dem Wrack gekrochen, mit kurzen, heftigen Schritten auf sein Lager zugegangen. Sein Milchgesicht war zornig entstellt. »Nun gewinnt Bob, der

Engländer«, sagte Paula bekümmert. Anna frohlockte. »In der Weltrangliste ist er trotzdem zweiter. Er kann es noch schaffen.«

»Das freut mich für dich«, sagte Serafin bitter.

»Wo ist Laura?«, fragte Anna, »wir wollten um vier Kaffee trinken.«

Paula wollte nicht warten, verabschiedete sich, versprach wieder zu kommen. Richard war losgegangen, das Mädchen zu holen. Er fand es nicht an der Badestelle, nicht bei ihren Freundinnen, auch nicht beim Eisverkäufer. Er ging zum Spielplatz, sie war nicht im Sandkasten, auch nicht auf der Koppel bei den Ponys. Sollte sie doch heimlich baden gegangen sein? Er lief am Ufer entlang. Von weitem schon sah er Leute beieinander stehen. Schweigend starrten sie auf ein Gebüsch. Eine Frau sagte leise: »Im Gebüsch liegt ein totes Kind.«

»Ich suche meine Tochter«, sagte er, drang in das Gebüsch vor. Dann sah er Laura in ihrem Blut. Er fiel in die Stille einer barmherzigen Ohnmacht. Als er daraus erwachte, lief er fort, lief in den Wald, warf sich auf den Boden, wimmerte, blieb liegen bis die Sonne aufging und ein neuer Tag begann. Da stand er auf, kehrte zurück, sprach kein einziges Wort mehr. Von diesem Tage an galt er als zeitweilig geistig gestört.

Katharina hatte auf die Polizei gewartet. Sie atmete auf, als sie Feldmann aus dem Auto steigen sah. »Was für eine Tragödie«, sagte er.

»Es ist Laura, die Tochter einer Freundin.« Tränen liefen ihr über das Gesicht.

Die polizeiliche Ermittlungsarbeit erscheint immer als herzlos. Sie erweckt den Eindruck, als verdränge die Routine jede Regung von Mitleid und Entsetzen.

»Was willst du jetzt machen?«, fragte Katharina.

»Es kommen Hunderte von Männern in Betracht.«

»Zeugen suchen, irgendjemand hat das Mädchen gesehen, das ist immer so. Die Kunst besteht nur darin, diese Leute zu finden.«

»Aber wie?«

»Da drüben«, sagte Feldmann, »die Leute in diesem Haus, die könnten etwas beobachtet haben.«

»Da wohnt eine Patientin von mir, Frau Marek, eine alte Frau, sie lebt so weltabgewandt, sie will nichts mehr sehen, nichts hören. Sie lebt wie in einer Dunkelkammer.«

»Ich werde mal rüber gehen.«

»Ich geh mit«, sagte Katharina, »die Frau ist herzkrank, wenn sie hört, was vor ihrer Haustür passiert ist, kriegt sie vielleicht einen Herzschlag.«

Vor dem Haus, im Schatten eines Baumes, parkte ein Polo. »So einsam scheint sie nicht zu sein, deine Frau in der Dunkelkammer.«

»Der Sohn wird zu Besuch sein, er kümmert sich um seine alte Mutter.«

Sie betraten das Haus. Katharina zeigte auf eine Tür. »Das Wohnzimmer.« Sie klopfte, nichts rührte sich. Feldmann trat ein, in der Luft stand der Rauch von Zigaretten, auf einem Tischchen, ein Aschenbecher mit Kippen. Der Fernseher war noch warm.

»Wenn hier jemand gesessen hat, hätte er das Kind sehen können«, sagte Feldmann. »Das Gebüsch liegt direkt im Blickfeld.«

»Frau Marek raucht nicht«, sagte Katharina, »das weiß ich, das kann nur der Sohn gewesen sein.«

Sie verließen das Wohnzimmer, gingen durch den Korridor auf eine Tür zu, die in den Garten führte. Dort fanden sie die Familie, Mutter, Sohn und Schwiegertochter. Feldmann entschuldigte die Störung. »Sie könnten uns vielleicht helfen«, sagte er.

»Ein Mord«, sagte die alte Marek, »mein Gott, wer macht denn so etwas?«

»Wir haben nichts gehört«, sagte Uwe Marek, »wenn man hier hinten sitzt, hört man nicht, was auf den Straße vor sich geht.«

Katharina sagte vorsichtig. »Ein kleines Mädchen ist umgebracht worden.«

Die Alte hielt die gefalteten Hände vor dem Mund. »Ein kleines Mädchen«, wiederholte sie, »schrecklich.« Sie sah den Sohn an, dann die Schwiegertochter. »Schrecklich, nicht wahr?«

»Wie saßen die ganze Zeit hier zusammen«, beteuerte der Sohn.

Plötzlich sagte die Schwiegertochter. »Uwe, du könntest möglicherweise etwas gehört haben, du hast doch im Wohnzimmer gesessen. Überleg doch mal.«

Die Alte fuhr dazwischen. »Was soll er denn gehört haben, dummes Ding.«

»So ein Quatsch«, sagte Marek, »ich habe den Kasten mal kurz eingeschaltet, zehn Minuten vielleicht.«

»Na ja«, sagte die Schwiegertochter, »du bist schon genau so vergesslich wie deine Mutter.«

»Was haben Sie sich denn angesehen?«, fragte Feldmann.

Noch bevor Marek antworten konnte, sagte seine Frau: »Autorennen.«

Marek nickte.

»Und wer hat gewonnen?«, fragte Katharina.

»Ronny, natürlich, er ist aus der Pool Position gestartet.« Marek war offensichtlich sein Fan.

»Da wird sich meine Mutter freuen«, sagte Katharina, »die mag dieses Milchgesicht.«

Marek war angetan von Katharinas Interesse. »Er hatte nur einen Boxenstopp und fuhr die schnellste Runde.«

»Wenn Sie vor dem Fernseher saßen, müssten Sie doch das Mädchen gesehen haben?«, fragte Feldmann.

»Ich habe nichts gesehen. Ich war doch nur einen kurzen Moment im Wohnzimmer.«

»Ich kann es bestätigen«, sagte die Alte. »Und jetzt brauche ich meine Ruhe.«

Katharina nahm das Handgelenk der Frau. »Der Puls geht ziemlich schnell, wo sind denn Ihre Tropfen?«

Paula hatte sich auf den Heimweg gemacht. Sie gönnte sich den romantischen Weg entlang des Sees. Von ferne kam das Geschrei der Kinder, leise Musik, der Wind rauschte in den Blättern der Pappeln. Sie genoss den Anblick der weißen Segel auf blauem Wasser, das Gekreische der Möwen. Sie lief, mit den friedlichsten Gedanken im Kopf, fast eine Stunde lang durch die Landschaft.

So kam es, dass sie von der Tragödie, von Lauras Tod erst erfuhr, als Katharina nach Hause kam.

Paula fand die Tochter blass, mit Tränen in den Augen, auf dem Sofa liegend. Lenau redete sanft auf sie ein. Katharina war nicht in der Lage, Paula auf ihre mehr verwunderten als bewegten Fragen Auskunft zu geben. Sie fröstelte, Tränen liefen ihr übers Gesicht.

Erst von Lenau erfuhr Paula, was geschehen war. Es dauerte eine Weile, bis sie begriff. Und sie ahnte, wie schwer es Katharina war, die furchtbare Nachricht zu verarbeiten.

Katharina und Anna waren gleichaltrig, Schulfreundinnen. Beide heirateten etwa zur gleichen Zeit. Anna wünschte sich ein Mädchen, später sollte ein Bube dazukommen. Das Mädchen, hatte Anna damals gesagt, würde dem Jungen die guten Manieren beibringen. Katharina dagegen wollte zuerst den Stammhalter, dann ein niedliches Mädchen. Der große Bruder sollte seine kleine Schwester beschützen. So hatten die beiden Teenager verträumt, aber entschlossen Pläne geschmiedet. Dann kam Laura zur Welt. Bei Katharina blieb der Kindersegen aus. Sie litt, wurde neidisch auf Anna. Die Freundschaft zerbröckelte. Wenn Paula von einem Besuch bei ihrer alten Freundin zurückkam, vom musikalischen Talent der kleinen Laura schwärmte und ausmalte, dass sie vielleicht einmal eine Künstlerin werden könnte, hörte Katharina nicht hin.

Und nun war dieses entsetzliche Verbrechen geschehen. Die kleine Laura war tot. Und ihr, Katharina, war die Last auferlegt, das tote, blutüberströmte Kind zu untersuchen.

Der Bild stand ihr vor Augen, sie kam nicht zur Ruhe.

Paula versuchte sie abzulenken, fragte sie nach Feldmann, wollte wissen, wie er vorgehen würde. Auch vom Besuch bei der alten Frau Marek wollte Paula hören, was sich dort zugetragen hatte. Katharina erzählte, wie durch eine Geringfügigkeit Streit in der Familie ausgebrochen war. »Es war so«, sagte Katharina, »als hassten sie sich, als hasste jeder jeden.«

»Warum denn das?«, fragte Paula

»Wo der tiefere Grund für diesen Hass liegt, weiß ich nicht«, sagte Katharina, »ausgelöst wurde er durch die banale Tatsache, dass der Sohn keine Lust hatte, mit Frau und Mutter am Kaffeetisch zu sitzen, statt dessen vor dem Fernseher hockte und Sport guckte.«

»Das versteh ich sogar. Anna und ich saßen auch vor der Kiste und guckten das Formel-1-Rennen!«

Katharina nickte. »Ist das nicht blöde, Familienkrach, wegen so einer Kleinigkeit. Übrigens, dein Freund Ronny hat nun wieder gewonnen. Als ich das hörte, dachte ich mir gleich, dass du dich freust.«

»Kind, du irrst dich. Ronny hat nicht gewonnen, diesmal nicht. Ein Engländer, Bob Smith heißt er wohl, hat gewonnen.«

»Uwe Marek hat doch das Rennen gesehen.«

»Ich schließlich auch, und zwar bis zum Schluss. Die Entscheidung fiel ziemlich zum Schluss des Rennens. Der Mann kann das Ende nicht gesehen haben.«

»Na, das ist ein Ding. Da hat der Mann mich belogen.«

»Oder er hat es nicht gewusst.«

»Wenn er es nicht gewusst hat«, folgerte Katharina, »dann er es auch nicht gesehen.«

»Katharina«, sagte Paula, »da stimmt doch was nicht.«

»Was soll denn da nicht stimmen?«

»Überlege doch mal.«

»Ob ich Feldmann anrufe?«, fragte Katharina.

»Tu es, schaden kann es nicht.«

Katharina ging zum Telefon, dachte, kann es denn so etwas geben, dass ein Mann seine alte Mutter besucht und in der Kaffeepause schnell mal ein Kind tötet?

Feldmann hasste es, sich von unkontrollierten Gefühlen leiten zu lassen. Die Erfahrung seiner mühseligen Berufsjahre war, dass nichts so schädlich war wie übereilte Schlussfolgerungen und sich von Gefühlen leiten zu lassen. Hatte er einen Beweis gegen Marek? Nichts, nur Vermutungen, Vermutungen, die sich auf beiläufige Beobachtungen und eine löchrige Gedankenkette stützten. Konnte Uwe Marek die Tat begangen haben, zeitlich, räumlich? Diese Fragen musste Feldmann mit Ja beantworten, ein Beweis war es nicht. Kein Untersuchungsrichter würde ihm einen Haftbefehl ausstellen. Und er hätte Recht damit.

Feldmann war froh, dass sein berufsbedingtes Misstrauen noch funktionierte. Misstrauen, dieses allseits gescholtene Gefühl war der natürliche Schutz gegen den Misserfolg. Misstrauen war in seinem Beruf eine besondere Art der Triebkraft. Er wies seinen Mitarbeiter, Peter Berg, der erst neu war in den Mordkommission, an, in Erfahrung zu bringen, ob Marek vorbestraft war. Er selbst wollte zu Marek fahren, ihm noch einmal auf den Zahn zu fühlen.

Die Mareks hatten in der Jakobstraße eine hübsche kleine Wohnung, die Gerda penibel in Ordnung hielt. Sie war es auch, die ihn eintreten ließ. So nichtssagend wie ihr Wesen war ihr Äußeres. Die Augen braun und träge, dünne Arme, magere Schultern, flache Brust. Eine unscheinbare, dürftige Erscheinung, die Feldmanns Mitleid erregte.

»Meinen Mann können Sie nicht sprechen«, sagte sie, »er ist zu seiner Mutter gefahren.«

Feldmann wunderte sich. »Das ist ja sonderbar, er war doch erst gestern dort.«

»Ich weiß nicht.«

Feldmann glaubte der kleinen Frau aufs Wort. Sie lebte offensichtlich neben diesem Mann, nicht mit ihm. »Hat er gesagt, warum er zu ihr fährt?«

»Er wollte doch gar nicht fahren. Sie rief frühzeitig an, noch vor dem Frühstück, sagte, er solle sich sofort in sein Auto setzen und her kommen.«

»Warum er kommen sollte, hat sie nicht gesagt?«

»Nein, es kam auch für Uwe ganz überraschend.«

»Und«, fragte Feldmann, »ist er gleich losgefahren?«

»Er sagte, die Alte solle sich nicht wie ein Feldwebel aufführen. Erst das Frühstück, dann alles andere.«

»Wann wird er denn wieder da sein?«

»Das ist schwer zu sagen, er sagt mir nie etwas, ich weiß nie, wo er ist, wie lange er weg bleibt.«

»Vielleicht können Sie mir dann eine Frage beantworten. Wie lange hielt sich Ihr Mann gestern im Wohnzimmer auf?«

Die kleine Frau überlegte. »Während wir Kaffee tranken.«

»Wer hat den Kaffee gekocht?«

»Ich, natürlich.«

»Und wer hat den Kuchen aufgeschnitten, den Tisch gedeckt?«

»Ich mache immer alles, wenn wir dort sind.«

»Und während dieser Zeit war Ihr Mann wo?«

»Vor dem Fernseher im Wohnzimmer, mit einer Flasche Bier, die er sich aus dem Kühlschrank holte, während ich in der Küche war.«

»Man könnte also sagen, dass sich Ihr Mann etwa eine Stunde im Wohnzimmer aufgehalten hat?«

»Länger, denk ich.«

»Und Sie wissen es genau?«

»Meine Schwiegermutter kann es bezeugen. Aber warum fragen Sie. Er hat doch nichts mit dem Tod des Kindes zu tun?«

Feldmann legte seine Hand auf ihre dürre Schulter. »Beruhigen Sie sich, es ist reine Routine, wir müssen alle fragen, die sich in der Nähe aufgehalten haben.«

Die Frau war zusammengezuckt, legte die Hände auf den Mund.

»Was hatte Ihr Mann gestern an?«

»Das übliche, Jeans, Shirt, Sandaletten, warum fragen Sie?«

»Wo sind die Sachen?«

Frau Marek wies auf eine Tür, hinter der die rhythmischen Bewegungen einer Waschmaschine zu hören waren.

Das Handy klingelte. Berg, der Assistent, war am Apparat. »Der Mann hat zwei Vorstrafen wegen Kindesmissbrauchs.«

Feldmann versuchte seine Überraschung vor der Frau zu verbergen. Sie tat ihm unendlich leid. Der Anruf hatte sie verunsichert. »Gibt es etwas Neues?«, fragte sie.

Feldmann beruhigte sie sagte. »Wenn sich Ihr Mann meldet, sagen Sie ihm bitte, dass er mich anruft. Hier ist meine Nummer.« Er gab ihr seine Karte.

Zur gleichen Stunde, da Feldmann mit der kleinen Frau Marek sprach, stand Uwe Marek seiner Mutter im Wohnzimmer gegenüber. Das Zimmer war abgedunkelt. Ein paar Sonnenstrahlen bahnten sich ihren Weg durch die Jalousie. Annemarie Marek saß mit geradem Rücken auf einem der alten, harten Stühle mit den hohen Lehnen. Ihr Gesicht war grau, die Wangen eingefallen. Das Haar, dem sie nie große Aufmerksamkeit geschenkt hatte, stand grau und ungekämmt vom Kopf ab. Der blasse Sonnenstrahl, der wie ein matter Scheinwerfer wirkte, verwandelte ihr Haar in einen furchterregenden Heiligenschein.

Annemarie Marek hatte mit schmerzlicher Klarheit die Situation erkannt. Ihr Kopf war leer und unerträglich schwer. Der Rhythmus ihres Herzens war gestört. »Hast du es getan?«, fragte sie mit spröder, kalter Stimme. »Hast du das Mädchen getötet?«

Marek unterbrach das Spiel mit den Fransen der Tischdecke, hob den Kopf, sah die Mutter an, versuchte zu lächeln. Der Blick ihrer Augen erschreckte ihn. So hatte er die Mutter noch nie gesehen. Sie glich einer Wahnsinnigen. Er bekam Angst. Das dunkle Zimmer, das verstörte Gesicht der Frau, die mit seiner Mutter keine Ähnlichkeit mehr hatte. Was wollte sie von ihm? Wollte sie ihn der Polizei ausliefern? Das konnte sie doch nicht machen. Er wollte das Kind doch gar nicht töten. Die Spaziergänger waren schuld. Die Frau, die da vorüber ging, auf das Gebüsch zeigte, laut, ganz laut zu ihrem Mann sagte: Da vergnügen sich zwei.

Ihm blieb doch gar nichts anderes übrig, er musste das Mädchen bewusstlos schlagen. Sie hätte sonst geschrien. Dann wäre alles aus gewesen. Ein bisschen Spaß wollte er haben, mehr nicht, töten wollte er nicht, es tat ihm ja jetzt selbst leid. Der Knüppel war zu groß, die Schläge zu hart. Das war sein Fehler.

»Du hast es getan!« Die Mutter war aufgestanden, schlug ihm mit der flachen Hand ins Gesicht. »Du wirst sofort verschwinden und nie wiederkommen.«

»Wohin?

»Egal wohin, oder willst du ins Zuchthaus?«

»Keiner weiß, dass ich es war.«

»Dummkopf, sie kriegen es raus.«

»Ich habe kein Geld.«

»Du hast ja nie Geld. Ich geb dir, was ich im Hause habe. Dann verschwindest du.«

Sie zog die Schublade der Kommode auf, holte einen Briefumschlag heraus, legte ihn auf den Tisch. »Es sind zweitausend. Und jetzt hau ab.«

Uwe Marek steckte das Geld ein. Sie hat alles vorbereitet, dachte er. Sie wusste, dass ich es war. Er erhob sich, wollte die Mutter umarmen. Sie stieß ihn weg. »Ich möchte dich nie wiedersehen.«

Marek wollte gehen. In diesem Moment hielt ein Wagen vor dem Haus. Marek erkannte den Oberkommissar. Die Mutter war neben ihn getreten. »Du musstest ja erst noch frühstücken. Dummkopf.«

Als Marek eine Bewegung zur Tür machte, sagte sie: »Zu spät, mein Junge.«

X

Uwe Marek hätte sich keinen besseren Haftrichter wünschen können als Madeleine Schwieg. Er wusste zwar nicht, dass sie zum gütigen Teil der Menschheit gehörte, aber er spürte es. Bei intellektuell schlichten Menschen ist der Instinkt möglicherweise stärker ausgeprägt als die Erkenntnisfähigkeit. Er spürte, so einfältig, ratlos und unglücklich er auch war, dass diese Frau ihn verstand. Obwohl ihn ihre großen Augen ohne einen Hauch von Entgegenkommen ansahen. Warum er dieser Frau vertraute, wusste er selbst nicht. Bereitwillig legte er ein Geständnis ab. Ihm war, als werfe er eine Last von sich. Er beschrieb den Hergang der Tat, wie er es schon bei der Polizei getan hatte, nannte Einzelheiten, die nur der Täter wissen konnte. Als die Haftrichterin ihn aufforderte, eine Skizze vom Tatort, vom Weg zum Tatort, anzufertigen, hatte er lediglich die Scheu, damit seine geringe zeichnerische Begabung zu offenbaren, nicht aber die Furcht, sich selbst, endgültig und für immer, zu belasten.

Irgendwann sagte er mit unendlicher Wehmut: »Ich wollte durchhalten, wollte nie wieder so etwas machen.« Er war dankbar, dass die Richterin sich jedes Gefühl eines Triumphes versagte.

Madeleine Schwieg sah zu, wie er, aufgeregt und ungelenk, jedes Blatt der Skizzen, jede Seite des Geständnisses unterschrieb. Sie dachte, sein Leben rinnt dahin wie ein armseliger, kleiner Bach.

Bevor die Richterin ihr Büro verließ, es war spät geworden, rief sie Feldmann in seiner Wohnung an. Die Schnelligkeit, mit der er den Hörer abnahm, zeigte ihr, wie sehr er auf ihren Anruf gewartet hatte. »Er hat gestanden«, sagte sie, »wir haben ein wasserdichtes Geständnis.«

Feldmann atmete auf. »Gott sei Dank.«

»Er hat Täterwissen offenbart, da gibt es kein Zurück.«

»Ich habe befürchtet, er könnte das Geständnis, das er bei uns ablegte, widerrufen«, sagte Feldmann mit einem tiefen Seufzer der Erleichterung.

»Ach, weißt du, Feldmann«, sagte die Richterin, »ihr habt ihn so schnell gefasst, dass er keine Zeit hatte, sich eine Legende zurecht zu legen. Wer weiß, wie es in ein paar Wochen ausgesehen hätte.«

»Das Dumme ist, dass wir ihm die Tat nicht nachweisen können, uns fehlen die objektiven Beweise.«

»Wollt Ihr weiter ermitteln?«, fragte die Haftrichterin.

»Uns bleibt nichts anderes übrig, du kennst das doch, im Moment ist der Bursche friedlich, gesteht seine Tat, bereut sie sogar. Dann kommt er in den Knast, trifft dort alte, erfahrene, in Unehren ergraute Ganoven, die alle Tricks kennen. Die nehmen ihn auseinander, machen ihm seine totale Dussligkeit klar, bald begreift er, dass sein Geständnis eine riesengroße Dummheit war. Sie knobeln aus, wie er seinen Kopf aus der Schlinge ziehen kann. Er widerruft das Geständnis, und wir stehen mit leeren Händen da.«

Mit verbissenem Fleiß begann Feldmann die Suche nach den objektiven Beweisen. Ihm zur Seite stand Peter Berg, sein Assistent, der sein erstes Jahr in der Mordkommission absolvierte. Feldmann hatte das

Ufergelände in einem Umfang von 800 mal 400 Metern absperren lassen, Schutzpolizisten achteten darauf, dass niemand das Gelände betrat. Ein Suchtrupp schob sich Meter um Meter durch das Gelände, jeder Zentimeter wurde untersucht, jedes Gebüsch durchforstet.

Feldmann ging davon aus, dass ein Täter, auch wenn er noch so kaltblütig war, fluchtartig den Tatort verließ, wenn er bei seiner Tat gestört wurde. Dabei dachte er nicht daran, dass er Spuren hinterlassen könnte. Das hatte der Kriminalist bei ähnlichen Fällen immer wieder erlebt. Vielleicht fand man den Knüppel, mit dem er das kleine Mädchen erschlagen hatte. An der Mordwaffe könnten Blut- und Haarspuren, Hautpartikel haften. Er musste aber auch damit rechnen, dass Marek den Knüppel in den See geworfen oder mit nach Haus genommen und dort verbrannt hatte. Feldmann hoffte inniglich, dass Marek, als er die Flucht ergriff, über eine Wurzel gestolpert wäre und vielleicht winzige Spuren von Schuhcreme darauf hinterlassen hätte. Feldmanns größtes Glück aber wäre, wenn der Täter sich verletzt hätte. Dann würden sich Blutspuren finden lassen.

Drei Tage, von Sonnenaufgang bis Sonnenuntergang, suchten die Kriminalisten und ihre Helfer aus der Schutzpolizei. Die Ausbeute war enttäuschend, man fand ein altes Küchenmesser, einen Autoschlüssel, leicht angerostet, leere Bierdosen und eine Colaflasche.

Feldmann ging zum Forstamt, ließ sich eine Karte vom Uferweg, der Böschung und dem See geben. Von einer Panzereinheit, die auf dem benachbarten Truppenübungsplatz lag, bekam er eine Stabskarte, auf der die weitere Umgebung eingezeichnet war.

Sein Assistent begriff nicht, was er mit den Karten anfangen wollte. Feldmann erklärte ihm, dass er alle Hoffnung auf ein Zeit-Wege-Diagramm setzte. »Damit erkunden wir die Personen- und Fahrzeugbewegungen jener Leute, die als Zeugen in Frage kommen. Wir müssen wissen, wo und zu welcher Zeit sich die befragten Personen bewegten«, erklärte er. »So ein Zeit-Wege-Diagramm ist wie ein Netz, wie ein Lasso, das man über den Täter wirft. Unser Vorteil ist, dass wir die genaue Zeit kennen, in der die Tat begangen wurde, wir kennen den Ort und kennen den vermeintlichen Täter. Das macht es uns leichter, Zeugen zu finden, die den Täter gesehen haben könnten.«

Peter Berg hing der Theorie an, das man Kriminalfälle am erfolgreichsten am Schreibtisch löste. Logik gehöre dazu, Kombinationsgabe, psychologisches Einfühlungsvermögen und die Fähigkeit, sich in die Lage des Täters zu versetzen, mitunter half auch ein kleines Quentchen Glück. Der Assistent folgte brav und entschlossen dem Auftrag seines Chefs, ging von Haus zu Haus, von Bungalow zu Bungalow, befragte Leute in ihren Zelten, auf dem Tennisplatz, an den Badeständen, in der Gaststätte. Wo sie sich gegen 16 Uhr aufgehalten hatten, mit wem sie zusammen waren, womit sie beschäftigt waren. Alle diese Angaben vermerkte er in einer Skizze, die im Computer gespeichert wurden. Dann wurde eine Grafik gezeichnet, die Namen der genannten Personen in der Grafik stationiert, nämlich an jenem Platz, an dem sie sich aufgehalten hatten. Das ergab ein genaues Bild des wirklichen Geschehens an jenem Nachmittag. Doch auch diese mühselige, aufwendige Arbeit brachte keine für den Fall verwertbaren Ergebnisse. Keiner der Passanten konnte eine Aussage machen, die den Kriminalisten weiterhalf.

Feldmann fuhr in die Gerichtsmedizin. Dr. Weingärtner, immer bereit, Feldmann zu helfen, konnte in diesem Fall wenig für ihn tun. »Das Kind ist nicht vergewaltigt worden. Ich nehme an, der Täter wurde gestört. Es gibt keine Spermaspuren, auch keine Speichelspuren, keine Hautabschürfungen, nichts, woraus wir unsere Schlüsse ziehen könnten. Merkwürdig allerdings ist, dass das Kehlkopfgerüst gebrochen ist. Der Täter muss äußerst brutal in die Drosselgrube gedrückt haben. Obwohl das Kind schon tot war.«

»Und sonst?«, fragte Feldmann.

»Ein paar Hämatome«, erwiderte der Mediziner, »ob sie vom Täter verursacht wurden oder ab das Kind sie sich beispielsweise beim Turnen zugezogen hatte, steht nicht fest. Im Labor wird nach biologischen Spuren gesucht, Haare, Anhaftungen unter den Fingernägeln. Große Hoffnungen haben wir nicht.«

»Am Badeanzug des Mädchen wurde nichts entdeckt«, sagte Feldmann, »die Sachen des Marek waren schon in der Waschmaschine, als ich hinkam. Weder unter UV-Licht noch mit den Infrarotstrahlern war etwas zu machen.«

Nachdem feststand, dass es der Kriminalpolizei nicht gelingen würde, dem Gericht objektive Beweise vorzulegen, rief Feldmann die Haftrichterin noch einmal an.

Sie teilte seine Niedergeschlagenheit nicht. »Feldmann, sei nicht so niedergeschlagen. Er hat ein Geständnis abgelegt, er hat eine Skizze gezeichnet, in der er den Weg zeigt, den er gegangen ist, er hat die Stelle markiert, von wo er, am Fenster im Wohnzimmer sitzend, das Mädchen beobachtet hat. Mann, das ist doch Täterwissen, daran kann auch ein skeptischer, vorsichtiger, ängstlicher Richter nicht vorbei.«

»Und der Anwalt, findet so ein superschlauer Verteidiger nicht immer ein Haar in der Suppe?«

»Selbst ein ausgebuffter Anwalt kann nichts gegen Tatsachen machen. Und die Skizze von Marek ist so eine Tatsache. Die hat nicht ein dritter, sondern er selbst gezeichnet.«

»Nett, dass du mich tröstest. Wollen wir nicht mal wieder ins *Italio?«*

»Klar, machen wir.« Madeleine Schwieg freute sich wirklich, sie mochte Feldmann, und vielleicht war ihr Optimismus im Falle Marek deshalb so überzeugend.

Der Einbruch der vorzeitigen Sommerhitze war vorüber. Das Wetter im Lande wandte sich wieder seiner Mittelmäßigkeit zu. Es regnete halbherzig, die Sonne schien nur mit halber Kraft, der Wind wehte lustlos und aus wechselnden Richtungen. An solch einem Tag begann der Prozess gegen Uwe Marek. Er war angeklagt, die zehnjährige Laura Serafin getötet zu haben.

Zum ersten Mal in ihrem Leben betrat Paula einen Gerichtssaal. Die barocke Schönheit des Raumes, seine würdige Erhabenheit, überraschten sie. Der Geist dieses Raumes, dachte sie ergriffen, liegt wohlverwahrt in Gottes geräumiger Hand. Ihre Gefühle endeten in der schönen Gewissheit, hier würde die Ordnung in der Welt wieder hergestellt.

Paula war aus mindestens zwei durchaus verständlichen Gründen zum Prozess erschienen. Sie wollte dem Man in die Augen sehen, der das grässlichste aller Verbrechen begangen hatte. Sie hatte den festen Vorsatz, so lange in den Verhandlungen auszuharren, bis Marek seine gerechte Strafe erhielt. Aber sie war auch gekommen, um Feldmann vor Gericht zu erleben. Der Oberkommissar war als Zeuge geladen, um auszusagen, wie Marek sich bei der Festnahme verhalten hatte. Paula war gewissermaßen stolz darauf, eine Geringfügigkeit zur Mareks Verhaftung beigetragen zu haben.

Kurz vor Beginn der Verhandlung ereilte Paula eine nahezu sensationelle Nachricht; es hieß, Dr. Klaus Maywitz habe die Verteidigung des Angeklagten übernommen. Wie war Maywitz an das Mandat gekommen? Bis vor wenigen Tagen noch hatte es geheißen, eine Rechtsanwältin aus Berlin würde kommen. Warum war Maywitz gerade an diesem Mandanten so interessiert? Sie fragte sich allerdings auch, was an einem Verbrecher wie Marek denn noch zu verteidigen war? Die Sache war doch völlig klar, er hatte das Kind getötet, hatte die Tat zugegeben, mehrfach zugegeben, er hatte das Geständnis mit seiner Unterschrift, Seite für Seite besiegelt. Er hatte seine Tat bereut, in einer Weise bereut, dass man ihm sogar Glauben schenken konnte. Das Gericht wusste es, der Ankläger wusste es, der Verteidiger, alle wussten es. Warum also musste man dann noch einen Verteidiger bemühen, der konnte doch ohnehin nichts mehr für ihn tun. Dieser Paragraph der Strafprozessordnung, der eine solche Verfahrensweise vorschreibt, war ein schwacher, äußerst überholungsbedürftiger Paragraph. Jedenfalls sah es Paula so.

Paula fragte ihren Schwiegersohn. »Wozu braucht so ein Verbrecher noch einen Verteidiger? Und ist das Wort Verteidiger nicht an sich schon eine Irreführung?«

»Weil der Anwalt dafür sorgen muss, dass der Angeklagte einen fairen Prozess bekommt.«

Die Antwort befriedigte Paula nicht. »Ich würde ihn ohne Prozess lebenslänglich einsperren.«

»Paula, ich warne dich, verbreite keine anarchistischen Parolen.«

»Eines wundert mich allerdings«, erwiderte Paula, »dass so ein bedeutender Anwalt wie Maywitz einen Mann verteidigt, an dem nichts zu verteidigen ist.«

»Publicity, Paula, nur Publicity.«

Susi Simon von der Heimatzeitung wuchtete herein, setzte sich neben Paula, schüttelte ihre Hand, als wäre sie ein Apfelbaum. Die beiden Frauen hatten sich, aus belanglosem Zufall, irgendwo kennen gelernt. Die Simon war um die Dreißig, groß, muskulös, trug eine Brille mit dicken Gläsern, lispelte allerliebst, gab sich wichtig und resolut. Ihr Mann hatte sie schnöde sitzen lassen, war zu einer anderen geeilt. Seitdem lebte Susi Simon allein. Paula konnte sie, wegen ihrer Tapsigkeit und ihres niedlichen Sprachfehlers, gut leiden. Das hielt sie jedoch nicht davon ab, bei Susi eine gewisse geistige Pausbäckigkeit festzustellen. Sie wunderte sich auch über ihre journalistische Genügsamkeit. Sie hatte sich angewöhnt, mit Susi in leicht verständlichen Sätzen zu reden. Irgendwann dann erfuhr Paula, dass Susi Simon bis zur Wende Laborantin war. Im Städtischen Krankenhaus hatte sie, erfolgreich und nicht ohne Talent, Blut- und Urinproben untersucht. Nach der Wende hatte sie sich selbst zur Journalistin ernannt. Was gelungen war, weil viele der Journalisten, die bis dahin bei der Zeitung gearbeitet hatten, entlassen wurden. So gesehen war Susi Simon zu bewundern. Mit den Jahren, dachte Paula, verwächst sich vielleicht ihre journalistische und intellektuelle Unbeholfenheit.

Dr. Maywitz war in den Gerichtssaal getreten. Er sah sich um, als erwarte er Applaus, entdeckte Paula, grüßte mit leichtem Kopfnicken und geringfügigem Lächeln. Susi Simon glaubte sich als Adressat, grüßte emphatisch zurück, was Paula höchst verwunderlich fand. Sie fragte: »Sie kennen Maywitz?« Und Susi Simon antwortete stolz und undurchsichtig: »Wer, wenn nicht ich.«

Bewegung kam in den Saal, das Gericht trat ein. Das grandiose Räderwerk der Gerechtigkeit hatte sich in Gang gesetzt. Maywitz erhielt das Wort zu einer Erklärung. Er machte daraus einen titanischen Auftritt, begleitet von wirkungsvollen, ballettartigen Gebärden. Im Namen seines Mandanten erklärte er, der Angeklagte sei nicht bereit, die Fragen des Gerichts zu beantworten, er beabsichtige auch nicht, sich zum Tatvorwurf zu äußern. Sein Mandant ziehe auch sein Geständnis zurück, das er beim Verhör durch die Kriminalisten Feldmann und Berg sowie der Haftrichterin Schwieg abgegeben habe. Das Geständnis sei unter Zwang erfolgt, somit ungültig. Sein Mandant sei unschuldig, er habe die Tat nicht begangen.

Das Gericht ordnete eine Pause an.

»War Maywitz nicht großartig?«, fragte Susi Simon. »Wie der das Gericht abgeschmettert hat.«

Paula lächelte leicht verkrampft. »Er stellt die Dinge auf den Kopf.«

»Das ist seine Taktik.« Susi Simon zeigte sich orientiert.

»Und was nun?«, fragte Paula. »Was passiert denn jetzt, um alles in der Welt?«

»Das Gericht«, erklärte Lenau, »nimmt weder das Geständnis noch den Widerruf zur Kenntnis.«

»O Mann, was für ein Durcheinander. Damit kommt kein logisch denkender Mensch klar.«

»Maywitz hat Marek zum Widerruf überredet«, sagte Lenau.

»Aber warum, was gewinnt er dadurch?«, fragte Paula voll ehrlicher Entrüstung.

»Publicity, Paula, nur Publicity.«

Spannung lag über dem Saal. Das Gericht hatte Feldmann aufgerufen. Er sollte über das Verhalten des Angeklagten bei seiner Festnahme aussagen. So mancher im Saal hoffte, seine Aussage könnte dazu führen, den Widerruf ad absurdum zu führen.

Feldmann machte, fand Paula, einen guten Eindruck, er artikulierte klar, seine Stimme unterlag keinen nervösen Schwankungen. Seine Sprechweise war wohlgeordnet. Er teilte dem Gericht die Umstände von Mareks Festnahme mit. Was er sagte, klang glaubhaft, war aufschlussreich und in sich logisch. Marek sei von seiner Festnahme nicht überrascht gewesen, sagte Feldmann, ihm sei es vorgekommen, als habe er sogar damit gerechnet. Für ihn sei es auch von Bedeutung gewesen, dass Frau Marek, die Mutter des Angeklagten, die bei der Festnahme dabeigewesen war, keine Verwunderung gezeigt habe, dem Sohn vielmehr begütigend zugeredet hatte. Ihm schien, als habe die Mutter von der Tat ihres Sohnes gewusst. Beide, Mutter und Sohn, haben sich, mit Bedauern und Anzeichen von Reue, in das Unvermeidliche gefügt. Dann schilderte Feldmann, wie das Geständnis zustande gekommen war, freiwillig und ohne Druck. Im Gegenteil, er habe den Eindruck gehabt, Marek habe sich in dieser Weise auch geäußert, weil eine Last von ihm genommen würde. Das sei bei bestimmten Tätern, er wisse es aus langer Erfahrung, nicht einmal selten.

Paula reckte stolz den Hals. Feldmann hatte der Welt zur Wahrheit verholfen. Er wirkte, dort in seinem Zeugenstand, ungeheuer sympathisch. Und sie freute sich auch, dass Maywitz eine Niederlage einstecken musste. Er würde es nun schwer haben, die Version von der Unschuld seines Mandanten aufrecht zu erhalten. Maywitz hatte mit zunehmenden Unbehagen die Befragung verfolgt. Er mochte wohl spüren, dass die Runde an Feldmann gegangen war. Da stellte er sich in Positur, seine Mundwinkel vertieften sich in feinem Spott, er holte zu einer Frage aus, die den Anwesenden den Atem verschlug. »Sagen Sie, Herr Feldmann, waren Sie bei der Stasi?«

Dieser Hund, dachte Paula rot vor Wut, um Feldmann unglaubwürdig zu machen, hat er sich die wirkungsvollste aller Methoden ausgesucht. Sie wird seit Jahren von allen miesen und obermiesen Denunzianten erfolgreich genutzt. Selbst wenn der Befragte unschuldig ist, kann er seine Unschuld beteuern, er kann sich die Haut vom Herzen ziehen, das Misstrauen bleibt, der Verdacht bleibt, nach dem Motto: Kein Rauch ohne Feuer! Bis zu dem Augenblick, da Maywitz die Frage stellte, hatte Feldmann locker vor dem Richtertisch gestanden, jetzt war es, als müsste er sich festhalten, er war blass geworden, wirkte unsicher.

»Herr Zeuge«, sagte der Richter, ohne Zeichen innerer Anteilnahme. »Sie brauchen die Frage nicht zu beantworten, sie gehört nicht zur Sache.«

Würde Feldmann darauf eingehen? Hieße es nicht, dass er ein schlechtes Gewissen hat? Vielleicht war er ja doch bei der Stasi? Für das Urteil wäre es nicht von Bedeutung, aber er wäre unglaubwürdig in der Öffentlichkeit. Würde man ihm dann noch abnehmen, dass er das Geständnis nicht erpresst hat? Mit diesem üblen Trick hätte Maywitz auf der ganzen Linie gesiegt.

Feldmann räusperte sich. Seine Stimme war plötzlich belegt. »Die Erinnerung daran, Hohes Gericht, ist äußerst schmerzlich. Ich rede nur ungern über diese Zeit. Aber ich will die Frage des Herrn Verteidigers beantworten. Ja«, sagte er, »ich war bei der Stasi«, er machte eine rhetorische Pause, »ich war dort achtzehn Monate in Haft.«

Maywitz, der in sieghafter Pose, den Segen des Himmels erwartend, der Presse zugewandt gestanden hatte, zuckte nicht etwa zusammen, war auch nicht verlegen oder gar beschämt, er lächelte nur etwas finster.

XI

Der Herbst war ins Land gezogen. Der Prozess aber kam nicht vom Fleck. Immer wenn das Gericht mit der Beweisaufnahme fortfahren wollte, stellte der Verteidiger einen Antrag. Damit warf er feinen Sand wirkungsvoll ins Getriebe. Die Mittel, derer er sich bediente, waren legitim und entsprachen der Strafprozessordnung.

Über die vielen Wochen, die der Prozess nun schon dauerte, war Dr. Maywitz in bester Laune. In den Pausen zeigte er sich konziliant, plauderte mit den Presseleuten, aber auch mit den Zuhörern. Wenn er mit kühnem Schwung die Asche seiner Zigarette abstreifte, oder, was ihm noch besser gelang, seine Hände wie der Erzengel Gabriel erhebend vor dem Richtertisch agierte, war nicht nur Susi Simon von ihm entzückt.

Zu Beginn eines neuen Verhandlungstages stellte Maywitz den Antrag, das Gericht möge sich von der amerikanischen Raumfahrtbehörde die Aufnahmen geben lassen, die von Aufklärungssatelliten an jenem Tag gemacht wurden. Es läge durchaus im Bereich des Möglichen, dass man bisher unbekannte Personen identifiziere, die möglicherweise Zeugen des Verbrechens seien.

Es wäre auch nicht auszuschließen, dass der Satellit gar den Täter selbst bei seiner Tat fotografiert haben könnte, womit die Unschuld seines Mandanten erwiesen wäre.

Ein anderer Antrag, den Maywitz stellte, bezog sich auf das medizinische Gutachten. Er wünschte, das Gericht möge den Gutachter – der Mann war ein erfahrener, in der Fachwelt geachteter Professor – wegen Befangenheit ablehnen. Als Begründung gab Maywitz an, der Gutachter sei vorschnell zu der Erkenntnis gekommen, dass der Angeklagte sich während der Tat im Vollbesitz seiner geistigen Kräfte befunden habe. Der Gutachter habe nicht berücksichtigt, dass sein Mandant im Kindesalter beim Spielen auf dem Hof seiner Eltern hingefallen und mit dem Kopf aufgeschlagen sei, was nachweislich medizinisch behandelt werden musste.

Die Begründung dieses Antrags löste Heiterkeit aus, wofür der Richter wenig Verständnis zeigte, obwohl er doch selbst gelächelt hatte.

In einem anderen Antrag forderte Maywitz das Gericht auf, dafür zu sorgen, dass sein Mandant an einen Lügendetektor angeschlossen werde. Seit seinem Aufenthalt in den USA sei er ein entschiedener Anhänger dieser Methode zur Wahrheitsfindung. Dass die deutsche Gerichtsbarkeit den Lügendetektor ablehne, ihn nicht für gerichtsrelevant halte, sei äußert bedauerlich. Doch nun sei auch im deutschen Lande eine Diskussion über dieses Thema in Gang gekommen. Die Fachwelt liege über die Verwertbarkeit des Gerätes im Streit. Es gäbe überzeugte Befürworter und ebenso viele überzeugte Gegner. Das Gericht könnte der Wissenschaft einen großen Dienst erweisen, wenn es den Detektor zuließe. Es würde die Unschuld seines Mandanten beweisen.

Das Gericht ging nicht darauf ein, lehnte den Antrag ab.

Tatsächlich war eine Stellungnahme des Bundesgerichtshofes zu erwarten, doch so lange die nicht vorlag, konnte ein Landgericht den Lügendetektor als Beweismittel nicht zulassen.

Immer wenn Maywitz einen Antrag stellte, und schien er noch so abwegig, musste das Gericht darüber befinden. Was so viel hieß, dass jedesmal eine Verhandlungspause eingelegt werden musste, die oft genug zu einer Vertagung führte. So kam es, dass das allgemeine Interesse nachließ, kaum noch Pressevertreter auftauchten. Paula und Susi Simon jedoch kamen treu und brav zu jeder Verhandlung. Und jede hatte dafür ein anderes Motiv.

In den Vernehmungen bei der Polizei, aber auch bei der Haftrichterin und dem Staatsanwalt, hatte Marek ausführlich beschrieben, wie es zu der Tat gekommen ist. Vom Fenster im Wohnzimmer seiner Mutter hatte er ein Mädchen gesehen, es trug einen blauen Badeanzug und hatte lange blonde Haare. Dieses Mädchen sei in das Gebüsch gegangen, wahrscheinlich um zu baden. Das sei ihm sonderbar vorgekommen, weil dies nicht die beste Badestelle sei. Es gäbe schönere am See, mit weichem, weißen Sand. Die Badestelle hinter dem Gebüsch sei voller Steine. Er habe, nachdem er das Mädchen beobachtet hatte, das Haus verlassen, sei ihr ins Gebüsch gefolgt.

Feldmann bestätigte seine Angaben. Marek hatte das Mädchen durch das Fenster beobachtet. Eine andere Möglichkeit, dieses Gebüsch zu sehen, gäbe es nicht, es sei denn, man verlasse das Haus. Er selbst habe sich davon überzeugt.

Maywitz stellte die Frage, ob Feldmann sich nicht getäuscht habe, es sei immerhin ein schwerwiegender Verdacht, den er da ausspräche.

»Nein«, sagte Feldmann, »die Kriminaltechniker haben Fotos angefertigt. Sie liegen in ihren Unterlagen. Dort ist der Blickwinkel, den der Angeklagte zum besagten Gebüsch hatte, exakt dargestellt und gut erkennbar.«

»Es gibt keine Zweifel?«, fragte Maywitz

»Keine Zweifel.«

»Und ich zweifle doch«, sagte Maywitz. »Man weiß inzwischen, wie mit Fotos manipuliert werden kann. Ein guter Fotograf fotografiert einen Marsmenschen auf dem Schaukelpferd.«

Der Staatsanwalt erhob sich in seiner eindrucksvollen Länge. »Ich beantrage einen Lokaltermin. An Ort und Stelle lassen sich die Zweifel klären. Der Herr Rechtsanwalt kann durch das Fenster schauen und feststellen, ob das Gebüsch zu sehen ist.«

Das Gericht war einverstanden. Dr. Maywitz schien überlegen zu wollen. Der Vorschlag passte ihm offensichtlich nicht. Dann besann er sich und sagte zu.

Paula biss sich vor Schadenfreude in den Handballen, winkte Susi Simon heran. »Geschieht ihm recht, jetzt sitzt der Fuchs in der Falle.«

Susi schien das nicht zu gefallen, sie zeigte keine Genugtuung, war eher überrascht, dass Maywitz so leicht in eine Falle gegangen war. »Wenn das stimmt, hätte er verloren«, sagte sie bekümmert, »aber es stimmt nicht, ich glaube es nicht. Es gibt keine Beerdigung, solange die Leiche lebt.«

Paula entnahm dieser tiefsinnig-philosophischen Bemerkung, dass Susis Herz für Maywitz schlug. Konnte es sein, dass sie eine andere Auffassung von Recht hatte. »Auf welcher Seite stehen Sie überhaupt?«, fragte Paula.

»Auf der Seite der Gerechtigkeit.«

»Und die hat Maywitz gepachtet? Merken Sie denn nicht, dass er diesen Marek um jeden Preis freibekommen will«, sagte Paula. »Ich frage mich nur warum.«

»Vielleicht ist es die Wahrheit.«

»Dann bleibt mir nur noch der Gang nach Canossa.«

Am Morgen eines feuchten Herbsttages, es war inzwischen Oktober geworden, sollte der Lokaltermin in Klein Wulkow, am Ufer des Luisensees stattfinden. Das Gericht wollte sich davon überzeugen, ob der Angeklagte vom Wohnzimmerfenster im Haus seiner Mutter das Gebüsch sehen konnte, in dem der Mord passiert war. Eine lange Autokolonne bewegte sich auf das Dorf zu, das Gericht, bestehend aus fünf Richtern, einer Ersatzrichterin, der Protokollantin, zwei Staatsanwälte reisten an, der Verteidiger, der Angeklagte und zwei bewaffnete Wachleute. Presseleute, Fotografen, Zuhörer, Neugierige aus dem Dorf. Es lag Spannung über der Szene, jeder fühlte, dies war ein entscheidender Augenblick, eine kurze Spanne zwischen Schuldbeweis und Urteilsspruch. Hier konnte sich das Schicksal des Angeklagten entscheiden, und mit ihm das Schicksal seines Verteidigers. Nicht im strafrechtlichen Sinn, Maywitz war nicht anfechtbar, aber in der Öffentlichkeit. Er hatte sich bloßgestellt, das würde ihm keiner verzeihen.

Frau Marek war von der anrückenden Invasion unterrichtet worden. Als die Kolonne eintraf, stand sie mit entschlossenem, harten Gesicht vor dem Hoftor. So, als müsste sie es vor einer feindlichen Truppe verteidigen. Sie machte keine Anstalten, das Tor zu öffnen. Dann geschah das Überraschende. Frau Annemarie Marek erklärte, sie habe sich nach einer Unterredung mit dem Anwalt ihres Sohnes entschlossen, das Hausrecht zeitweilig an Rechtsanwalt Dr. Maywitz abzutreten, habe also nicht darüber zu befinden, ob das Gericht das Haus betreten, ob ein Lokaltermin stattfinden dürfe.

Der Form halber wurde nun Maywitz befragt, ob das Gericht eintreten dürfe; jedem war inzwischen klar geworden, wozu dieses Manöver inszeniert worden war und dass Maywitz den Termin verhindern würde. Mit freundlichen Worten, in beflissener Haltung, verbot er dem Gericht, das Haus nebst Grundstück zu betreten.

Mit unterschiedlichen Gefühlen kehrte man um, zog zurück in die Stadt. Wut war wohl das beherrschende Gefühl bei den Teilnehmern, auch Enttäuschung, vielleicht aber auch so etwas wie Bewunderung für Maywitz' rabulistische Akrobatik.

XII

Richard Serafin wurde als Zeuge aufgerufen. Das Gericht hatte lange gezögert, dem gequälten Mann neuen Schmerz zu bereiten. Der Verteidiger Dr. Maywitz bestand auf seiner Vernehmung. Er war einer der ersten am Tatort gewesen, nur wenige Minuten, nachdem das Kind getötet worden war. Es sei doch gut möglich, dass er eine Bobachtung gemacht habe, die für das Finden der Wahrheit von Bedeutung sei.

Jeder im Saal konnte sich vorstellen, wie sehr dieser Mann unter dem Tod seiner Tochter litt. Paula bangte um ihn, sie wusste, was sich in der Familie seit der schrecklichen Tat abgespielt hatte. Richard litt an Depressionen, war nicht mehr fähig, konzentriert zu arbeiten. Das Geschäft steuerte dem Konkurs entgegen. Anna tat, was sie konnte, saß jeden Tag bis spät in die Nacht und arbeitete, um das winzige Uhrengeschäft zu retten. Die Ehe funktionierte schon lange nicht mehr.

Paula dachte, dass Serafin die Gerichtsverhandlung nicht durchstehen würde, bat Katharina mitzukommen. »Wir müssen ihm helfen. Das hält kein Mensch aus«, sagte sie. »Er muss alles noch einmal erleben. Er kippt aus den Latschen.«

Richard Serafin stand aufrecht vor dem Richtertisch. Der Aufforderung des Vorsitzenden, sich auf den Stuhl zu setzen, der hinter dem kleinen Zeugentisch stand, lehnte er ab, zum Sitzen sei er viel zu aufgeregt. Auf die Fragen des Gerichts antwortete er ein wenig ausschweifend. Das Gericht ließ ihn, um ihn nicht zu verunsichern, gewähren. Seine Vernehmung brachte keine neuen Erkenntnisse. Seine Aussage deckte sich mit der Ermittlung der Kriminalpolizei.

Dann begann Dr. Maywitz Fragen zu stellen. Sie bezogen sich zunächst auf sehr allgemeine Dinge, wurden dann intensiver. Schließlich geschah das Ungeheuerliche. Im heuchlerischen Ton eines hinterhältigen Beichtvaters stellte er die Frage: »Hatten Sie ein inniges Verhältnis zu Ihrer Tochter?«

Serafin, dem nichts so heilig war wie die Liebe zu seiner Tochter, antwortete naiv und voller Freude. »Ich habe meine Tochter sehr geliebt.«

»Wie sehr haben Sie Ihre Tochter geliebt?«

Serafin zögerte, ihm war der falsche Ton des Anwalts aufgefallen. Er blickte hilfesuchend zu Paula. »Ich weiß nicht«, sagte er, »ob es eine Maßeinheit für Liebe gibt.«

»Die eheliche Liebe war mit den Jahren erkaltet«, fragte Maywitz, »stimmt das, Herr Zeuge?«

»Nicht von mir aus.«

»In dem Maße, in dem Ihre Ehe zerbröckelte«, fuhr Maywitz fort, »fühlten Sie sich zu Ihrer Tochter hingezogen. Stimmt das?«

Serafin fühlte sich nicht wohl, er wurde unsicher. »Die Liebe zu meiner Tochter war keiner Schwankung ausgesetzt.«

»Kam es da nicht auch zu intimen Begegnungen?«

»Was meinen Sie?«

»Sie wissen doch, was ich meine.«

»Sie meinen, ich hätte meine Tochter ...« Serafin war blass wie ein Leichentuch, dann schwoll sein Gesicht an, die Augen traten aus den Höhlen. Mit einem Satz war er am Tisch des Anwalts, krallte sich in seine Robe, riss an ihm, schüttelte ihn, sein Gesicht verzerrte sich, er schrie seine Ohnmacht, seine Wut dem Anwalt ins Gesicht, dann holte er aus, schlug zu. Maywitz war erschrocken und hocherfreut. Diese Art der Selbstentlarvung gefiel ihm. Das Gericht selbst war Zeuge, sogar die Presse, die Zuhörer. Etwas Besseres konnte ihm nicht passieren.

Die beiden Wachleute waren herbeigeeilt, stürzten sich auf Serafin, trennten ihn von seinem Opfer, hielten ihn wie mit Eisenklammern. Serafin gab einen nahezu animalischen Laut von sich und brach zusammen. Der Vorsitzende rief nach einem Arzt. Katharina war aufgesprungen, eilte zu Serafin, Paula hielt es nicht auf ihrem Platz. Sie rannte hinterher. Der Vorsitzende versuchte sie zu verscheuchen. Sie hörte nicht auf ihn. In das allgemeine Getümmel verkündete der Richter eine Pause. Die Verhandlung wurde unterbrochen.

Marzipanschweinchen glotzten in der Gegend herum. Weihnachtsmänner zupften an ihren falschen Bärten. Feiner Nieselregen zerstörte die erste weiße Pracht des Winters. Es weihnachtete sehr. Wer keine Gummistiefel hatte, bekam nasse Füße. Die Beweisaufnahme im Mordprozess Uwe Marek war noch immer nicht abgeschlossen. Der Verteidiger kam stets mit neuen Anträgen, seine Phantasie schien unerschöpflich. Mit einem Ende des

Prozesses sei nicht mehr zu rechnen, es sei denn, der Angeklagte sterbe an Altersschwäche, sagten die Pessimisten. Irgendwann, sagten die Optimisten, würde selbst einem so einfallsreichen Mann wie Maywitz der Strom ausgehen. Zunächst sollten die Pessimisten Recht behalten, Maywitz holte zu einem Schlage aus, der alles, was bisher geschehen war, in den Schatten stellte.

An einem harmlosen Tag, an dem man nichts Böses erwartete, erhob er sich mit jener Geste, die allen hinreichend bekannt war. Er stellte einen Antrag, der alle seine früheren Anträge übertraf. Er beantragte, einen der Richter, einen der beiden Laienrichter, wegen Befangenheit abzulehnen. Nach der Strafprozessordnung hieß das, der Prozess müsste neu aufgerollt werden, alles begänne noch einmal von vorn. Maywitz begründete seinen Antrag damit, dass jener bewusste Schöffe einem Pressevertreter, der nach dem Ausgang des Verfahrens gefragt hatte, geantwortet habe: »Der Fall ist klar.« Das Gericht vertagte sich. Der Antrag wurde geprüft.

Kurz darauf verkündete der Vorsitzende, dem Antrag des Verteidigers werde stattgegeben.

Mochten die Richter diese Entscheidung auch zähneknirschend und mit schiefem Blick zum Himmel gefasst haben, sie mussten sie fassen, es blieb ihnen nichts anderes übrig, lauerte doch hinter diesem Antrag eine Revisionsfalle. Außerdem hatte Maywitz wirklich Recht, und schließlich war einem deutschen Richter nichts so heilig wie die Strafprozessordnung.

Es ist nicht auszudenken, dachte Paula, der Prozess beginnt also von vorn. Und nur, weil ein Wichtigtuer töricht genug war, diesen kleinen, lächerlichen, in keiner Weise bedeutenden Satz von sich zu geben. Den Schöffen wird eingebläut, den Mund zu halten. Was war in den Mann gefahren, es nicht zu tun? Oder hatte ihn jemand reingelegt? Irgend so ein Sensationsreporter vielleicht?

Paula ärgerte sich. Ihr gesunder Menschenverstand wehrte sich gegen die kleinlaute Kapitulation. Sie sah sich nach einem Menschen um, mit dem sie ihren Ärger teilen konnte, der ihr Recht gab. Sie sah sich nach Susi Simon um, die saß weit weg von ihr, in der letzten Reihe des Saales. Was war los mit dem Mädchen? Selbst wenn sie zu spät kam, die Verhandlung längst begonnen hatte, arbeitete sie sich zu ihr durch. Sie hatten Meinungen ausgetauscht und Frühstücksbrote, einen Tag um den anderen holte mal sie, mal Susi den Kaffee aus dem Automaten im Erdgeschoss des Gerichts. Und nun ging diese Frau fremd an ihr vorüber, ohne sie auch nur eines Blickes zu würdigen? Sie wirkte bestürzt, aber vielleicht hatte die Gute auch nur Zahnschmerzen.

Paula ging ihr nach. Sie wusste, dass man das nicht machte. Trotzdem folgte sie ihr, ihre innere Stimme hatte gesprochen, und die war nun mal ihr oberster Gebieter. Ungewöhnlich, dass die Simon nicht den Weg zu ihrer bedeutenden Heimatzeitung einschlug, sondern sich in Richtung Stadt-Mitte bewegte. Mit jedem Schritt steigerte sich Paulas Aufregung, Susi steuerte dem Goethe-Park zu. Und das war doch höchst sonderbar. Susi verschwand in dem Haus, in dem Maywitz seine Kanzlei hatte. Wollte sie zu ihm? Der Fahrstuhl hielt tatsächlich im zweiten Stock, der Residenz von Maywitz. Was hatte sie mit ihm zu tun? Warum trafen sie sich heimlich? Eben erst hatten sie sich im Gerichtssaal gesehen. Und wenn Maywitz die Redakteurin in seinem Büro empfangen wollte, warum hatte er sie dann nicht mit seinem Wagen mitgenommen. In Paula war das Jagdfieber erwacht, sie wollte wissen, was sich hinter den Kulissen abspielte. War Susi etwa der Pressevertreter, der den kleinen Schöffen arglistig getäuscht hatte? Paula hatte das Gefühl, einer Verschwörung auf die Spur gekommen zu sein. Sie entschloss sich, zu warten, bis Susi zurückkam. Sie wartete lange, eine ganze Stunde, wunderte sich, wie das Schicksal mit ihr umging, dass sie vor ihrer Wohnung wie eine Fremde auf und ab lief.

Dann endlich kam Susi. Sie sah verheult aus, hatte rote Flecken im Gesicht, trat wie blind auf die Straße hinaus. Paulas gutes Herz bewegte sich zwischen Mitleid, Neugier und anderen ungenauen Gefühlen. Sie trat von hinten an sie heran, legte die Hand auf ihre Schulter, sagte, »Sie sind verhaftet, Susi Simon«, hoffte, ihre Stimme würde die Schärfe einer Rasierklinge annehmen, »leugnen ist zwecklos.«

Die Simon sah sie verständnislos an, entschloss sich zur freundlichen Reserviertheit. »Na, Sie erlauben sich ja was.«

»Und Sie erst«, erwiderte Paula, »Sie stecken mit Maywitz unter einer Decke, ich meine nicht die Bettdecke.«

Susi senkte den Blick. Paula zupfte sie am Ärmel. »Bin ich etwa auf der richtigen Spur? Sie haben den Schöffen in die Falle gelockt, Sie haben ihm diesen lächerlichen Satz in den Mund gelegt. Und das im Auftrag von Maywitz. Er hat Sie angestiftet. Und Sie haben sich auf diesen schmutzigen Deal eingelassen. Schämen Sie sich, Susi Simon.« Es war eine lange Rede, die Paula voll innerer Ergriffenheit und äußerer Aufgeregtheit gehalten hatte, sie verfehlte ihre Wirkung nicht.

Die Simon fing wieder an zu heulen. »Wie sind Sie denn drauf gekommen?«

»Heulen hilft nichts. Ich kann Sie jetzt erpressen, Susi Simon«, sagte Paula, fühlte sich als Vollstrecker eines Schicksalsspruchs. »Ich kann dafür sorgen, dass Sie ab morgen wieder Urin untersuchen!«

»Warum habe ich nur gedacht«, wimmerte die Simon, »dass Sie eine nette, alte Dame sind.«

»Nett ja, aber nicht dumm.«

»Was wollen Sie von mir?«

»Warum haben Sie es getan?«

»Ich dachte, ich tue ihm einen Gefallen. Aber ich wusste nicht, was er daraus macht, dass er das so schamlos für sich nutzt.«

»Gehen Sie zum Staatsanwalt, legen ein Geständnis ab. Er soll Maywitz wegen Strafvereitelung anklagen.«

»Um Himmels willen«, schrie die Simon auf, »wenn ich das mache, schlägt er mich tot.«

»So intim sind Sie?«

Sie gingen durch den Park mit den alten Bäumen und den neuen Bänken, setzten sich. Paula hatte sich verausgabt, brauchte Erholung. »Würden Sie mich wirklich verpfeifen?«, fragte die Simon.

»Mal sehen.«

»Warum machen Sie mir solche Angst?«

»Strafe muss sein.«

»Wofür?«

»Weil Sie einen Menschen reingelegt haben, das tut man nicht.«

Die Simon schwieg.

»Und das alles für diesen Maywitz. Ist er das überhaupt wert?«, fragte Paula.

Die Simon nickte zaghaft. »Er ist ein toller Mann. Wenn Sie wissen, was ich meine.«

Paula kniff das Mädchen in die dicken Oberschenkel. »Kindchen, verknallen Sie sich bloß nicht in ihn.«

Susi Simon sah sie an, als wäre sie der einzige

Mensch auf dieser Welt, dem man ein Geheimnis anvertrauen konnte, lispelte herzig: »Ich mag ihn.«

Paula rückte von ihr ab. »Großer Gott, was für eine Katastrophe.«

»Er war sehr nett zu mir.«

»Ist doch klar«, sagte Paula, »er brauchte jemanden, der für ihn Reklame machte, ein paar Artikel, ein paar Fotos. Er weiß, wie man das macht. Kleines dummes Ding, Sie haben sich reinlegen lassen.«

»Es ist so schwer, einen Mann zu finden«, sagte Susi mit kleiner Stimme.

»Maywitz ist zwei Nummern zu groß für Sie. Er lässt Sie fallen, wie man einen lästig gewordenen Menschen überhaupt fallen lassen kann.«

»Und, was soll ich jetzt tun?«

»Ihn auffliegen lassen.«

»Das kann ich ihm nicht antun.«

»Weichei«, sagte Paula verächtlich.

»Er hat mir eine Überraschung versprochen, aber erst will er den Prozess hinter sich bringen.«

Paula dachte nach. »Judaslohn«, sagte sie, »sind Sie noch zu retten? Merken Sie sich eins, mein Kind, um in dieser Welt bestehen zu können, muss man Charakter haben.«

»Was ist das, das Wort zum Sonntag?«

XIII

Die Beweisaufnahme im Mordprozess war abgeschlossen. Die Plädoyers gehalten. Die Anträge von Staatsanwalt und Verteidiger gestellt. Das Gericht erteilte dem Angeklagten das letzte Wort. Der verzichtete darauf, grinste unbeteiligt und schwieg.

Das Gericht zog sich zur Beratung zurück. Die

Beratung dauerte drei Tage. Dann kam der Tag der Urteilsverkündung. Dem Grundsatz – in dubio pro reo – folgend, im Zweifel für den Angeklagten, sprach das Gericht den Angeklagten wegen Mangels an Beweisen frei. Uwe Marek verließ das Gericht als freier Mann. Dr. Maywitz feierte seinen größten Sieg. Im Vorübergehen nickte er Paula huldvoll zu.

Vier Wochen später war Klaus Maywitz tot.

Die Sekretärin war an diesem Morgen, es war ein ganz gewöhnlicher Mittwoch, mit Verspätung ins Büro gekommen. Maywitz nahm ohne Verständnis für schwierige Situationen anderer Menschen eine Entschuldigung entgegen. Vielleicht akzeptierte er den Ausbruch eines Hurrikans. Ein bockiges Auto war kein Grund, zu spät zu kommen. Vielleicht ist er schon beim Gericht, dachte sie. Oft genug fuhr er von seiner Wohnung direkt zu einer Verhandlung. Hoffentlich kam sie heut mit einem blauen Auge davon. Er war sonst kein übler Chef, sie arbeitete gern bei ihm. Wenngleich er streng auf Distanz achtete, keine Nähe entstehen ließ, sie dachte oft, dass ihm menschliche Wärme fehle.

Sie steckte den Schlüssel ins Türschloss, wunderte sich, dass die Tür nicht verschlossen war. Also ist er noch da, dachte sie. Leise, damit er sie nicht sofort wahrnahm, betrat sie das Vorzimmer, stellte die Tasche ab, zog den Mantel aus, wartete, dass er nach ihr riefe.

Die Tür zu seinem Zimmer stand weit offen, eigentlich hätte er sie hören müssen. Sie warf einen kurzen, scheuen Blick hinein, an seinem Schreibtisch saß er nicht. In diesem Augenblick klingelte das Telefon. Die Leiterin der Geschäftsstelle des Amtsgerichts, eine freundliche Frau, zu der sie angenehmen Kontakt hatte, meldete sich. »Das

Gericht wartet auf Dr. Maywitz, hat er den Termin vergessen? Das Gericht fängt mit der Verhandlung an, wenn sein Klient damit einverstanden ist. Sagen Sie ihm das bitte.«

Der Termin beim Amtsgericht war in seinem Kalender eingetragen, war es möglich, dass er ihn übersehen hatte. Sie rief in seiner Wohnung an, niemand meldete sich. Sie betrat sein Zimmer, machte ein paar Schritte zum Schreibtisch hin. Da sah sie ihn, er lag zwischen Fenster und Schreibtisch, auf dem Rücken, die Augen weit geöffnet.

Sie kniete bestürzt neben ihm nieder, rief seinen Namen, zuerst ängstlich leise, dann lauter, beherzter, klopfte seine Wange. Eine Ohnmacht, dachte sie, ein Herzanfall. Ihr eigenes Herz schlug so heftig, dass sie seinen Puls nicht ertasten konnte. Sie begriff schnell, dass ihre laienhaften Kenntnisse von rettungsdienstlichen Bemühungen unzureichend waren. Sie stürzte zum Telefon, rief den Notarzt an, lief, während sie auf ihn wartete, zwischen Büro und Treppenaufgang hin und her, überhaufte sich mit Selbstvorwürfen, wäre sie nur früher gekommen, sie hätte ihm vielleicht helfen können.

Es dauerte eine qualvolle Ewigkeit, in Wirklichkeit waren es nur wenige Minuten. Eine Sirene heulte irgendwo, verstummte vor dem Haus. Der Arzt, zwei Helfer tauchten auf.

Der Arzt beugte sich über Maywitz, horchte ihn ab, prüfte die Reaktion der Pupillen, drehte ihn in die Seitenlage, erhob sich, langsam, als hätte es nun keine Eile mehr. »Hier ist unsere Kunst am Ende. Er ist tot. Ich rufe die Polizei.«

»Polizei?«, fragte die Sekretärin verwirrt. »Wieso denn das?«

»Alle Anzeichen sprechen dafür, dass ein Verbrechen vorliegt.«

Die Sekretärin schlug beide Hände vors Gesicht, wandte sich ab, weinte leise vor sich hin.

Jochen Feldmann erschien, mit ihm die Kriminaltechniker. Feldmann sah auf den Toten zu seinen Füßen, er war erschüttert und betroffen. Trotzdem versagte er sich sein Mitleid. Gefühle, die unter die Haut gingen, konnte er sich nicht leisten. Eine Art Selbstschutz. Er hatte sich angewöhnt, eine Leiche mit der gleichen Aufmerksamkeit zu betrachten, mit der er einen geknackten Geldschrank ansah.

Feldmann ließ sich von der Sekretärin schildern, wie sie den Toten gefunden hatte. Die verstörte Frau war überzeugt, dass das Unglück nicht geschehen wäre, wenn sie hätte pünktlich sein können.

Dr. Weingärtner, der Gerichtsmediziner kam. »O mein Gott«, sagte er, »ich habe ihn gut gekannt, er war ein fabelhafter Golfspieler. Wir waren für Sonntag verabredet.« Seine Geschäftigkeit kehrte zurück, verdrängte den Kummer über den Tod des Golfpartners. Er fing an, die Leiche zu untersuchen. Der Körper lag auf dem Rücken. Spuren von Gewalteinwirkung waren nicht zu sehen. Er drehte die Leiche um.

Die Leichenstarre war an Armen und Beinen weit fortgeschritten. Der hintere Teil des Kopfes war deformiert. »Es war offensichtlich stumpfe Gewalt«, sagte der Gerichtsmediziner. Er untersuchte Arme und Hände des Toten. »Wenn meine Annahme stimmt«, sagte er, »müsste es Kampf- oder Abwehrspuren geben.«

Feldmann hörte aufmerksam zu, was ihm beträchtliche Mühe bereitete, denn Weingärtner hatte die ungetrübte Weitschweifigkeit und Diktion eines Universitätsdozenten. Er hob jeden konkreten Fall in den Bereich einer wissenschaftlichen

Verallgemeinerung. »Also suchen wir nach solchen Spuren«, fuhr er fort. »Im Regelfall hebt der Angegriffene den Unterarm hoch, um den Kopf, das Hauptangriffsobjekt, zu schützen. Der Rechtshänder hebt den rechten Arm, der Linkshänder den linken. Das gilt für den Angriff mit einem stumpfen Gegenstand. Wird mit dem Messer angegriffen, versucht das Opfer die Hand des Täters aufzufangen. Dabei entstehen charakteristische Schnittwunden an den Händen und den Unterarmen.« Weingärtner untersuchte den Arm des Toten. Am rechten Unterarm fand er stark ausgeprägte Hämatome. »Sehen Sie, Herr Kommissar, es ist, wie ich vermutet habe. Maywitz ist mit einem stumpfen Gegenstand erschlagen worden.«

Er hob den Kopf des Toten ein wenig an, betrachtete den Teppichboden. »Diese Art der Zertrümmerung des Schädels hinterlässt nur geringe subkutane Blutung.«

»Dann kann man davon ausgehen, dass der Fundort der Leiche auch der Tatort ist?«, fragte Feldmann.

»Genau, mein Freund, das können Sie.«

»Wann könnte der Tot eingetreten sein?«

»Der Eintritt der Körperstarre beginnt etwa zwei Stunden nach Eintritt des Todes. Ist der Leichnam der Kälte ausgesetzt, ist die Körperstarre erst nach sechs bis acht Stunden ausgeprägt. Das ist hier nicht der Fall, das Zimmer ist geheizt. Die Körperstarre hat sich normal entwickeln können. Sie hält etwa achtundvierzig Stunden an.« Weingärtner versuchte, die starren Gliedmaßen zu bewegen. »Ich schätze, der Tod ist vor gut zwölf Stunden eingetreten.«

Also gestern in den Abendstunden, dachte Feldmann. Ihm war klar, dass die Ermordung eines bekannten Anwalts allgemeines Interesse erregen würde. »Sie kannten ihn gut?«, fragte er. »Hatte er Feinde?«

»Er war ein bedeutender Mann.« Seine Antwort hätte nicht vorsichtiger ausfallen können.

»Und ein guter Anwalt.« Feldmann spürte Weingärtners Zurückhaltung. »Hatte er Familie?«

Weingärtner sagte unbestimmt: »Es soll da eine Affäre gegeben haben. Sein Tod wird manche Mutmaßung auslösen.«

»Was für eine Affäre?«

»Nein, mein Lieber, ich beteilige mich nicht an solchen Spekulationen.«

»Mein Chef«, sagte Feldmann, »Sie kennen ihn ja, konziliant, gute Manieren, ein ausgesprochen netter Mensch, leider interessiert er sich nur mäßig für die Arbeit der Mordkommission. Aber in diesem Fall wird er mir mit seinem – nun wie geht's Feldmann, sind Sie schon weiter gekommen – auf die Nerven gehen. Er will Ergebnisse.«

»Trotzdem, aus mir kriegen Sie nichts raus, es sind ja vielleicht nur Gerüchte.«

»Auch die würden mir helfen.«

»Hilf dir selbst, so hilft dir Gott«, sagte Weingärtner, ärgerlich, dass er überhaupt etwas gesagt hatte.

»Die Presse wird uns auf den Fersen sitzen. Vor allem unsere emsige Heimatzeitung. Die Leute dort glauben, bessere Ermittler zu sein. Sie werden anfangen zu recherchieren. Diese Susi Simon liebt Sensationen.«

»Immerhin«, antwortete Weingärtner und packte seine Tasche. »Maywitz war ein guter Freund des Polizeipräsidenten, die haben auch zusammen Golf gespielt. Viel Glück bei der Ermittlung.«

Die Besichtigung des Tatorts und die Spurensuche erbrachten nur vage Hinweise darauf, was sich am Abend zuvor abgespielt haben könnte. Weder an den Türen noch an den großen Fenstern zum Wintergarten zeigten sich Spuren, die auf eine Gewaltanwendung schließen ließen. Im Büro des Anwalts allerdings gab es Anzeichen dafür, dass ein kurzer Kampf stattgefunden haben konnte. Die Stehlampe neben dem Schreibtisch war umgeworfen worden, hatte die Vase, die daneben gestanden hatte, zerschlagen. Die Utensilien auf dem Schreibtisch waren durcheinander geworfen.

Sollte Maywitz einen Einbrecher überrascht haben? Oder hatte er den späten Besucher selbst eingelassen? Um einen gewöhnlichen Klienten konnte es sich dabei nicht gehandelt haben. Im Terminkalender waren keine Anhaltspunkte zu finden. War der Täter also in seinem Bekanntenkreis zu suchen?

Ein Raubmord konnte wohl ausgeschlossen werden. Es sei denn, der Täter wäre gestört worden. Maywitz hatte seine goldene Uhr noch am Handgelenk, in seiner Brieftasche steckten Kreditkarten und ein paar große Geldscheine. Hatte jemand versucht, an die Akten heranzukommen? Doch weder der Schreibtisch noch der Aktenschrank waren durchwühlt worden. Neben dem Schreibtisch fand Feldmann eine zirka 30 cm große Bronzestatue, ein Frauenakt, offensichtlich Jugendstil. Konnte das die Tatwaffe sein? Die Kriminaltechniker bestätigten seine Vermutung, sie hatten winzige Gewebespuren am Sockel der Statue entdeckt.

Also können wir davon ausgehen, dachte Feldmann, dass der Täter nicht mit der Absicht zu töten gekommen war.

Feldmann befragte die Sekretärin über die Lebensgewohnheiten ihres Chef, seinen Bekanntenkreis, Freunde und Klienten. Sollte es sich bei der Tat um einen Racheakt handeln? Verbarg sich dahinter eine Eifersuchtsgeschichte? War es vielleicht ein Prozessgegner oder ein enttäuschter Klient? In letzter Zeit waren Fälle bekannt geworden, wo Richter und Staatsanwälte Opfer verärgerter Angeklagter geworden waren. Feldmann dachte, dass er nicht umhin kommen würde, sich mit den Prozessen der letzten Monate zu beschäftigen.

Der Anrufbeantworter hatte vier Anrufe registriert. Der erste war ein Mann, der um einen Termin ersuchte, der zweite ein Klient, der um Zahlungsaufschub bat. Der dritte Anruf kam von einer Frau, sie zwitscherte mit leicht bayerischen Dialekt, sie habe Karten für Bayreuth ergattert. Sie duzte Maywitz, nannte ihn ihren Säbelzahntiger, war vertraut im Umgang mit ihm. »Melde dich, ich habe Sehnsucht nach dir«, sagte sie, ein schmatzendes Geräusch war zu hören. Ein Kuß, dachte Feldmann, ein Kuß über die Telekom. War das seine Frau oder seine Freundin? Feldmann spielte der Sekretärin das Band vor. »Das ist seine Frau, erkenne ich sofort. Mein Gott«, sagte sie erschrocken, »wer wird ihr diese schreckliche Nachricht überbringen?«

»Wo wohnt sie?«

»In München.«

»Warum nicht bei ihrem Mann?«

»Keine Ahnung.«

Der letzte Anrufer war ebenfalls eine Frau, sie lispelte ein wenig. Feldmann glaubte die Stimme zu kennen, kam nicht darauf. Auch diese Frau duzte Maywitz, war vertraut mit ihm, so vertraut, dass sie sich einen leidenden, vorwurfsvollen Ton leisten konnte. Sie bat ihn, sich »bitte, bitte«, bei ihr zu melden. Die Sekretärin schüttelte den Kopf, diese Stimme hatte sie noch nie gehört.

»Hatte Dr. Maywitz Feinde?«, fragte Feldmann.

Die Sekretärin nickte ängstlich. »Ich glaube schon.«

»Mit wem gab es Krach?«

»Leute, die sich nicht richtig vertreten fühlten.«

»Wer zum Beispiel?«

Sie dachte nach. »Ich erinnere mich nicht mehr, aber ich glaube, es waren Leute aus Klein Wulkow.«

»Worum ging es da? Wissen Sie noch den Namen?«

»Ich kann mich nicht erinnern.«

»Können Sie in den Unterlagen nachsehen?«

»Ich habe keine Akte angelegt, daran würde ich mich erinnern.«

»Na gut«, sagte Feldmann, »vielleicht können Sie mir eine andere Frage beantworten. Dr. Maywitz hatte einen Kanzleigehilfen. Wo finde ich ihn?«

»Ja, Emil, der hatte überall Einblick.«

»Wo steckt er jetzt?«

»Der Doktor hat ihn gefeuert.«

»Warum?«

»Keine Ahnung. Es gibt Dinge, von denen man besser nichts weiß. Gewundert hat es mich schon, Emil war früher Richter am Kreisgericht, nach der Wende wurde er nicht übernommen. Ein Diplomjurist mit dem Gehalt eines Gehilfen. Etwas besseres konnte dem Doktor eigentlich nicht passieren. Und Emil war wirklich gut und sehr fleißig.«

»Sie müssen doch wissen, wo er wohnt?«

»Keine Ahnung.«

»Emil, und weiter?«

»Emil war sein Spitzname, eigentlich heißt er Horst Bombusch.«

Feldmann fragte: »Gibt es keine Personalakte von diesem Mann?«

»Ich habe keine gesehen.«

»Sonderbar, es muss doch Unterlagen geben.«

Sie zuckte die Schulter.

Feldmann dachte, dass diese Frau sich nahezu

perfekt den neuen Umgangsformen angepasst hat. Da sagte sie: »Wissen Sie eigentlich, dass Dr. Maywitz für das Amt des Oberbürgermeisters kandidieren wollte?«

»Hätte er denn Chancen gehabt?«

»Vor einem Jahr vielleicht, jetzt wohl nicht mehr.«

»Warum? Was ist passiert?«

»Können Sie sich nicht mehr an den Skandal erinnern, Herr Kommissar, er war lange Stadtgespräch. Dr. Maywitz verlangte für ein Gutachten, das er für die Wohnungsgesellschaft gemacht hatte, ein Honorar von einer Million. Da war er bei den meisten Leuten unten durch.«

»Es gibt schließlich eine Honorarordnung.«

»Er sollte die Plattenbauten eines Stadtteils begutachten, er befasste sich lediglich mit einem Block, stellte aber den ganzen Stadtteil in Rechnung. Er hatte es quasi hochgerechnet«

»Hat er das Geld bekommen?«

»Hat er nicht. Seine Parteifreunde ließen ihn fallen. Der Traum vom Oberbürgermeisteramt war ausgeträumt.«

XIV

Peter Berg, der Assistent, kam früher aus dem Urlaub zurück, als Feldmann erwartet hatte. Er freute sich, den jungen Mann wieder bei sich zu haben. Trotzdem missbilligte er dessen Eifer. Ein bisschen Ehrgeiz war gut, zuviel von Übel. Doch wer konnte das schon steuern. Es war wie mit allen Dingen des Lebens, es kam auf die Proportionen an. »Du verstehst, dass ich dich zurückholen ließ. Dieser Fall ist hochexplosiv. Allein komme ich nicht zurecht. Bist du deshalb sauer?«, fragte er.

»Ach was«, erwiderte Berg, »Urlaub ist für mich

eine Art Zwangsverordnung und eigentlich etwas Artfremdes. Man redet den Leuten nur ein, dass sie Urlaub machen müssen.«

Feldmann lachte. »Das behalte mal lieber für dich, lass es kein Reisebüro hören.« Er informierte Berg, was sich zugetragen hatte und wie weit er mit seinen Erkundigungen gekommen war. »Wir müssen diesen Horst Bombusch aufsuchen. Ich habe das sichere Gefühl, dass er uns weiterhelfen kann.«

Berg nickte. »Zwischen ihm und Maywitz muss etwas vorgefallen sein. So einen Mann lässt man doch nicht gehen. Komisch ist es schon, dass Maywitz ihn gefeuert haben soll. Ich kenne Bombusch, als ehemaliger Richter war er in der Lage, alle Schriftsätze, ob im Zivilrecht, Familienrecht, Strafrecht exakt zu formulieren. So eine Kraft musst du dir erst mal suchen. Bombusch ist Gold wert. Wir müssen wirklich schnellstens an ihn ran.«

»Nur wissen wir nicht, wo er steckt«, gab Feldmann zu bedenken.

»Das finde ich schnell raus, kann ja nicht so schwer sein.«

»Nach dem Laborbericht über den Mageninhalt sieht es so aus, als hätte Maywitz kurz vor seinem Tod noch Speisen zu sich genommen«, fuhr Feldmann fort. »Es ist anzunehmen, dass er in einem Restaurant gegessen hat. Vielleicht weiß die Sekretärin, in welchen Restaurants er verkehrte. Der Blutalkoholspiegel betrug 0,8 Promille. Ich spekuliere jetzt mal«, sagte Feldmann, »fest steht, dass Maywitz zwischen einundzwanzig und dreiundzwanzig Uhr ermordet wurde. Es ist also durchaus möglich, dass er mit seinem Mörder in ein Restaurant gegangen ist und dort mit ihm zu zu Abend gegessen hat. Zu dem Zeitpunkt war zwischen ihnen möglicherweise noch alles in Ordnung.

Nach dem Essen dann ist er mit seinem Mörder ins Büro gegangen. Dort muss es zu einer Auseinandersetzung gekommen sein, in deren Verlauf der Besucher die Bronzestatue ergriff und Maywitz niederschlug, ihn tötete. Diese Statue ist eindeutig das Tatwerkzeug.«

»Warum versteifst du dich darauf, dass Maywitz sich mit seinem späteren Mörder im Restaurant verabredet hat«, widersprach der Assistent, »er kann auch allein in der Kneipe gewesen sein. Und sich später mit ihm getroffen haben.«

»Ob sie sich im Restaurant oder im Büro gesehen haben, kriegen wir raus. Aber eines ist sicher, der Mensch kam unangemeldet«, sagte Feldmann, »Maywitz hatte sonst alle Besucher akribisch registriert.«

Feldmann fragte die Sekretärin über die Essgewohnheiten ihres Chefs aus.

»Gefrühstückt hat er zu Haus«, sagte sie, »Mittag aß er nie, vielleicht mal ein bisschen Obst, am Abend ging er in ein Restaurant, aber wohin, das weiß ich nicht.«

»Es wäre ja auch zu schön gewesen«, knurrte Feldmann. Die Sekretärin wusste sehr wenig von ihrem Chef, das war schon höchst sonderbar. Aber vielleicht gab sie auch nur vor, nichts zu wissen. »Ich weiß wirklich nicht, wo Dr. Maywitz hinging«, sagte sie, »er gehörte nicht zu den Chefs, die ihren Sekretärinnen erzählen, was sie am Abend anstellen.«

»Haben Sie nicht mal einen Tisch für ihn bestellt oder Leuten Bescheid gesagt, wo sie ihn treffen könnten?«

»Wo denken Sie hin!« Sie war entrüstet.

»Es hätte uns sehr geholfen.«

»Moment mal«, sagte sie plötzlich, »ich habe eine Idee. Dr. Maywitz ließ sich von allen Restaurants, in denen er sich mit Klienten traf, Rechnungen geben fürs Finanzamt.«

»Ich schließe Sie heute Abend in mein Nachtgebet ein.« Feldmann nahm alle geheimen Beschimpfungen zurück.

Angespornt durch ein solches Versprechen, suchte die eifrige Frau, fand, was sie suchte und präsentierte dem Kriminalisten Rechnungen des Restaurants »Tristan«. »Glauben Sie, Herr Kommissar«, beteuerte die Sekretärin, »ich sage alles, was ich weiß. Dr. Maywitz war aber ein recht merkwürdiger Mensch.«

Als Feldmann ins Präsidium zurückkam, erwartete ihn eine Überraschung. In seinem Zimmer saß Paula und hielt seinem Partner einen Vortrag über das Ballett, als eine Kunstform, die in unserer Gesellschaft zu wenig Beachtung findet. Sie weihte ihn, mit glühenden Wangen und leuchtenden Augen, in die Geheimnisse des Spitzentanzes ein, hatte die Schuhe ausgezogen, die Kostümjacke über die Stuhllehne gehängt, ließ sich von Feldmann nicht stören. Der junge Mann hörte ihr aufmerksam und ein wenig belustigt zu.

»Hallo Paula«, rief Feldmann, »schön, dich zu sehen. Willst du meinen Partner abwerben?«

Ein wenig unwillig beendete Paula ihren Vortrag. »Ich stelle mit Bedauern fest«, sagte sie spitz, »dass die Kenntnisse über die schönste der Künste bei deinem Mitarbeiter äußerst dürftig sind. Ich hoffe sehr, dass es bei dir etwas erfreulicher aussieht.« Sie zog die Schuhe wieder an, hängte sich die Jacke über die Schulter und setzte sich brav auf den Stuhl vor Feldmanns Schreibtisch.

»Die Interessen, liebe Paula, gehen halt auseinander, der eine liebt Fußball, der andere Ballett.«

Paula wollte diese simple Weisheit nicht gelten

lassen. »Kunst ist kein Interessengebiet, Kunst ist ein Lebensmittel. Nicht auszudenken, wohin die Menschheit geraten würde, wenn sie deine nihilistische Maxime akzeptierte.« Mit missionarischem Eifer fuhr sie fort, sich über die Kunst als Lebensmittel auszulassen.

»Paula, liebste, beste Paula«, unterbrach Feldmann sie ein wenig ungeduldig, »bedauerlicherweise haben wir es im Augenblick mit den eklatanten Folgen niedrigster Denkungsart zu tun.« Er glaubte sich deutlich ausgedrückt zu haben, ohne etwas zu verraten.

»Ich weiß«, erwiderte Paula, »Maywitz ist ermordet worden.«

Feldmann warf seinem Partner einen schnellen Blick zwischen Verblüffung und Entrüstung zu. Der schüttelte leicht den Kopf. »Von mir hat sie es nicht.«

»Ich bin nicht auf die Informationen der Kriminalpolizei angewiesen«, gab Paula hochmütig zurück.

»Und woher weißt du es dann?«

»Das, lieber Feldmann, ist mein Geheimnis.«

»Du willst es mir nicht sagen«, knurrte Feldmann, »obwohl wir uns ungefähr seit hundert Jahren kennen?«

»Nein«, entschied Paula.

»Kanntest du Maywitz?«, fragte Feldmann.

»Nein«, erwiderte sie, ohne nachzudenken. »Er hat mich nur aus meiner Wohnung gejagt.«

»Du hast also nie mit ihm gesprochen?«, fragte Feldmann ungläubig.

»O doch, sogar ein paar Mal.«

»Behauptest aber, ihn nicht zu kennen.«

»Wann kann man von einem Menschen sagen, dass man ihn kennt? Die menschliche Seele ist wie ein tiefer, geheimnisvoller Brunnen. Erst wenn du auf dem Grund angekommen bist, hast du eine leise Ahnung von der Beschaffenheit eines Menschen.«

»Wir haben keine Zeit, in geheimnisvolle Brunnen zu tauchen.«

»Junge«, sagte sie mit vorwurfsvollem Blick, »es war eine Metapher.«

»Mir das zu erklären, bist du doch nicht hergekommen?«

»Ich will dir helfen, den Täter zu fassen.«

»Na, was sagst du denn dazu«, Feldmann grinste, »Paula, der rettende Engel.«

»Ironie, wenn sie geistreich sein soll, ist eine Sache des Intellekts«, sagte Paula.

»Willst du mir nicht sagen, was du über die Sache weißt?«, fragte Feldmann sanft.

»Ich weiß nichts, aber ich vermute einiges.« Sie beugte sich vertraulich zu ihm: »Ganz unter uns, Feldmann, wenn ihn nicht schon jemand umgebracht hätte, hätte ich es möglicherweise tun müssen. Was sehr anstrengend und ziemlich aufregend für eine alte Frau ist.«

Peter Berg, der Assistent, der sich nicht in das Gespräch eingemischt hatte, gluckste vor Vergnügen.

»Und warum?«, fragte Feldmann

»Maywitz war dabei, unser Klein Wulkow kaputt zu machen. Soll ich dir die Geschichte erzählen?«, fragte sie.

»Erzähle«, sagte Feldmann ergeben.

»Ich hatte von seinen finsteren Absichten gehört, weißt du, aber es war alles sehr ungenau, sehr vage. Also, dachte ich, gehe zu ihm, tue, als wärst du eine Journalistin, die einen freundlichen Artikel über ihn schreiben will.«

»Und, hast du das gemacht?«

»Ich bin kein Hase, der mit angelegten Ohren in der Furche sitzt.«

»Er hat es dir abgenommen?«, fragte Feldmann.

»Bin ich denn nicht überzeugend?«

Feldmann hütete sich zu widersprechen.

»Maywitz war scharf auf Publicity«, sagte Paula, »kann man ihm nicht übel nehmen, es ist eine weit verbreitete Krankheit, ansteckend wie die Pest. Soviel habe ich raus bekommen, er vertritt eine Erbengemeinschaft in Fragen der Rückeroberung unseres Dorfes. Seine Mandanten leben in München, ihnen gehören einige Grundstücke in Klein Wulkow. Ein Makler, ebenfalls aus München, jongliert mit den Grundstücken, er hat den Hut auf, aber Maywitz mischt kräftig mit. Zwischen den beiden Herren sind gewisse Rivalitäten aufgetreten. Bei ihren gottgewollten Plänen sind ihnen die Camper im Weg. Du weißt ja, wie allergisch die Öffentlichkeit auf die Vertreibung von Dauercampern und Bungalowbesitzern reagiert. Ich fragte ihn, wie er diese heikle Angelegenheit lösen wolle. Was aus den Campern werden solle. Die täten ihm leid, sagte er, doch Gottes Natur sei groß und schön, jeder könne hingehen, wohin er wollte. Und hier, lieber Feldmann, seh ich den Ansatzpunkt für deine Ermittlung.«

Feldmann grinste freundlich. »Ich danke dir für den wertvollen Hinweis. Nur, weißt du, liebste Paula, Maywitz hat mit der Sache wenig zu tun, er ist nur der juristische Berater gewesen.« Er wollte sie verabschieden. Paula dachte nicht daran zu gehen. »Na, da lass dich mal nicht täuschen. Maywitz wollte ein großes Stück vom süßen Kuchen.«

»Gut, Paula, wir behalten das im Auge.« Feldmann zeigte leichte Erschöpfung.

»Als mögliche Täter musst du auch die Bauern von Klein Wulkow in Erwägung ziehen«, fuhr Paula unbeirrt fort, »diese Leute müssen eine ziemliche Wut auf Maywitz haben. Sie können nicht mehr an ihren See, da ist ein Zaun, der ihnen den Zutritt versperrt. Ich fragte Maywitz, ob das eine Art Mauer sei, die Ost von West trennen soll, und was sich der Makler dabei gedacht habe. Er sagte, ein Teil des Ufers sei Privateigentum, die Leute in Klein Wulkow hätten verlernt, was Privateigentum bedeute. Sie würden sich mit der Zeit damit abfinden. Ihnen bleibt das andere Ufer. Jeder hat Privateigentum zu respektieren. Das Gesetz sei auf seiner Seite.«

Die beiden Kriminalisten hatten geduldig zugehört. Berg machte sich sogar Notizen, was ihm ein wohlgefälliges Lächeln von Paula einbrachte. Feldmann fragte. »Deshalb soll ihn einer der Bauern umgebracht haben?«

»Denke ich mir«, antwortete Paula

»Was hätte sein Tod für einen Sinn. Die Erbengemeinschaft nimmt sich einen anderen Anwalt, der Makler regelt ohnehin die Geschäfte, alles bleibt beim Alten.«

»Daran habe ich nicht gedacht«, gestand Paula ein wenig beschämt ein.

»Da staune ich aber.«

»Sag, was du willst, Maywitz war die Inkarnation des Negativen. Er wollte die Camper, die Bungalowbesitzer von ihrem See vertreiben. Seit dreißig, vierzig Jahren verbringen sie dort den Sommer. Sie kennen jeden Baum, jeden Strauch, sind mit dem Wasser, dem Wind, den Vögeln vertraut. Dieses Stück Erde ist ihnen zum Lebensinhalt geworden. Maywitz beging eine Todsünde. Dafür musste er büßen.«

»Trotzdem, deshalb bringt man keinen Menschen um, verrenne dich nicht.«

»Ich bin nicht stolz auf meinen Verstand«, sagte Paula, »aber ich sehe Zusammenhänge, die du offenbar nicht siehst oder nicht sehen willst. Deine Ignoranz nagt an meiner Gutmütigkeit. Ich muss mir sehr überlegen, ob ich dir überhaupt helfen soll.«

»Paula«, sagte Feldmann friedfertig, »überlege doch mal, ein Mensch, der die Natur liebt, der die Tiere liebt, seine Familie, der Freunde hat, eine starke Bindung an das Leben, so ein Mensch ist ausgeglichen, seine Seele ist einsehbar wie ein aufgeschlagenes Buch. Er ist weit davon entfernt, einen Mord zu begehen.«

»Und wenn einer kommt, ihm alles wegnimmt. Züngelt da nicht Wut in ihm hoch, der dringende Wunsch, den Menschen zu bestrafen?«

»Also, ich verspreche dir, dass wir uns in Klein Wulkow mal umsehen werden«, sagte Feldmann.

Paula stand auf. »Mal umsehen werden«, knurrte sie, »wie du das sagst, es spricht wirklich von großem Enthusiasmus.« Sie nahm ihre Tasche. Feldmann half ihr in die Jacke. Sie standen sich gegenüber. Feldmann sagte leise. »Und warum wolltest du Maywitz umbringen?«

»Er hat mich aus meiner Wohnung vertrieben. Damit hatte ich mich inzwischen abgefunden, aber er war dabei, meine Kinder, Katharina und Franz aus ihrem Haus zu vertreiben, und damit hätte er auch mich wieder vertrieben.«

»Das hast du dir eingeredet.«

»Er hat immerhin Restitutionsansprüche geltend gemacht.«

»Aber das Land gehörte den Eltern von Franz.«

»Es war Land aus der Bodenreform.«

»Es ist doch sehr fraglich, ob Maywitz damit durchgekommen wäre.«

»Ich traue unseren Gerichten nicht. Sie entscheiden fast immer zu Gunsten der Mächtigen.«

Feldmann hätte ihr gern etwas Tröstliches gesagt, ihm fiel nichts ein.

»Dieses Silbergrau steht dir«, sagte er schließlich, »du siehst gut aus.«

»Ich gehe«, antwortete sie, »und überlass dich deinem Schicksal. Wenn du mich brauchst, ruf an, ich werde kommen.«

XV

Paula stand früher auf als sonst, frühstückte weniger als sonst, war aufgeregter als sonst. Sie wollte zu Wedekind, wollte ihm mitteilen, dass ihr Plan sinnlos geworden war, dass er keinen Artikel über Maywitz schreiben müsste, denn Maywitz war tot. Der Krieg fiele aus. Der Sturm auf die Bastille würde nicht stattfinden. Sie würde ihm sagen, hoffte, dass sie ausreichend Spott in ihre Worte legen könnte, er dürfe weiterhin Tomaten hochbinden, Katzen füttern, Pfefferkuchen backen, in der sinkenden Abendsonne, unter dem alten Nussbaum sitzen und seine Pfeife rauchen.

Sie lief durch das Dorf zu seinem Haus, hoffte, sein Triumph würde sich in Grenzen halten. Sie blieb vor dem Zaun stehen, tat, als bewunderte sie die abgeblühten Astern. In Wirklichkeit holte sie tief Luft. Er sollte sie nicht atemlos sehen.

Im Garten herrschte eine sonderbar gleichgültige Ruhe. Sie rief seinen Namen. Der stille Garten verschluckte die Rufe. Die Tür zum Haus war angelehnt. Ein dämmriger Korridor, an der Wand lehnte ein Fahrrad, der Lenker hatte den Putz von der Wand geschabt.

Es roch nach Erde, Kartoffeln. In einem Korb lagen verschrumpelte Äpfel. Sie verströmten den Duft von fauligem Obst. Zwei leere Katzenschüsseln, ein Paar Gummistiefel. Die Küche war unaufgeräumt. Schmutziges Geschirr stand in der Spüle.

Ein Teller mit Speiseresten. Vor dem Herd eine getrocknete Pfütze von Milch.

Sie rief nach ihm, suchte ihn im Haus, fand ihn im Schlafzimmer. Sein Gesicht war rot, die Augen verquollen, sie glänzten fiebrig. Sein Atem ging stoßweise, röchelnd. Er öffnete die Augen, aber er sah sie nicht. Seine Lippen waren ausgetrocknet, die Haut aufgeplatzt. Er tat ihr unendlich leid in seiner grenzenlosen Einsamkeit. Ein Gefühl von Zärtlichkeit kam in ihr auf.

Sie lief auf die Straße, hielt das erste Auto an, das die Straße daher kam. Eine junge Frau saß am Steuer, wehrte heftig ab. »Ich habe keine Zeit, muss zum Zahnarzt.«

»Wir müssen einen Menschen retten«, sagte Paula eindrucksvoll.

Sie trugen, zogen, schleppten den Kranken in das Auto der Frau. Er nahm nicht wahr, was mit ihm geschah. »Den hat es aber erwischt«, sagte die Frau.

»Es erwischt immer die Besten«, sagte Paula.

»Ein Verwandter von Ihnen?«, fragte die Frau.

»Ach wo, ich kenne ihn kaum.« Paula dachte, es ist tatsächlich so, dass ich ihn kaum kenne, obwohl er mir auf sonderbare Weise am Herzen liegt.

»Hat er keine Familie, die sich um ihn kümmert?«

»Ich bin sein Schutzengel.«

»Ich dachte«, sagte die Frau, »so was gibt es heutzutage nicht mehr.«

Sie brachten ihn in Lenaus Haus, legten ihn in Paulas Bett. Die junge Frau versprach wiederzukommen, falls Paula Hilfe nötig hätte. Paula schenkte ihr einen ihrer unzähligen Plüschaffen. »Er bringt Glück.«

Dann stand sie an seinem Bett mit einem sonderbaren Gefühl von Genugtuung. Sie war ganz ruhig, dachte an Wadenwickel, kalte Kompressen, Obstsaft, Kamillentee, Baldrian, suchte fiebersenkende Tabletten, war sicher, ihm die richtigen Medikamente eingeflößt zu haben. Sein Gesicht war eingefallen, die Augen hatten sich in ihre Höhlen zurückgezogen, der Puls ging schnell und unregelmäßig.

Am Nachmittag kam Lenau nach Hause. Paula machte Kaffee, servierte Kuchen. Sie saßen zusammen. Lenau bemerkte verwundert ihre stille Ergebenheit, fragte: »Iss was mit dir?«

»Ich habe dem Tod ins Auge gesehen«, antwortete sie.

»Wo hat die Gegenüberstellung stattgefunden?«

Sie wies zur Decke. »In meinem Schlafzimmer.«

Lenau legte seine Hand auf ihre Hand. »Großer Gott, Paula, bist du in Ordnung?«

Sie wollte ihm von Wedekind erzählen, tat es nicht und wusste selbst nicht warum.

Schon am Abend ging es dem Kranken besser. Er trank, was sie ihm gab, ließ sich Wickel anlegen, mit Kompressen beladen.

Katharina kam nach Hause. Sie saßen beim Abendbrot. Lenau stellte beruhigt fest, dass Paula ihre charmante Selbstgefälligkeit wiedererlangt hatte und sagte zu Katharina: »Deine Mutter hat heut dem Tod gegenübergestanden.«

Katharina fuhr ihn an. »Damit scherzt man nicht.«

»Sie hat es mir selbst gesagt.«

In diesem Augenblick polterte es im Zimmer über ihnen. »Was war das?«, fragte Katharina.

»Der Tod«, erwiderte Paula, »er ist aus dem Bett gefallen.« Sie lief zur Treppe, Katharina lief hinterher. Lenau folgte der entschlossenen Delegation. Katharina sah sofort, wie krank Wedekind war. Sie stellte Paula nicht zur Rede, fragte nicht, wie der Schriftsteller in ihr Bett gekommen war. Sie erkannte die Gefahr, in der sich der Mann befand, holte ihr Handwerkszeug, horchte ihn ab, klopfte ihn ab, leuchtete in ihn hinein. »Lungenentzündung«, sage sie, »er muss sofort ins Krankenhaus.«

»Er bleibt hier.« Paula stellte sich mit kriegerischer Miene vor das Bett. »Ich werde ihn pflegen.«

»Sei vernünftig, Mutter, er muss geröntgt werden, braucht Antibiotika.«

»Er braucht Zärtlichkeit und Zuneigung und einen Menschen, dann erst das Repertoire der Schulmedizin. Er ist so einsam.«

Sie erneuerte die Wadenwickel, es glich einer alttestamentarischen Zeremonie.

»Sie macht daraus einen Weiheakt«, sagte Katharina. »So etwas kann nur sie.«

An diesem Abend setzte sich die Familie nicht auf die Terrasse, sie blieb im Wohnzimmer, um in der Nähe des Kranken zu sein. »Woher kennst du Wedekind«, fragte Katharina, »und wie kommt er in unser Haus?«

»Ein Fluch erfüllt sich wohl schneller als ein Gebet«, begann Paula, »wenn ihr es unbedingt wissen wollt, lege ich halt ein umfassendes Geständnis ab.« Sie erzählte, was sie mit Maywitz vorhatte, weshalb sie zu Wedekind gegangen war, wozu sie ihn anstiften wollte. Sie machte eine schwache Geste der Schuldlosigkeit. »Ich habe es nur gut gemeint. Aber nun ist Maywitz tot, es hat sich alles erledigt. Wedekind ist todkrank, ich muss ihm helfen, wieder auf die Beine zu kommen. Das bin ich ihm schuldig.«

»Du bist lieb und naiv«, sagte Lenau, »selbst wenn der Artikel veröffentlicht worden wäre, an den Verhältnissen hätten sich nichts geändert.«

»Ich wollte nicht«, sagte Paula bekümmert, »dass er euch von hier vertreibt.«

Katharina war gerührt, umarmte die Mutter.

XVI

Das »Tristan« war ein Nobelrestaurant, das ein reicher, feinsinniger Mann reich und feinsinnig eingerichtet hatte. Jochen Feldmann blieb unbeeindruckt von der Pracht. Der Oberkellner glaubte ihm seine Beiläufigkeit nicht. Er konnte sich nicht vorstellen, dass es jemanden gab, der von dieser lukullischen Weihestätte nicht tief und anhaltend beeindruckt wäre. Es sei denn, es hätte sich um einen notorischen Ignoranten gehandelt. Mit diesem Oberkellner, mit Namen Julius Weißhaupt, bekam Feldmann zu tun. Der Geschäftsführer war, wie ihm maliziös lächelnd versichert wurde, nicht zu sprechen. Herr Weißhaupt zeigte sich schließlich mit dem Ausdruck tiefen Widerwillens bereit, mit Feldmann zu reden. Feldmann stellte bald fest, dass er ein widerstandsfähiger Bursche war. Zuerst zierte er sich, dann weigerte er sich, irgendwelche Auskünfte über Dr. Maywitz zu erteilen. »Diskretion ist ein geschätzter, unverzichtbarer Vorzug unseres Hauses«, sagte er. Feldmann sah sich gezwungen, ihm mit dem Wort Mordkommission und den Folgen seiner trotzigen Verschwiegenheit, in scharfem Ton vorgetragen, einen kleinen Schrecken einzujagen.

»Nun gut«, sagte Weißhaupt gekränkt, fühlte sich überrumpelt, »wenn Dr. Maywitz, bedauerlicherweise, nicht mehr unter den Lebenden weilt, bin ich wohl auch nicht verpflichtet, Stillschweigen zu bewahren.«

»Richtig, und nun mal los, Mann«, feuerte Feldmann ihn an.

»Ja«, sagte der Oberkellner beleidigt, als hätte man ihm seine Würde genommen. »Dr. Maywitz war öfter Gast im Tristan.«

»Auch an jenem Abend, der sein letzter war?«

»In gewisser Weise schon.«

»Was heißt das, in gewisser Weise, war er da, oder war er nicht da?« Feldmann hatte sich zwar vorgenommen, friedlich mit dem Mann umzugehen, weil er sonst fürchten musste, gar nichts zu erfahren, trotzdem riss ihm der Geduldsfaden. »Also, nun reden Sie, Mann.«

»Nun ja, er war hier.«

»In Begleitung?«

»Sehr wohl, er befand sich in Begleitung.«

»In Begleitung einer Dame, eines Herrn oder eines Elefanten?«

»Letztere haben keinen Zutritt.«

»Eine Dame, stimmt doch, oder?«

»Wie sind Sie darauf gekommen?«, fragte der Kellner überrascht. »Es war wirklich eine Dame, eine wirkliche Dame. Übrigens eine Ausnahme, sonst erschien er mit Herren, Herren der oberen Gesellschaftsschicht, versteht sich.«

»Wie sah die Dame aus?«, fragte Feldmann barsch. »Alter, Größe, was hatte sie an, was für eine Frisur, war sie früher schon einmal hier, kannten Sie sie?«

Leicht überfordert von so vielen und so direkten Fragen, antwortete der Kellner zwar bedächtig, doch wahrheitsgetreu. »Sie war zwischen vierzig und fünfzig, elegantes, silbergraues Kostüm, das schwere dunkle Haar zu einem dicken Knoten gebunden, zierliche Ringellöckchen über den Ohren. Ein klares, reines Profil, eine schöne Frau, wie gesagt, eine Dame.«

»Was haben die Herrschaften bestellt? Das werden Sie doch noch wissen bei einem so guten Kunden?«

»Natürlich«, der Kellner rümpfte die Nase, das Wort Kunde schien ihm nicht zu gefallen. »Wie sollte ich das Menü vergessen: Frische Kumquats auf Feldsalat, klare Ochsenbouillon mit Maultaschen nach Schwäbischer Art, in Folie gedünsteter Lachs mit Dillsauce, dazu frischer Broccoli, Zuckerschoten und Petersilienkartoffeln. Als Nachtisch wurden spanische Erdbeeren mit Schlagsahne serviert sowie gerollter Mönchskäse. Dr. Maywitz bestellte dazu einen kalifornischer Chardonnay.« Der Oberkellner machte eine Pause, sah Feldmann herablassend an. »Nun mein Herr, reicht das?«

Feldmann war sicher, dass die Analyse über den Mageninhalt des Ermordeten mit dem genannten Menü übereinstimmte. Er war ein Stück weiter. Aber wer konnte die Dame sein, mit der Maywitz zusammen war? An wen erinnerte ihn die Beschreibung? Die Altersangabe irritierte Feldmann. Dunkles Haar, klares Profil, zierliche Gestalt, silbergraues Kostüm. Erst kürzlich hatte er ein sehr elegantes, silbergraues Kostüm gesehen. Er legte ein paar Jahre zu und sah Paula Riemkoff vor sich. Das kann doch nicht wahr sein! Paula und dieser Maywitz? Vielleicht ein Irrtum, ganz sicher ein Irrtum. Was sollte Paula mit Maywitz zu tun haben. Und warum war sie mit ihm zusammen, ausgerechnet an jenem Abend, an dem er ermordet wurde. Das hätte sie ihm doch gesagt. Oder doch nicht? Steckte mehr dahinter, als sie zugeben wollte? Hatte sie mit dem Tod des Mannes etwas zu tun? Dass sie ihn getötet haben könnte, hielt er für ausgeschlossen. Warum war sie zu ihm gekommen? Warum bot sie ihm ein halbes Dutzend potentielle Täter an? Na, die konnte was erleben.

Am Abend fuhr er nach Klein Wulkow. Katharina sprang aus der Badewanne, als sie seine Stimme hörte. »Armer Kerl, du kommst auch nicht zur Ruhe«, sagte sie, »du bleibst doch zum Abendbrot, es gibt Lammkotelett und grüne Bohnen. Da kannst du uns erzählen, was mit Maywitz passiert ist. Es sind so viele Gerüchte im Umlauf.«

In diesem Augenblick kam Paula die Treppe herunter, ein Tablett in den Händen, darauf Reste eines Abendbrots. »Er will nicht mehr essen«, sagte sie, »ich fürchte, er will nicht mehr leben.«

»Wer?«, fragte Feldmann.

»Meine Mutter hat bei uns eine Krankenstation eingerichtet«, sagte Katharina, »sie ist das weibliche Pendant zu Albert Schweitzer.«

»Es gibt mehr Elend auf dieser Erde«, erwiderte Paula, »als wir uns vorstellen.«

Feldmann nahm Paula am Arm. »Komm, ich muss mit dir reden.«

Sie gingen auf die Terrasse. Feldmann hielt sich nicht bei der Vorrede auf, fragte etwas barsch und sehr entschieden: »Wo warst du vorgestern Abend?«

Paula tat, als dächte sie nach. »Vorgestern war Mittwoch, ja, wo war ich da, ich glaube, ich war hier.«

»Keine faulen Tricks, Paula. Das stimmt nicht. Du lügst.«

»Willst du mich jetzt verhaften. Mach das nicht, Feldmann, ich bin unschuldig.« Sie sagte das in dem spielerischen Ton, der ihr eigen war.

»Du bist wirklich eine große Unterstützung, haust mir die Jacke voll, wo du nur kannst. Ich bewundere dich, auf jede Frage reagierst du mit einer Gegenfrage. Wirklich sehr hilfreich.«

»Also gut«, sagte sie, »ich tue dir den Gefallen, obwohl es dich nichts angeht. Ich war mit Maywitz im Tristan.«

»Und zwei Stunden später war er tot.«

»Zwischen unserem Essen und seinem Tod besteht kein kausaler Zusammenhang.«

»Es sei denn, du legst ein Geständnis ab.«

»Meine Güte, er hat mich eingeladen. Was ist denn schon dabei?«

»Warum? Aus welchem Grund. Maywitz war nicht der Typ, der einen Menschen ohne Hintergedanken eingeladen hat.«

»Ach Feldmann, ich habe dir doch davon erzählt, dass ich ihm vorgemacht habe, ich wolle über ihn schreiben. Ungefähr so, Klaus Maywitz, der Philanthrop, Klaus Maywitz, Gottes reine Seele. Hast du das schon vergessen. Seit wann bist du so vergesslich.«

»Hast du ihn denn gemocht?«

»Wie die Schlange das Kaninchen.«

»Gut, Paula, was hat Maywitz auftischen lassen?«

»Was glaubst du wohl, natürlich keine Hausmannskost, die hätte auch nicht zu meinem Silbergrauen gepasst.«

»Versteht sich, zu einem silbergrauen Kostüm gehören Sekt und Kaviar oder wenigstens Lachs in Dillsoße.«

Paula war überrascht. »Woher weißt du das? Du bist ja gut, fragst mir Löcher in den Bauch, aber weißt schon alles. Ja, ich habe Lachs gesessen, Lachs in Dillsoße und Petersilienkartoffeln, Vorspeise und Nachspeise, Wein, Mönchskäse. Soll ich das alles aufzählen?«

»Das genügt«, sagte Feldmann, »und nach dem Dinner, was war da?«

»Ich bin nach Hause gefahren, was sonst.«

»Du warst nicht in seinem Büro?«

»Aber nein, was hätte ich da tun sollen?«

»Hat Maywitz gesagt, dass er Besuch erwartet?«

Paula schüttelte den Kopf. »Hat er nicht.« Sie grinste. Feldmann wurde misstrauisch. »Du hast mir doch die Wahrheit gesagt?«

»Wahrheit, was ist Wahrheit, eine Fiktion.«

»Komm mir nicht so, Paula, wir sind hier nicht in einem philosophischen Seminar.«

»Dir fehlt der Sinn für meine intellektuellen Ausschweifungen.«

»Ist schon gut, Paula, morgen früh um neun bist du im Präsidium, wir müssen ein Protokoll machen.«

»Ist das nicht ein bisschen früh?«

»Punkt neun, sonst lass ich dich in Ketten legen.«

»Nichts dagegen einzuwenden, wenn sie aus Gold sind.«

»Komm nicht auf dumme Gedanken, wir veranstalten hier keine Talk-Show.«

»Reg dich nicht auf, Feldmann, wenn du mir die richtigen Fragen stellst, bekommst du auch die richtigen Antworten.«

»Übrigens, der Kellner aus dem Tristan hat dich auf vierzig geschätzt.«

»Ist das etwa übertrieben?«

Lenau war nach Hause gekommen, begrüßte den Freund. »Ich dachte, du bist auf Verbrecherjagd. Wer hat den armen Maywitz denn gekillt?«

»Das versuche ich gerade herauszufinden.«

»Hier bei uns?«

»Nicht alle Wege führen nach Rom«, antwortete Paula und lachte gequält.

Katharina rief aus der Küche. »Kann mir jemand helfen, den Tisch zu decken?«

XVII

Nach dem Essen bei den Lenaus fuhr Feldmann in die Stadt zurück. Auf seinem Schreibtisch im Präsidium fand er den Bericht des Gerichtsmediziners über den Mageninhalt des Ermordeten. Nach der Analyse des Labors hatte Maywitz kurz vor seinem

Tod eine kleine Mahlzeit zu sich genommen. Feldmann rief den Gerichtsmediziner an. »Euer Bericht deckt sich nicht mit unseren Ermittlungen, sag mal, kann es eine Verwechslung gegeben haben?«

»Warum fragst du nicht, ob wir eine falsche Analyse gemacht haben. Du weißt, dass das ausgeschlossen ist. Maywitz kann am Kiosk eine Bratwurst gegessen haben, nachdem ihm sein Menü entgangen war. Er hatte Kohldampf.«

»Das ist nicht sein Stil. Versteh mich doch, ich weiß mir keinen Reim auf deine Untersuchung zu machen.«

»Bist du schon auf die Idee gekommen, dass deine Ermittlungen nicht stimmen könnten?«

»Klar, natürlich suche ich den Fehler auch bei mir.« Feldmann war irritiert. Er kannte den Gerichtsmediziner seit langem, war weit davon entfernt, ihm zu misstrauen. Und trotzdem, irgendwo hatte sich ein Fehler eingeschlichen. Ob ihn der Oberkellner beschwindelt hat? Aber warum sollte er das tun? Was hätte das für einen Sinn? Schließlich wurde seine Aussage ja auch von Paula bestätigt.

»Jochen«, sagte der Gerichtsmediziner, »wie lange arbeiten wir schon zusammen, gab es jemals eine Verwechslung?«

»Entschuldige bitte«, sagte Feldmann, »es kommt nicht wieder vor.«

»Lass gut sein Alter, irgendeiner hat dir halt nicht die Wahrheit gesagt.«

Es war fast Mitternacht, als Feldmann erneut im »Tristan« auftauchte. Weißhaupt übersah ihn mit herrschaftlicher Geringschätzung, zeigte kein Entgegenkommen und kein Verständnis. »Ich habe Ihnen alles gesagt, was es zu sagen gab«, sagte er kurz und ungeduldig, »jetzt ist Schluss.«

»Wann hier Schluss ist, bestimmen nicht Sie, Herr Weißhaupt. Ich kann Sie ohne weiteres vorladen lassen.«

Weißhaupt, ein Mann um die Fünfzig, mit weißer, wilder Mähne, wie man sie gelegentlich bei einem eitlen Dirigenten findet, hatte in seinem Beruf rasch Karriere gemacht. Er war im »Tristan« nicht nur Oberkellner, sondern auch stellvertretender Geschäftsführer. Sehr früh schon hatte er sich zum Prinzip gemacht, nach unten unduldsam und streng zu sein, nach oben devot und verschwiegen. Den Kommissar hatte er in die falsche Kategorie eingeordnet, das war sein Pech. Er begegnete ihm mit stiller Feindseligkeit, glaubte, ihn auf diese Weise einzuschüchtern oder doch wenigstens auf Distanz zu halten. Nun begriff er seinen Fehler, besann er sich, änderte die Tonlage. »Was wollen Sie denn noch wissen, Herr Kommissar?«

»Ich habe eine simple Frage, die Sie nicht überfordern wird, die Sie mir aber exakt beantworten sollten. Was hat Herr Maywitz an jenem Abend hier im Restaurant gegessen?«

Der Oberkellner setzte zu einer Erwiderung an. Feldmann stoppte ihn. »Überlegen Sie gut, nicht zu vorschnell sein. Ihre Aussage ist von Bedeutung.« Weißhaupt fügte sich, tat dem Kommissar den Gefallen, dachte nach, sagte schließlich. »Nichts.«

Feldmann versuchte, seine Überraschung zu verbergen. »Das müssen Sie mir schon etwas näher erklären.«

Dazu war der Oberkellner durchaus bereit, er erzählte, was sich an jenem Abend zugetragen hatte, er tat es ausführlich, genoss die Aufmerksamkeit, die der Kommissar ihm entgegenbrachte, sie erhöhte seine Wichtigkeit. Er berichtete, dass Maywitz außerordentlich gut aufgelegt ins Restaurant gekommen war. Seine Laune sei so gut gewesen, dass er sogar einen Scherz machte, was selten genug geschah. Als dann die Dame in Silbergrau erschien, sei er in Versuchung geraten, die heitere Gelassenheit des Doktors mit der Dame in Verbindung zu bringen, weshalb er sie zunächst auch für jünger hielt. Diesen Irrtum musste er bald korrigieren, zwangsläufig, als er sie näher betrachtete und mit ihr ins Gespräch kam. Er sei nun überzeugt, dass die Dame die Sechzig leichtfüßig überschritten habe. Also habe er sich gesagt, dass es einen anderen Grund für den Frohmut des Doktors geben müsste. Er nahm an, dem Doktor wäre möglicherweise ein lukrativer Geschäftsabschluss gelungen. Denn auch ein solcher Umstand führe dazu, dass sich ein Mensch in göttliche Übereinstimmung mit sich und seiner Welt begeben kann. Das wisse er von sich selbst am besten, auch ihm sei ein solches Glück widerfahren. Feldmann verhinderte geistesgegenwärtig, dass sich der Oberkellner über die verschiedenen Arten der Glücksempfindung ausließ. »Was geschah dann?«, fragte er.

Weißhaupt setzte seinen Bericht fort, erzählte, wie er die Vorspeise servierte, dass er dazu einen Wein empfahl, den der Doktor ausdrücklich und lobend akzeptierte.

Dann plötzlich geschah es. Man hatte gerade das Glas erhoben, der Doktor prostete der Dame gepflegt zu, sie setzte ihr Glas an die Lippen, wollte einen Schluck des köstlichen Getränks nehmen, als der Boy aus der Rezeption erschien. »Der Herr Doktor werden dringend am Telefon verlangt«, sagte er, gab ihm ein Handy. Der Doktor stand auf, entschuldigte sich bei der Dame, machte ein paar Schritte in den Raum hinein, sprach mit dem Anrufer.

Es war ein kurzes Gespräch.

Er gab das Handy dem Boy zurück, sagte, dass er für ein paar Minuten weg müsse und ging. Er kam nicht wieder.

»Wer hatte angerufen?«, fragte Feldmann ungeduldig.

»Ja, wenn ich das wüsste«, sagte Weißhaupt, »ich weiß nur, dass es eine Frau war, eine ungelenke Frauenstimme.«

»Was heißt ungelenk?«

»Sie hörte sich komisch an, entweder war es ein Mann, der seine Stimme verstellte, oder es war eine Frau, die nicht gewohnt war zu telefonieren.«

»Und die Dame in Silbergrau, was machte die?«

Der Oberkellner lächelte sanft. »Oh, die ließ es sich schmecken. Sie hatte, wie man so sagt, einen gesegneten Appetit.«

»Hat sie die Rechnung bezahlt.«

»Natürlich nicht, wo denken Sie hin. Das regeln wir mit Takt und ohne Hast.«

»Wann verließ die Dame das Lokal?«

Der Oberkellner zuckte bei dem Wort Lokal leicht zusammen. Im Ton gnädiger Absolution sagte er: »Ich weiß es nicht genau. Vielleicht zwei Stunden, nachdem der Doktor weggeholt worden war.«

»Haben Sie ihr vielleicht ein Taxi bestellt?«

»Nein, daran könnte ich mich erinnern.«

Feldmann klopfte dem Oberkellner auf die Schulter. »Lesen Sie mal die Bibel, das Matthäus Evangelium, Matthäus 10. Da finden Sie wichtige Hinweise. Und wenn Sie dann auch noch einem Kriminalbeamten mit Freundlichkeit begegnen, kann er sich vor Freude kaum lassen.«

Am nächsten Morgen, Punkt neun, trabte Paula nett und ausgeschlafen an. Sie wollte Feldmann die Hand geben, er übersah die Geste, konnte seinen Ärger kaum unterdrücken. »Ich zweifle an deiner

Ehrlichkeit, Paula«, sagte er böse, »du belügst mich, das hätte ich von dir nie gedacht.«

»Warum, was habe ich dir getan?«, fragte sie mit naivem Augenaufschlag.

»Das fragst du noch, das ist der Gipfel der Unverschämtheit.Du hast mir verschwiegen, was sich im Tristan abgespielt hat.«

»Ich kann mich nicht erinnern«, sagte Paula hochnäsig, »dass du mich danach gefragt hättest.«

»Wir sind hier nicht auf einem Kindergeburtstag. Ein Mensch ist ermordet worden. Das hast du wohl noch nicht begriffen. Du spielst dein Spielchen, findest es schick, vielleicht sogar noch intelligent. Für mich bist du gestorben. Du bist illoyal und unkameradschaftlich, Paula, du bist im roten Bereich.«

»Übertreibst du nicht etwas? Sieh mal, ob ich allein gegessen habe oder mit diesem Mann, was spielt denn das für eine Rolle?«

»Das zu beurteilen musst du schon mir überlassen.«

Paula merkte, dass sie vielleicht ein bisschen zu weit gegangen war. Das tat ihr leid. Um nichts in der Welt wollte sie auf Feldmanns Freundschaft verzichten. »Bitte, Feldmann, sei nicht so böse, ich ertrage keine Disharmonien, schon gar nicht bei Menschen, die ich mag. Glaube mir, ich habe mir nichts dabei gedacht. Und ich verspreche dir, ich mache alles wieder gut.«

»Lass nur«, sagte Feldmann frostig, »geh jetzt bitte ins Nebenzimmer, Herr Berg wird das Protokoll aufnehmen.«

»Aber ich möchte«, erwiderte Paula, »dass du das machst.«

»Geh«, knurrte Feldmann, »sonst zieh ich die Pistole.«

XVIII

Drei Tage nach dem Mord an Maywitz gab es noch immer keinen Hinweis auf den Täter. Die Gattin des Toten war aus München angereist, ein junger Mann in ihrer Begleitung. Die ebenso selbstsichere wie elegante Witwe, im kleidsamen, engen Schwarzen, auf dem sich die weiße Perlenschnur wirksam abhob, unterließ es zu erklären, um wen es sich bei dem feschen Menschen handelte. Feldmann konnte nur vermuten. Wahrscheinlich war, dass dieser Mann den Hausherrn in dessen Abwesenheit vertrat, sich um Haus und Hof kümmerte und um das Seelenheil der einsamen Frau Sybille. Diese Art Männer nannten sich, ihre eigentliche Profession notdürftig verschleiernd, Dreamboy. Ein offensichtlich neuer Berufszweig. Es waren meist wohlgestaltete, arme Schlucker mit guten Manieren, die sich ihren Unterhalt bei einsamen Frauen verdienten.

War es der jungen, tapferen Lady zu verdenken, dass sie ihr Leben kräftig und nach eigenem Gutdünken würzte? Seit vielen Jahren weilte der Gatte im fernen, fremden Land, schwebte nur gelegentlich ins Haus. Seine Karriere verlangte nun mal kämpferischen Einsatz, vor allem auf Partys, Empfängen, Vernissagen, auf dem Golfplatz und in den Theaterpausen. Da, wo die eigentliche, richtige, wirkliche Politik gemacht wird. Konnte es sein, dass ihr Dreamboy, entweder allein oder mit Zustimmung und Beihilfe der Gattin, den Teuren in das Reich der Väter geschickt hatte? Nichts in dieser kuriosen Welt war ausgeschlossen. Feldmann nahm sich vor, Nachforschungen über den Burschen anzustellen.

Frau Maywitz weinte echte Tränen, auch ihre

Rührung war echt. Der junge Mann hingegen blickte betreten vor sich hin. »Ich habe Klaus gewarnt, in den Osten zu gehen«, sagte sie, »es ist ja nicht schlecht hier, nur sehr unübersichtlich, hier gelten irgendwie andere Regeln, obwohl wir doch angeblich ein einheitliches Deutschland haben. Wer aus dem geordneten München kommt, kann sich hier nicht wohlfühlen.« Sie werde, versicherte sie, wenn man die Leiche freigegeben habe, den geliebten Toten nach Hause überführen lassen. »Weiß man denn schon, wer die schreckliche Tat begangen hat?«, fragte sie. Feldmann verneinte, begann zu erklären, auf welchem Stand sich die Ermittlungsarbeiten befanden. Vielleicht war er ein wenig umständlich, vielleicht gebrauchte er Begriffe, die ihr fremd waren. Er merkte jedenfalls bald, dass die Witwe nur mit gebremsten Interesse zuhörte. Er verkürzte den Bericht, viel hatte er ohnehin nicht mitzuteilen. Die Witwe bat um die Wohnungsschlüssel, sie müsse, wohl oder übel, hier übernachten. Diese Bitte musste Feldmann ihr abschlagen, noch sei die Wohnung nicht freigegeben. Er empfahl ihr ein Hotel, versprach, sie zu informieren, wenn sich Wesentliches ereignen sollte. Ob sie den Porsche ihres Mannes mitnehmen könnte, er sei ein so teurer, guter Wagen. Feldmann sah keinen Grund, ihren Wunsch abzuschlagen. »Wir brauchen den Wagen nicht mehr. Sie können ihn selbstverständlich haben.« Die trauernden Hinterbliebenen tauschten Blicke. Der fesche junge Mann lächelte glücklich.

Feldmann hatte gehofft, dass der Vorgang im »Tristan«, die Feststellung des anonymen Anrufers, ihn weiter bringen würde, nun sah er sich getäuscht. Es war ihm nicht gelungen, den Anrufer ausfindig zu machen. Es war ja nicht einmal sicher, ob es sich um einen Mann oder eine Frau handelte. Feldmann hatte den Boy, der den Anruf entgegen genommen hatte, ausführlich befragt. Er bat den jungen Mann, sich an jedes Wort zu erinnern, das der Fremde gesagt hatte. Dazu war er nicht in der Lage. An jenem Abend wären mehrere Gäste angerufen worden, er könne sich an Einzelheiten nicht erinnern. »Ich habe ja nicht einmal den Namen verstanden.«

»Der Anrufer hat seinen Namen genannt?«, fragte Feldmann verblüfft.

»Aber ich habe ihn nicht verstanden, leider, es war so, dass ich dachte, er nuschelt den Namen absichtlich so undeutlich vor sich hin, damit ich ihn nicht verstehe.«

»Was glauben Sie, weshalb er dann überhaupt seinen Namen genannt hat?«

»Wahrscheinlich, um mir die Möglichkeit zu nehmen, nach dem Namen zu fragen. Ich hätte ja sagen können: Bitte, wen darf ich melden?«

»Sie haben auch nicht gefragt, warum er den Anwalt sprechen wollte«, bohrte Feldmann weiter, »ich meine, Sie hätten ja sagen können, Herr Maywitz könne nicht gestört werden.«

»Es steht uns nicht zu, eine solche Frage zu stellen, das ist ungehörig, entspricht nicht dem Geist unseres Hauses.«

»Überraschte es Sie nicht, wie bereitwillig Dr. Maywitz das Gespräch entgegengenommen hat?«

»Es kann doch sein«, sagte der Boy, »dass er es erwartet hatte.«

»Ist Dr. Maywitz öfter angerufen worden?«

»Hin und wieder.«

»Wer rief ihn an?«

»Seine Frau aus München, diese Anrufe erwartete er, er sagte dann zu mir, sie würde anrufen, gab mir stets ein sattes Trinkgeld.«

»Wer rief sonst noch an?«

»Herren, die meisten kannte ich, Freunde vom Doktor, fast alle gehören zu unseren Gästen.«

»Sie schließen aus, dass es einer dieser Herren gewesen sein könnte?«

»Absolut, diese Leute wissen, wie man sich zu benehmen hat.«

Auch Peter Berg kam mit leeren Händen von seinen Erkundungen zurück. Zwar hatte er Horst Bombusch ausfindig gemacht, doch nicht angetroffen. Er war zu seiner Schwester nach Berlin gefahren. Von dort konnte er ihn telefonisch erreichen. »Morgen, im Laufe des Tages, kommt er zurück, er will sich dann sofort bei uns melden.«

Es war immer so am Beginn einer Ermittlung, zuerst gab es keine, dann hundert Spuren, es gab Verwirrungen, Konfusionen aller Art. Nach und nach lichtete sich das Dickicht, der Nebel teilte sich, eine ganz bestimmte Spur hob sich von den anderen Spuren ab. Der Täter nahm Gestalt an, verschwommen zunächst, dann immer deutlicher, er bekam ein Gesicht, ein Psychogramm, das Motiv wurde sichtbar. Schließlich kannte man seinen Namen. Endlich stand er vor ihnen, geknickt, reuig, niedergeschlagen oder aufmüpfig, arrogant und trotzig.

Wie wird unser Mann aussehen, dachte Feldmann, er konnte davon ausgehen, dass Maywitz nicht vorsätzlich getötet worden war. Eher, dass es zwischen beiden einen heftigen Streit gegeben haben musste, der tödliche Schlag so eine Art letzte Konsequenz war, ein letztes, hilfloses Argument. Er ging also nicht fehl in der Annahme, dass es sich beim Täter um einen jähzornigen, aufgebrachten, unbeherrschten Menschen handelte, den ungeheure Wut gepackt hatte, aber auch mörderische Hilflosigkeit.

Dieser Mensch muss groß und kräftig sein. Seine geistige und soziale Statur war schwer zu bestimmen. Der Täter muss in einem ganz bestimmten Verhältnis zu Maywitz gestanden haben, in einem ungleichen Verhältnis, vielleicht sogar einem Abhängigkeitsverhältnis, bei dem Maywitz der Stärkere, der Überlegenere war.

War der Täter ein Mann? Konnte es auch eine Frau gewesen sein? Eine Frau, selbst wenn sie zierlich und schwach ist, entwickelt ungeheure Kraft, wenn sie gedemütigt wird. Frauen waren, von der Natur begünstigt, nicht so jähzornig wie Männer, aber sie waren entschiedener und kompromissloser. Alles in ihm wehrte sich gegen die Annahme, dass es eine Frau war.

Wenn er darüber nachdachte, welche Personen in das Muster passten, das er sich vom Täter gemacht hatte, kam er, ohne langes Zögern, auf Serafin. Er hatte noch immer die Szene im Gerichtssaal vor Augen, wie Serafin auf den Anwalt losgegangen war. Feldmann dachte, wenn Serafin mit Maywitz allein gewesen wäre, wenn nicht sofort zwei Wachmänner eingesprungen wären, hätte Serafin den Anwalt erschlagen. Wut wandelt sich in Kraft. Die Qual, die Maywitz dem Vater des ermordeten Mädchens zugefügt hatte, muss unerträglich gewesen sein. Maywitz' versteckte Andeutungen, er habe möglicherweise ein verbotenes Verhältnis zu seiner Tochter gehabt, habe das Mädchen selbst getötet, hat das Blut des Mannes in Wallung gebracht. Und dann die Ungeheuerlichkeit, dass er es mit seinen rabulistischen Tricks fertig gebracht hatte, den Täter freizubekommen. War das nicht Grund genug, den Mann zu erschlagen?

Feldmann stellte sich vor, Serafin, ein geschlagener, hilfloser Mann, war zu Maywitz gegangen.

Er wollte Genugtuung, ihn zur Rede stellen. Seinen Kummer rausschreien. Vielleicht wollte er vom Anwalt verlangen, dass er öffentlich bekannte, wer der wirkliche Täter war, und vielleicht verlangte er gar ein Revisionsverfahren. Als Maywitz das ablehnte, ihn vielleicht verhöhnte, vergaß er sich und schlug zu, schlug den Anwalt tot.

So schwer es ihm fallen würde, gegen Serafin zu ermitteln, er würde es tun müssen. Wie ungerecht das Schicksal mitunter war, dachte Feldmann. Der Mann hatte das Liebste verloren, das er besessen hatte, seine Ehe war gestört, sein Geschäft ging nicht mehr, er selbst war krank, man wich ihm aus, die Freunde hatten sich von ihm zurückgezogen. Wer wollte schon mit einem Menschen zusammen sein, der immer nur klagt und jammert, dem Leben keine positive Seite mehr abgewinnen kann. Wer weiß, vielleicht hat er angefangen zu trinken. Serafin war impulsiv, explodierte leicht, so einer ging auf seinen Gegner los wie ein Stier, nicht leise und hinterlistig wie ein Taschendieb

Paula machte sich auf den Weg zu Susi Simon. Sie dachte, dass der Tod des Anwalts das dicke Mädchen mitgenommen haben könnte. An solch freudlosen Tagen braucht der Mensch eine Schulter, an die er sich lehnen, einen Menschen, der ihm zuhören kann. Das war zwar nicht gerade Paulas Stärke, doch sie nahm sich vor, mindestens eine Viertelstunde den Mund zu halten und Susi zuzuhören. Sie wollte lieb und hilfsbereit sein, Susi Simon sollte sich von ihr beschützt fühlen.

In der Redaktion sagte man ihr, Frau Simon sei erkrankt, nicht zur Arbeit gekommen. Paula sah sich in ihren trüben Befürchtungen bestätigt, machte sich leichte Vorwürfe, sich nicht schon früher um die arme Frau gekümmert zu haben. Auf dem Weg zu ihr kaufte sie weiße Astern, die jetzt, im November, ein bisschen nach Friedhof und Verwesung rochen, aber sie hatten den unschätzbaren Vorteil, in heimischen Gewächshäusern erblüht und nicht aus fernen Ländern eingeflogen zu sein, und sie waren billig. Susi, grippegeschwächt, rot und verquollen, öffnete. Wenn Paula erwartet hatte, dass die Frau wenigstens einen leisen Ton der Freude von sich gegeben hätte, täuschte sie sich. Die Simon sah sie entgeistert an, sagte: »Ach du meine Fresse.«

»Ist das eine Begrüßung«, brummte Paula, »ich dachte, ich tue ein gutes Werk, seh mal nach Ihnen.«

Susi stotterte verlegen eine Entschuldigung, zögerte, als wüsste sie nicht, ob sie Paula überhaupt herein bitten sollte. Paula dachte, dass sie ihre Bude nicht aufgeräumt habe, sich deshalb geniere. Es fiel ihr allerdings nicht im Traume ein, sich dezent zurückzuziehen. Sie fragte: »Wollen Sie mich nicht reinlassen?«

»Doch, natürlich, entschuldigen Sie.« Susi blieb an der Flurgarderobe stehen. »Legen Sie doch ab.« Sie hustete grundlos und laut, wie ein Schauspieler, der Husten nicht in seinem Repertoire hat.

Dann endlich ließ sie Paula eintreten. Das erste, was Paula sah, war ein Tischchen, darauf zwei Kognakgläser, eine Flasche Scharlachberg, ein Aschenbecher, darin Zigarettenkippen. Von einer Kippe stieg dünner, blauer Rauch auf. »Warum ist Ihr Besuch so schnell verschwunden?«, fragte Paula. »Ich beiße doch nicht.«

»Mein Bruder war da«, sagte Susi, lief rot an.

So gut schwindeln kann sie aber auch nicht, dachte Paula. »Er hat ja nicht einmal seinen Schnaps ausgetrunken«, rügte Paula, entdeckte Lippenstift am Glas. »Ihr Bruder schminkt sich?

Also wissen Sie, die Männer machen uns Frauen ja schon allerhand nach, sie tragen Ketten und Ohrringe und neuerdings lange Röcke, färben sich die Haare, aber dass sie sich die Lippen schminken, das ist neu. Wie alt ist denn Ihr Bruder?«

»Er geht noch zur Schule.«

»Geht noch zur Schule, aber raucht, trinkt und schminkt sich, na, da wächst ja eine Jugend ran.«

Sie redeten ein bisschen dummes Zeug, über das Wetter und die Grippe und die gestiegenen Kosten für Medikamente. Der alte, vertraute Ton wollte sich nicht einstellen. Paula fühlte sich nicht wohl. Sie bereute gekommen zu sein. Auch Susi schien sich nicht wohl zu fühlen, war verlegen, ihre Verlegenheit wandelte sich in Unfreundlichkeit. Paula fühlte sich betrogen, ärgerte sich, dass diese törichte Frau es gewagt hatte, sie zu unterschätzen. Es genügt, alt zu sein, dachte Paula grimmig, um von der Umwelt als geistig unterernährt zu gelten. Glaubte diese Simon wirklich, dass ich jeden Unsinn schlucke?

Paula stand auf. »Ich habe das Gefühl, ich sollte Ihnen statt schneller Genesung lieber Glück bei Ihren Unternehmungen wünschen, was immer es auch sein sollte«, sagte sie, ging und ließ eine bestürzte Susi Simon zurück.

Paulas ebenso schöne wie aufsässige Seele hatte einen leichten Schock erlitten. Sie hatte wirklich geglaubt, einem Menschen, der, einsam wie ein Grashalm im Wind, an einer schicksalsbedingten Trübung leidet, helfen zu können. Sie hatte gehofft, ihre Aufwendungen würden Dankbarkeit auslösen. Statt dessen erlebte sie Undank und Verdrossenheit. Was sie noch schwerer traf, diese Susi Simon hatte Geheimnisse vor ihr. War es nicht so, dass es kein schwerwiegenderes Geheimnis gab als das über den Deal mit dem kleinen Schöffen?

Und sie, Paula, hatte tapfer geschwiegen, obwohl es ihr schwer gefallen war. Wie gern hätte sie Feldmann davon erzählt, sich mit ihrem Wissen wichtig gemacht. Und das war nun der Dank für ihr beherztes Schweigen.

Wen hatte die Simon vor ihr versteckt? Einen Liebhaber doch wohl nicht. Mit dem hätte sie, wenn ihr wirklich einer zugelaufen wäre, eher noch geprahlt, statt ihn zu verstecken. Ein Liebhaber war es also nicht. Sie konnte sich noch dunkel erinnern, dass Liebhaber am Abend zu kommen pflegten. Also hatte die Simon eine Frau versteckt. Was war das für eine Frau, eine Gespielin? Na, die brauchte sie doch nicht zu verstecken, so was war schon salonfähig. Nein, da steckte etwas anderes dahinter.

Plötzlich fiel Paula ein, dass Susi doch gar nicht wissen konnte, wer an ihrer Tür klingelte, wer sie besuchen wollte. Folgte daraus nicht, dass die betreffende Person nicht nur vor ihr, sondern auch vor allen anderen versteckt werden musste? Vielleicht war das sonderbar lustlose Husten der Simon ein geheimes Zeichen. Ach, Paula, altes Mädchen, mach kein Drama daraus, rede dir nichts ein, dachte sie, was geht dich eigentlich diese Susi Simon an? Es sollte dich auch nicht interessieren, mit wem sie unter einer Decke steckte.

Es waren schon brauchbare Ansätze, mit denen sich Paula selbst zur Vernunft hätten bringen können. Aber sie war viel zu munter, um davon loszukommen. Trotz ihrer guten Vorsätze dachte sie darüber nach, wer bei Susi gewesen sein konnte. Diese Person muss jung sein, weil sie sich so behende verstecken konnte, rücksichtslos, weil sie in Gegenwart einer kranken Person geraucht hatte, und sie muss in Bedrängnis sein, weil sie am Vormittag schon Schnaps trank.

Paula spielte mit dem Gedanken, zu warten, bis die Person aus Susis Wäschekorb, der Besenkammer oder wo immer sie sich versteckt hatte, rausgekrochen kam. Ihr missfiel, dass sie wieder einmal wie ein Narr auf der Straße herumstand, außerdem war es kalt. Nasser Ostwind wehte durch die Straßen. Neugier kann quälender sein als Hunger oder Durst. Die Neugier zu besiegen ist ebenso schmerzhaft wie aussichtslos. So stark war Paula nun auch wieder nicht.

Zum Glück brauchte sie nicht lange zu warten. Es waren gerade zwanzig Minuten vergangen, als die Haustür aufging, heraus trat, ein schickes Mützchen auf dem Kopf, einen langen, weiten Mantel um die schmalen Hüften, Maywitz' ehemalige Sekretärin. Donnerwetter, dachte Paula, die beiden Weiber kennen sich also, wer hätte das gedacht? Sie stecken unter einer Decke. Und was haben sie unter der Decke ausgeheckt? Warum hielten sie ihre Bekanntschaft geheim? War es Freundschaft oder eine Art Zweckverband? Großer Gott, hatten sie etwa was mit dem Mord zu tun? Deckten sie jemanden, waren sie vielleicht selbst beteiligt? Was war jetzt zu machen? Die Sekretärin ansprechen, sie zur Rede stellen. Oder Susi zur Rede stellen? Mit welchem Recht? Oder sollte sie zu Feldmann gehen und petzen. Das kam verdächtig in die Nähe einer Denunziation, und wenn sie etwas hasste, dann war es Denunziation.

XIX

Horst Bombusch war einst Richter am Kreisgericht, hatte im Strafrecht, aber auch im Zivilrecht, wozu auch Arbeitsrecht und Familienrecht zählten, gearbeitet. Nach der Wende wurde er als Richter auf

Probe in das neu gegründete Amtsgericht übernommen. Dort war er als Familienrichter tätig. Zwar sind die Ostrichter, auch zehn Jahre nach der Wende, noch immer nur unter Vorbehalt beschäftigt, aber das hätte ihn nicht gestört. Er musste sich, wie alle Ostrichter, etwa alle zwei Jahre einer Überprüfung stellen, hatte sich, geringfügig murrend, dieser Prozedur unterzogen. Die Beurteilung durch den Vorstand des Landgerichts, vom Präsidenten akzeptiert, fiel überraschend positiv aus. Das Ergebnis der Überprüfung wurde dem Oberlandesgericht übergeben. Dort prüfte man Inhalt und Note, kam zu dem sonderbaren Schluss, dass seine gute Note nicht gerechtfertigt war, dass Inhalt und Note nicht übereinstimmten. Als Begründung führte man an, dass Bombusch ausschließlich als Familienrichter tätig gewesen sei, was für einen qualifizierten Amtsrichter nicht ausreiche. Wenn er nicht auch seine Qualifikation als Strafrichter nachweise, könne er nicht übernommen, nicht als Amtsrichter vereidigt werden.

Er begriff diese Entscheidung nicht, immerhin hatte er zu DDR-Zeiten erfolgreich in allen juristischen Bereichen gearbeitet, auch als Strafrichter. Er wehrte sich dagegen, dass man seine Arbeit vor der Wende nicht anerkennen wollte. Er hatte sich nichts zu Schulden kommen lassen, es lagen keine Beschwerden gegen ihn vor. Er wollte sich von Leuten, die keine Ahnung vom Leben in der DDR hatten, nicht seine Biographie knicken lassen. Vor allem wütete er gegen die Festlegung des Justizministeriums, dass sich nur die Ostrichter den periodisch wiederkehrenden Überprüfungen zu stellen haben. Die Richter im Westen waren davon unbehelligt, sie brauchten berufliche Qualitäten nicht ständig und immer wieder überprüfen zu lassen. Er war nicht sicher, ob diese Demarkationslinie nicht bewusst, vorsätzlich installiert worden war, um die Mauer zwischen Ost und West stabiler zu machen. Er kündigte. Das war die größte Dummheit seines Lebens. Seine Freunde hatten ihn gewarnt, einen neuen Job zu finden, war aussichtslos. Bald verstand er, dass die Freunde Recht hatten, nun war es zu spät. Er ärgerte sich. Irgendwann hörte er auf, darüber nachzudenken. Mit den Jahren gewann er seine Fröhlichkeit, seine Unbekümmertheit zurück.

Er hatte seinen Beruf geliebt, hatte immer Richter, nie etwas anderes machen wollen, doch das war vorbei, er wusste, in diesem Leben würde er nie wieder Richter sein dürfen. Auf ein zweites Leben zu hoffen erschien ihm doch sehr waghalsig. Also schlug er sich, so gut und so rechtschaffend er konnte, durchs Leben, war Anlageberater, Helfer in Steuersachen, Helfer in Rentensachen, Laufbursche bei einem Notar, bis ihm Dr. Maywitz eine Arbeit anbot, die ihn reizte, bei der er besser verdiente, als wenn er Zeitungen ausgetragen hätte, und die ihn auszufüllen vermochte. Mit den Jahren zeigte sich, dass der Anwalt sich auf ihn verlassen konnte, vor allem, wenn es um Fragen des Zivilrechts ging. Seine Anträge, Schriftsätze, Urteilsbegründungen, seine Argumente in Revisionsverfahren waren juristisch fundiert. Bombusch hatte seine streitbare Grundhaltung nicht eingebüßt. Im Gegenteil, er hatte nichts zu verlieren, also brauchte er keine Rücksicht zu nehmen.

Die Informationen über sich hatte Horst Bombusch der Kriminalpolizei selbst geliefert, zum Teil waren sie das Ergebnis der Ermittlungen von Peter Berg.

Nun saß er den Kriminalisten gegenüber. Er war, wie er versprochen hatte, mit dem Frühzug aus Berlin gekommen, hatte sich sofort bei Kommissar

Feldmann gemeldet. Er war sechsundvierzig Jahre alt, verheiratet, Vater zweier Kinder, beide nach der Wende geboren, was von einem gewissen Zutrauen zum Staat sprach. »Dr. Maywitz, Ihr früherer Arbeitgeber ist tot, aber das wissen Sie ja schon«, begann Feldmann.

»Ich habe es in der Zeitung gelesen«, erwiderte Bombusch, »da wurde spekuliert, dass es ein politischer Mord gewesen sein könnte. Eine quasi Abrechnung im Ost-West Zerwürfnis.«

»Dann weiß ich schon, in welcher Zeitung es gestanden hat«, sagte Feldmann, »wundert mich, dass Sie so ein Blatt lesen. Die seriösen Blätter haben seriös berichtet.«

Bombusch verzog das Gesicht. »Die Seriosität einer Zeitung ist zweckgebunden, auch zeitlich begrenzt. Aber, Herr Kommissar, wie kann ich Ihnen helfen?«

»Was war Maywitz für ein Mensch?«, fragte Feldmann.

»Mensch ist zu viel gesagt«, sagte Bombusch nachdenklich, »eher eine Art Automat, der auf bestimmte Signale reagierte.«

»Auf welche?«

»Geld natürlich und alles, was damit zusammen hängt, Karriere, Macht, Ansehen und wenn ich mal ein altmodisches, aus der Mode gekommene Wort gebrauchen kann, Reputation.«

»Auch Frauen?«

»Nein, glaube ich nicht, die spielten kaum eine Rolle.«

»Sie mochten Maywitz nicht?«, fragte Feldmann

»Das will ich nicht sagen, vielleicht habe ich einen altmodischen Geschmack. Ich bewundere solche Leute wie Maywitz. Er besaß Fähigkeiten, die ich zum Beispiel nie besitzen werde.«

»Welche?«

»Ich möchte ihn nicht schlecht machen.«

»Wir sind hier nicht in einem Psychologie-Seminar.«

»Er war ein Mann, zu jedem Risiko bereit.«

»Sie reden sich ganz schön raus«, rügte Feldmann.

»Maywitz war ein guter Jurist, ein wenig rabiat vielleicht, mitunter ganz witzig, nicht ohne Charme, auch nicht kleinlich. Sehr vorteilhaft, man wusste, was man von ihm zu halten hatte. Er entsprach der Klischeevorstellung, die wir von einem geschäftstüchtigen Wessi haben. Aber er war keiner, um dessen Freundschaft ich mich bemüht hätte.«

»Wo waren Sie am vergangenen Mittwoch zwischen zwanzig und zweiundzwanzig Uhr?«

»Ist das die Zeit, in der er umgebracht wurde?«

Feldmann nickt. »Es ist die Zeit.«

»Keine Ahnung, da müsste ich erst nachschauen. Verdächtigen Sie mich etwa?«

»Sie hatten heftigen Streit, nicht nur einmal, immer wieder. Er hat sie entlassen, Sie sind arbeitslos. Sie leiden unter diesem Zustand.«

»Ach ja«, seufzte Bombusch, »wenn ich alle umbringen wollte, die mich gedemütigt haben, hätte ich alle Hände voll zu tun.«

»Warum hat Maywitz Sie gefeuert?«

»Ich weiß es nicht genau. Als Grund gab er an, ich störe den Betriebsfrieden, was immer man darunter zu verstehen hat. Seine Spezialität war, Arbeitsverträge so abzuschließen, dass er damit umgehen konnte wie ein Schiedsrichter mit der roten Karte.«

Feldmann war, während Bombusch zögernd und weitschweifig erklärte, skeptisch geworden. »Sie wollen mir doch nicht weismachen, dass Sie den wirklichen Grund nicht wüssten, warum Sie gefeuert wurden. Ein Mann wie Sie, Volljurist, Richter.

Sie kennen sich doch aus, haben Zivilsachen verhandelt, Arbeitsrecht, das muss Ihnen doch geläufig sein.«

»Darf ich rauchen?«, fragte Bombusch. Erst als Feldmann zustimmte, zündete er sich eine Zigarette an. Feldmann hatte, vielleicht etwas voreilig, den ehemaligen Richter von der Liste der möglichen Täter gestrichen. Er ging davon aus, dass ein Richter, ob er amtierte oder nicht, ein besonders stark ausgeprägtes moralisch-ethisches Bewusstsein habe, dass so ein Mensch eine solch schwere Straftat nicht beging, dass er, selbst in Situationen zugespitzter Konfrontation, wenn die Nerven blank lagen, die Unbeherrschtheit stärker war als die Vernunft, anders reagiert als jeder andere Mensch. Der Beruf des Richters war mehr als nur eine Beschäftigung, bei der mit Paragraphen jongliert wird.

»Warum antworten Sie nicht?«, fragte Feldmann. Seine Enttäuschung nahm zu. Dieser Mann, dachte er, hat doch etwas zu verbergen. Bombusch zögerte noch immer, konzentrierte seine Aufmerksamkeit auf die Zigarette, als wäre sie das Instrument, mit dem er sich aus allen Misslichkeiten raushalten konnte. »Ich möchte nicht leichtfertig sein«, sagte er endlich, »wie schnell kommt ein Unschuldiger in Verdacht.«

»Als ob Sie nicht wüssten, wie wir mit Verdächtigungen umgehen.«

»Na gut, mir bleibt wohl nichts anderes übrig, obwohl es gegen mein Prinzip von Redlichkeit und moralischer Integrität verstößt. Diese Geschichte hängt mit der früheren LPG in Klein Wulkow zusammen. Nachdem die LPG abgewickelt war, gründete man zwei Unternehmen, die eine nannte sich Hofverwaltung, die andere Schlachtvieh- und Nutzvieh-Gesellschaft.

Dr. Maywitz betreute diesen Vorgang juristisch. Es gab Probleme mit der Entschuldung durch die Treuhand, mit der Auflösung der Konten, dem Anlegen neuer Konten, der Kreditaufnahme, der Liquidation, mit der Bilanz zur Eröffnung der Liquidation und hundert andere Sachen. Mir fiel bald auf, dass er mir keinen Einblick in die Vorgänge von Klein Wulkow gewährte. Merkwürdig war vor allem, dass er alle Unterlagen in seinem kleinen Tresor aufbewahrte, zu dem nur er einen Schlüssel hatte.«

Feldmann unterbrach ihn. »Wie sind Sie trotzdem auf die Sache gekommen?«

»Eines Tages tauchten zwei Männer in der Kanzlei auf. Der eine war der frühere Vorsitzende, der andere der Buchhalter. Die beschwerten sich, dass nichts getan würde, dass durch die Nichteinhaltungen von Fristen Geld verloren gegangen wäre. Sie behaupteten auch, dass die neuen Konten nicht mit dem Stand der alten übereinstimmten. Dass der Doktor versäumt habe, Anträge der Treuhand einzureichen. Im Dorf sei man unzufrieden, die ehemaligen LPG-Mitglieder, die ihre ganze Hoffnung auf die neuen Unternehmen setzten, wären unruhig und misstrauisch geworden. Sie verlangten, dass Maywitz nach Klein Wulkow käme, eine Vollversammlung abhalte. Der ältere der beiden Männer behauptete sogar, der Anwalt habe in die eigene Tasche gewirtschaftet, beweisen konnte er das freilich nicht. Dieser Mann hatte sein ganzes Vermögen in die Schlachtvieh-Gesellschaft gesteckt. Nun drohte die Gesamtvollstreckung oder Insolvenz, wie das jetzt heißt. Er war soweit, Maywitz wegen Veruntreuung zu verklagen.«

»Wäre er damit durchgekommen?«

»Er hatte keine Beweise. Maywitz war eine Veruntreuung nicht nachzuweisen.«

»Meine Frage haben Sie aber immer noch nicht beantwortet. Warum hat Maywitz Sie gefeuert?«

»Nun muss ich doch darüber reden, obwohl ich die Sache schnell vergessen wollte.«

»Was ist geschehen?«

»Mir taten die Leute in Klein Wulkow leid. Als ich merkte, dass Maywitz sich nicht um sie kümmerte, sie nur sehr beiläufig informierte, sagte ich mir, dass ich eine Katastrophe verhindern müsste.«

»Hatten Sie Maywitz vom Besuch der Bauern erzählt?«

»Selbstverständlich.«

»Auch wie wütend sie waren?«

»Selbstverständlich, das besonders.«

»Und?«, fragte Feldmann

»Er versprach zwar, sich um die Leute zu kümmern, sein Eifer dauerte nicht lange, da hatte er wieder tausend Dinge zu tun, die für ihn wichtiger waren. Ich habe es daraus geschlossen, weil sowohl der Buchhalter als auch der Vorsitzende immer wieder anriefen. Durch diese Anrufe erfuhr ich, was im Dorf los war, dass die Leute Angst hatten, dass sie fürchteten, alles zu verlieren.«

»Waren diese Ängste denn berechtigt?«, fragte Feldmann.

»Bedauerlicherweise ja.« Bombusch wusste, wovon er sprach. In den Jahren nach der Wende hatte er als Richter von Betrügereien erfahren, die ihm Sorgen bereitet hatten. »Es sind so viele über den Tisch gezogen worden«, sagte er, »kleine Unternehmer, Handwerker, Bauern, Einzelhändler, sie haben ihr Vermögen eingebüßt, ihr Hab und Gut verloren, sind arm geworden, nicht selten Sozialhilfeempfänger, bis über beide Ohren verschuldet, und das nur, weil sie windigen Beratern auf den Leim gegangen sind. Sie hatten geglaubt, man würde ihnen helfen, eine neue

Existenz aufzubauen, statt dessen wurden sie nur abgezockt.«

Feldmann erinnerte sich, wie hoch die Selbstmordrate damals war, dass Menschen im Selbstmord den einzigen Ausweg sahen, nicht mehr aus noch ein wussten.

»Um es kurz zu machen«, setzte Bombusch fort, »ich fuhr zu den Bauern nach Klein Wulkow, sagte ihnen, was sie tun sollten, wie sie sich Maywitz gegenüber verhalten sollten. Ich beriet sie. Mit meiner juristischen Hilfe haben sie immerhin einiges retten können.«

»Maywitz kam dahinter, fand es nicht sehr fair.«

»War es wohl auch nicht.«

»Und deshalb hat er Sie gefeuert. Hatten Sie damit nicht rechnen müssen?«

»Ich konnte nicht anders. Man kann doch nicht zusehen, wie arglose Menschen ins Unglück rennen.«

»Sagen Sie uns die Namen der beiden Männer?«

»Busch heißt der ältere, der früher einmal Vorsitzender war, der Buchhalter heißt Heinrich, glaube ich, ja, Albert Heinrich.«

»Maywitz hatte den Bauern Schaden zugefügt«, konstatierte Feldmann, »liegt es da nicht auf der Hand, dass sie kamen und sich rächten?«

»Haben sie ja auch.« Bombusch griente schadenfroh. »Ist Ihnen bei der Durchsuchung des Büros nicht die zerschlagene Tischplatte aufgefallen?«

»Welche Tischplatte?«

»Auf dem Schreibtisch lag doch eine Glasplatte?«

Feldmann konnte sich nicht erinnern, fand auch keinen Hinweis in seinem Bericht.

»Dann hat er sie wegräumen lassen«, sagte Bombusch, »schade, das wäre ein Indiz sowohl für den Zorn der Bauern, als auch für die Muskelkraft des Buchhalters.«

»Wieso, was ist passiert?«

»Ich war nicht im Zimmer, aber der Krach, die aufgebrachten Stimmen waren im Vorzimmer trotz gepolsterter Tür zu hören. Dann krachte es. Einer der Bauern hatte die Tischplatte zertrümmert.«

»Womit?«, fragte Feldmann.

»Mit der Bronzestatue auf seinem Schreibtisch.«

»Das ist ja interessant«, sagte Feldmann, »der Frauenakt aus Bronze. Damit haben sie zugeschlagen.«

»Die Statue stellt seine erste Frau dar, die früh gestorben ist«, erklärte Bombusch, »er hat es mir einmal erzählt.«

»Hat sich Maywitz zu dem Vorfall geäußert? Hat er den Ausbruch der Bauern zu erklären versucht?«

»Gestelzt, wie das seine Art war, sprach er von düsteren Zeremonien ungebildeter Bauern. Das war so zynisch, ich hätte ihm gern eine runtergehauen.«

»Wie kommt es«, fragte Feldmann, »dass wir keine Unterlagen in dem Tresor gefunden haben?«

»Keine Ahnung. War der Tresor offen, als man die Leiche fand?«

Feldmann blätterte im Tatortbefundsbericht. »Nein, er war verschlossen.«

»Dann kann ich diese Frage nicht beantworten.«

»Glauben Sie«, fragte Feldmann, »dass Maywitz sich persönlich bereichert hat?«

»Nein, das glaube ich nicht.«

»Warum sind Sie davon so überzeugt?«

Bombusch gab zu, dafür keine Beweise zu haben. »Es ist mehr ein Gefühl, darauf habe ich mich eigentlich immer verlassen können.«

»Noch vor ein paar Jahren waren Betrügereien dieser Art an der Tagesordnung«, gab Feldmann zu bedenken.

»Maywitz wäre durchaus in der Lage gewesen zu betrügen. Die Bauern vertrauten ihm blind. Er machte ihnen weis, dass er für die neue Betriebsorganisation verantwortlich sei, deshalb auch selbstständig über die Konten verfügen müsste. Nachdem er die alten Konten aufgelöst, dem Buchhalter sowie dem Vorsitzenden die Unterschriftsberechtigung und damit die Verfügungsgewalt entzogen hatte, eröffnete er ein neues Konto bei einer anderen Bank. So gesehen hätte er mühelos Geld für sich abzweigen können.«

»War er der großen Versuchung wirklich nicht erlegen?«, fragte Feldmann

»Ich glaube nicht.«

»Warum hat er dann die Akten quasi versteckt?«

Bombusch zuckte die Achsel. »Er muss irgendetwas anderes vorgehabt haben. Er vertrat in Klein Wulkow jene Erbengemeinschaft aus Bayern. Diese Leute gaben ihm freie Hand, er konnte nach Gutdünken mit den Immobilien umgehen, wichtig war nur, dass er sie gewinnbringend anlegen ließ. Dabei ist er wohl auf den Geschmack gekommen, hat sich vielleicht gedacht, dass er selbst in das Grundstücksgeschäft einsteigen könnte. Er hatte die verlockende Vision: Klein Wulkow, das Ferienparadies der Reichen und Schönen. Er selbst als Betreiber dabei, keine schlechte Idee. Ich vermute, er wollte ein, zwei Grundstücke von den Bauern erwerben, möglichst billig, möglichst die, die in der Nähe des Sees liegen. Für seine Erbengemeinschaft war alles geregelt, alles notariell beglaubigt, das habe ich selbst noch in die Wege geleitet. Nun wollte er sein Heu in die Scheune fahren. Es ist Anwälten ja nicht verboten, Grundstücke zu kaufen, Ferienhäuser zu bauen, damit Geld zu machen, wenn es im gesetzlichen Rahmen bleibt. Und den, denke ich, hat er nicht überschritten, dazu war er zu klug. Das hätte er nicht riskiert.«

»Glauben Sie, dass die beiden Männer, Busch und Heinrich, etwas mit dem Mord zu tun haben?«

»Dass sie ihre Wut abreagieren wollten, ist vorstellbar, aber dass sie gekommen sind, ihn zu töten, halte ich für ausgeschlossen.«

»Wir gehen davon aus«, sagte Feldmann, »dass Maywitz nicht vorsätzlich getötet wurde, eher als Reaktion in einer Auseinandersetzung.«

»Ach so«, sagte Bombusch, »das wusste ich nicht.«

»Auch wenn es eine Affekthandlung war, glauben Sie nicht, dass ihn einer der beiden Männer niedergeschlagen hat?«

»Für wen kann man schon seine Hand ins Feuer legen, nicht einmal für sich selbst.«

»Ist Ihnen inzwischen eingefallen, wo Sie zur Tatzeit waren?«

Bombusch lächelte fein, fast ein wenig schalkhaft. »Ich dachte, mein offenes Wesen, meine sanfte Art, hätten Sie davon überzeugt, dass ich zu solch einem Verbrechen gar nicht fähig wäre. Ein richtiges Motiv hätte ich auch nicht.«

»Sagten Sie nicht, man könne nicht einmal für sich selbst die Hand ins Feuer legen?«

»Also gut, am Abend bin ich meistens zu Hause. Meine Frau mag am Abend nicht mehr aus dem Haus gehen. Vielleicht mal ins Theater oder zu Freunden. Ich schätze, am Mittwoch waren wir zu Haus.«

»Wissen Sie das genau?«

»Meine Frau könnte es bezeugen. Aber was gilt schon die Aussage einer Frau, mit der man in Übereinstimmung lebt?«

»Wenig«, gab Feldmann bereitwillig zu. »Vielleicht findet sich jemand, der das bezeugen kann.

Hat denn keiner angerufen, keiner an Ihrer Tür geklingelt?«

»Ach ja, meine Schwester Caroline aus Berlin hat angerufen, aber fragen Sie mich nicht, wann das war, auf jeden Fall nach 21 Uhr, da sind die Gespräche nämlich billiger.«

»Ich spiele Ihnen jetzt zwei Bänder aus dem Anrufbeantworter vor, sagen Sie mir, wenn Sie eine Stimme erkennen.«

Die Identifizierung machte Bombusch keine Schwierigkeiten, er lächelte, hatte die zwitschernde Anruferin schon nach ihren ersten Worten erkannt. »Unverwechselbar«, sagte er, »das ist seine Frau. Den anspruchslosen bayerischen Dialekt hört man unter Hunderten raus.«

»Hier die zweite Stimme.«

Auch hier brauchte Bombusch nur wenige Augenblicke, er grinste wie einer, der alles Unglück dieser Erde hatte kommen sehen. »Sie kennen die Frau doch auch, Herr Kommissar, es ist Susi Simon.«

Die Stimme war Feldmann bekannt vorgekommen, aus einem Grund, den zu erklären er sich nicht die Zeit genommen hatte, war er nicht auf die Simon gekommen. Er hatte es für ausgeschlossen gehalten, dass es zwischen dem eleganten Maywitz und der pummeligen Simon einen intimen Zusammenhang geben konnte. »Hatte sie ein Verhältnis mit Maywitz?«, fragte er leicht irritiert.

Bombusch zögerte. »Die ganze Sache ist vielschichtiger, als es den Anschein hat. Man muss die Verbindung dieser beiden Menschen unter einem ganz bestimmten Aspekt sehen, als eine Art Zweckverband. Maywitz kam aus München hierher, war fremd und unbekannt. Die Stadt war fast schon überfüllt mit Rechtsanwälten. Alle Anwälte, die in den Osten gekommen waren, unterlagen einer gewissen Goldgräber-Illusion. Früher, zu DDR-Zeiten, gab es etwa fünf Anwälte in der Stadt, jetzt sind es mindestens hundert oder mehr, gezählt habe ich sie nicht. Aber das alles wissen Sie ja selbst am besten.«

»Stimmt«, sagte Feldmann, »jetzt reißen sie sich um die Klienten.«

»Als Maywitz kam«, erzählte Bombusch, »war die Welt bereits aufgeteilt, er musste sich recken und strecken, musste eingeführt werden, bekannt gemacht werden. Es ist wie mit einem guten Schneider, spricht es sich rum, dass er gut ist, hat er genug Kunden. Beim Anwalt ist es genau so, spricht es sich rum, dass er seine Klienten gut vertritt, braucht er sich um Kundschaft nicht zu sorgen. Übrigens, was meinen Sie wohl, weshalb er den Luisensee-Prozess wie einen Dressur-Akt aufgezogen hat? Doch nur, um in die Schlagzeilen zu kommen, auch auf die Gefahr hin, dass sehr viele Leute an seiner Lauterkeit zu zweifeln begannen. Obwohl, das muss man ihm lassen, er war ein außerordentlich fähiger Jurist. Doch wie soll das einer beweisen, wenn er dazu keine Gelegenheit hat?

Am Anfang war die Arbeit mit der Erbengemeinschaft, die er zu vertreten hatte. Aber davon kann ein Anwalt nicht leben. Maywitz brauchte jemanden, der sich für ihn einsetzte. Er machte sich an Susi Simon von der Heimatzeitung ran, schwer war das gewiss nicht, sie ist nicht sehr wählerisch, fühlte sich wohl auch geschmeichelt. Er besaß einen gewissen Charme, Geld hatte er auch, und welche Frau lässt sich nicht gern in einem Porsche durch die Gegend schaukeln. Susi Simon rührte treuherzig, wenn auch humorlos, aber dafür etwas zu vordergründig, die Trommel für ihn.

Zuerst machte sie ein Interview mit ihm, brachte ein umwerfend gutes Foto, besuchte seine Verhandlungen, pries seine Menschlichkeit, seine psychologischen Fähigkeiten, seine Plädoyers, behauptete, sie wären Meisterwerke juristischer Gediegenheit, Korrektheit, Fairness. Sie lobte den Umgang mit der deutschen Sprache, die zu pflegen ihm Anliegen sei. In Wirklichkeit, Herr Kommissar, stammten fast alle Plädoyers von mir, er hat sie quasi nur aufgesagt, das nur nebenbei. Man glaubte der Simon und ihrer Heimatzeitung. Maywitz wurde bekannt, beliebt, man schätzte ihn, vertraute ihm. Er bekam Zugang zum Golfklub, zum Stammtisch der Politiker, saß in jeder Premiere, war immer großzügig, nie in einen Skandal verwickelt, fuhr nie betrunken in seinem Porsche, gab Partys, wozu auch die Gattin anreiste, er wurde nie mit einer anderen Frau gesehen. Die Geschichte mit der überhöhten Rechnung für die Bau-Gesellschaft hat ihm zwar geschadet. Er gab eine kluge Erklärung ab, die Heimatzeitung druckte sie, und die Sache war vergessen. Ich muss sagen, Susi Simon hat ganze Arbeit geleistet. Aber natürlich wollte sie ein Äquivalent, vielleicht nur ein paar vergnügte Stunden, aber wer weiß, vielleicht liebte sie ihn wirklich, vielleicht dachte sie auch, er würde sich scheiden lassen, weil doch die Zwitscher-Gattin nicht bereit war, in den wilden Osten zu gehen. Jedenfalls, die Gute verkannte ihre Chancen. Bei ihm war es ganz sicher kein Sturm der entfesselten Leidenschaften.«

»Trauen Sie einer Frau wie der Simon zu, dass sie zuschlägt, nicht um zu töten, sondern aus verletztem Ehrgefühl, verratener Liebe, Eifersucht? Vielleicht hat er sie, auf der Höhe seiner Erfolge, abservieren wollen, vielleicht war sie ihm lästig geworden.«

»Ich weiß aus meiner Arbeit als Richter, wie Menschen sich in Konfliktsituationen plötzlich, nahezu explosionsartig, verändern können. Ein normal wirkender Mensch kann, von einer Minute zur anderen, den Verstand verlieren.«

»Na gut«, sagte Feldmann, nicht unzufrieden über das Gespräch, »können Sie sich vorstellen, wer Maywitz getötet haben könnte, wer eine Rechnung mit ihm zu begleichen hatte?«

Bombusch antwortete mit sanfter Stimme, fast behutsam. »Seit ich von seinem Tod weiß, denke ich über diese Frage nach. Mir fällt eigentlich nur ein Mensch ein, obwohl sich alles in mir gegen diesen Gedanken sträubt. Es fällt mir auch nicht leicht darüber zu reden.«

»Nun zieren Sie sich nicht, Herr Bombusch, Sie wissen doch, wie vorsichtig wir mit vagen Verdächtigungen umgehen.«

»Es klingt vielleicht unanständig, doch es geht mir nicht aus dem Kopf. Ich hatte mal von Maywitz den Auftrag, einer alten Dame mitzuteilen, dass man sie aus ihrer Wohnung setzen wolle. Sie fand das unverschämt. Bevor ich hier ausziehe, bringe ich den Kerl um, schrie sie ohne Pause und Absatz, mit erstaunlichem Luftvolumen. Sie bot ein Bild der Selbstgefälligkeit und des Erbarmens. Ich dachte immerzu, diese Frau macht, was sie sagt.«

»Wissen Sie noch ihren Namen?«

»Nein, aber ich weiß, wo sie wohnte, im Goethe Park. Nachdem die Frau raus war, richtete Maywitz dort seine Kanzlei ein.«

»Dieser Frau würden Sie zutrauen, einen Menschen umzubringen?«

»Das ist es ja, was mich so verrückt macht, so eine Frau schlägt doch nicht einfach zu, schon gar nicht auf einen Mann wie Maywitz. Zugleich sind solche Menschen von quälendem Gerechtigkeitssinn.

Rechtlich gesehen war sie im Unrecht, immerhin, sie hatte keine Miete mehr bezahlt. Menschlich gesehen hätte man ihr einen Kompromiss anbieten können, irgendeine Regelung, die für beide Teile erträglich gewesen wären.«

XX

Das Büro des ermordeten Anwalts war von der Polizei freigegeben worden. Die Sekretärin war dabei aufzuräumen, zu sortieren, zu beschriften, einzupacken, mit Mandanten zu sprechen, Absprachen mit den Geschäftsstellen der Gerichte zu führen, mit Frau Maywitz über den Verbleib der Möbel und Bücher und anderer Dinge zu reden. Die Überführung des Toten vorzubereiten, wenn er von der Gerichtsmedizin freigegeben worden war. Sie war dabei, alles zu tun, was getan werden muss, wenn ein Mensch so unvorbereitet und auf so unübliche Weise diese Welt verlässt. Sie tat diese Arbeiten wie unter einem Zwang, wollte so schnell wie möglich wegkommen von diesem Ort. Sie dachte, dass sie aufatmen würde, wenn sie die Bürotür erst hinter sich schließen könnte. Dann brauchte sie keine Angst mehr zu haben. Sie würde dann zwar wieder arbeitslos sein, ein Zustand, der ihr Selbstwertgefühl beschädigte, aber bekömmlicher war, als der jetzige Zustand.

Es klingelte. Der junge Mann stellte sich ihr als Kriminalkommissar Berg vor. Sie wurde unsicher, ihre Stimmbänder reagierten unwillig, sie musste sich räuspern, um ein Wort rauszubringen. Die Verwirrung der jungen Frau war für Peter Berg die allzu schnelle Bestätigung seines Verdachts.

»Trinken Sie einen Kaffee?«, fragte sie, erhoffte sich eine kleine Atempause.

»Machen Sie sich keine Mühe«, sagte Berg, »es dauert nicht lange.«

Aus dieser Ankündigung schöpfte sie die schöne Hoffnung, dass der junge Mann nur eine Nebensächlichkeit zu regeln hätte. Sie lächelte versuchsweise, setzte sich, schlug die Beine übereinander, was sie besonders gut konnte. »Was wollen Sie wissen?«, fragte sie in aller Unschuld.

»Kommissar Feldmann hatte Ihnen zwei Bänder vorgespielt, die Stimme einer Frau erkannten sie, die zweite nicht. Ist Ihnen inzwischen eingefallen, wer das gewesen sein könnte?«

Die Sekretärin tat, als dächte sie nach. Ihre Ohren, etwas zu groß geraten, leuchteten in hellem Rot. »Nein«, sagte sie, »es fällt mir nicht ein.«

»Sie würden es uns sagen, wenn Sie es wüssten?«, fragte Berg hinterlistig.

»Wenn es jemand wäre, den ich mag, fiele es mir schwer.«

»Das ist zwar edel, aber wenig hilfreich. Sie wollen uns doch helfen, oder?«

»Mit gespaltener Seele.«

»War es vielleicht die Stimme von Frau Simon?«

Die Sekretärin wurde widerspenstig, wie fast jeder Mensch, der bei einer Lüge ertappt wird. »Also hat die Alte doch gepetzt. Ich hielt sie für eine integere Frau.«

»Von wem reden Sie?«

»Von Madame Riemkoff, sie ist mir auf die Schliche gekommen, als ich Susi Simon besuchte. Sie besitzt die Unverschämtheit, die man sonst nur bei Detektiven findet, oder arbeitet sie für die Polizei?«

»Zupfen Sie sich an Ihrer eigenen Nase. Frau Riemkoff hat uns nichts erzählt, bedauerlicherweise, wir hätten uns nämlich eine Menge Arbeit erspart. Übrigens, Sie sollen in einer so heiklen, wichtigen Angelegenheit, nicht lügen. So, nun raus mit der Sprache, warum haben Sie Frau Simon gedeckt?«

Der Sekretärin war es sichtlich peinlich, sie gab das Leugnen auf, das ihr ohnehin nicht sonderlich gelungen war. »Wir kennen uns seit vielen Jahren. Sie verschaffte mir die Stelle, hier bei Dr. Maywitz, drei Jahre war ich ohne Arbeit. Ich tat ihr leid.«

»Und die Gegenleistung?«

»Sie war in Maywitz verknallt und natürlich eifersüchtig. Sie wollte alles über ihn wissen, mit wem er sich traf, ob er andere Frauen hatte, wie er die Abende verbrachte.«

»Und Sie sind darauf eingegangen?«

»Ist das schlimm?«

»Es ist zumindest keine Straftat. Aber warum wollte sie das wissen?«

»Er machte sich rar, wahrscheinlich wollte er sie abhängen, schützte Arbeit vor, na ja, Sie kennen das ja.«

»Dann hat sie ihn also überwacht?«

»Das müssen Sie verstehen, Herr Kommissar, Susi wollte ihm, wann immer es sich einrichten ließ, zufällig begegnen. Mit ihrem Presseausweis kam sie ja überall rein.«

»Dann hat sie ihn auch am Mittwochabend gesehen?«

Die Sekretärin zögerte mit der Antwort. »Susi sagt, sie habe ihn nicht gesehen, aber ich glaube ihr nicht. Sie wusste ja, dass er sich um neunzehn Uhr mit der Riemkoff im Tristan verabredet hatte.«

»Warum sollte sie schwindeln?«

»Ich weiß es nicht.«

»Hat sie Maywitz umgebracht?«

»Warum sollte sie?«

»Eifersucht, verschmähte Liebe, so etwas in dieser Größenordnung?«

»O Gott, wenn Susi alle Männer umgebracht hätte, die sie sitzengelassen haben, hätte sie reichlich zu tun gehabt.«

»Wie konnten Sie sich nur auf so einen Kuhhandel einlassen. So was macht man nicht«, rügte Berg.

»Ja, ich weiß«, sagte die Sekretärin, »jeder Zugewinn ist gleichzeitig auch ein Verlust.«

»Was ist das für eine sonderbare Philosophie?«

»Meine Erfahrung.«

»Wenn Frau Simon mit dem Tod von Dr. Maywitz nichts zu tun hat, haben Sie auch nichts zu befürchten.«

»Darf ich die Susi wenigstens anrufen und sie warnen, damit sie nicht weiter schwindelt?«

»Das lassen Sie mal lieber, Kommissar Feldmann ist gerade bei ihr. Was meinen Sie, was er von Ihnen denken würde.«

Die Sekretärin nickte, das leuchtete ihr ein.

»Ach«, sagte Berg, »ich habe noch eine Frage, warum nannten Sie Herrn Bombusch Emil?«

Sie lachte, endlich eine Frage, bei der sie nicht beunruhigt sein musste. »Es war ein Spitzname, weiter nichts.«

Susi Simon saß verheult in der Sofaecke. Im Zimmer roch es nach Kamillentee und Franzbranntwein. »Das Leben eines Menschen besteht wesentlich aus Höhen und Tiefen«, philosophierte sie mit verstopfter Nase, »wenn man im Tal ist, kann man damit rechnen, dass in absehbarer Zeit eine Anhöhe kommt. Bei anderen Leuten, nur mein Leben besteht im wesentlichen aus Talsohlen.«

»Die meisten Abstürze bereitet sich der Mensch selbst«, erwiderte Feldmann, »was hat Sie denn so umgehauen, die Grippe oder der Tod von Maywitz?«

Die Simon nickte. »Die Grippe ist nur die Folge

einer seelischen Verkrampfung. Wissen Sie, wie das ist, wenn ein Mann wie Maywitz einer Frau wie mir Avancen macht? Ich habe kein Geld, keine Beziehungen, keinen Titel, keine reichen Eltern. Ich bin keine Schönheit, habe keine Sanduhrfigur. Trotzdem verliebte er sich in mich, sagte er jedenfalls. Er schaffte es mit einem Lächeln, mir meine Minderwertigkeitsgefühle zu nehmen. Ich musste glauben, ich bin seine große Liebe. In Wirklichkeit war alles Lüge, wie in einem billigen Groschenroman. Es war ein Sturz ins Leere, als ich begriff, dass er mich nur benutzt hatte, dass all die schönen, zärtlichen Worte Hülsen waren, wissen Sie, wie elend einem dann zu Mute ist.«

»Ist das ein Geständnis?«, fragte Feldmann. Er hatte begriffen, dass die Frau sich befreien wollte, dass sie jemanden brauchte, mit dem sie ohne Scheu reden konnte. »Haben Sie Maywitz umgebracht?«

»Wir sind Gott einen Tod schuldig«, sagte Susi Simon, betupfte ihre roten, feuchten Augen.

»Das kann nicht der Wahlspruch der Mordkommission sein.«

»Es ist ja auch von Shakespeare.«

»Sie wollten sich an Maywitz rächen?«

»Ich hätte es gern getan, ich habe mich nur nicht getraut. Ein Mann, der sich so an einer Frau vergeht, hat eine Strafe verdient. Allerdings, genau genommen, so rigoros und so endgültig brauchte sie nicht zu sein.«

»Sie kennen die Sekretärin von Maywitz?«

»Dachte ich es mir, Paula hat mich verpetzt.«

»Nein«, sagte er streng, »das hat sie nicht. Beantworten Sie meine Frage. Die Sekretärin hat Ihre Stimme auf dem Anrufbeantworter angeblich nicht erkannt. Haben Sie das von ihr verlangt?«

»Ich denke mir, sie wollte mich beschützen.«

»Hat sie Ihnen den Mord zugetraut?«

»Nein, das glaube ich nicht.«

»Dann haben Sie ja nichts zu befürchten.«

»Wenn ich es getan hätte, würde ich es zugeben. Für mich ist ohnehin alles zu Ende.«

»Na, nun übertreiben Sie mal nicht. Nur in Romanen sterben die Leute an gebrochenem Herzen.«

»Die Schnapke-Eulenstein hat mich gefeuert?«

»Wer ist Schnapke-Eulenstein?«

»Die Chefredakteurin, am Bindestrich erkennen Sie, wo sie herkommt.«

»Warum das?«

»Na ja, sie hat mich nicht direkt gefeuert, mir nur nahe gelegt zu kündigen, aber das ist so gut wie gefeuert.«

»Was haben Sie denn ausgefressen?«

»Die Sache mit dem Schöffen ist raus gekommen. Ich hätte mich nie darauf einlassen dürfen, es war eine große Dummheit. Ich war wie in einem Trancezustand.«

»Liebe ist ein Phänomen der Dummheit.«

»Ich war zwar blöde, Maywitz aber war gemein. Die Schnappke-Eulenstein sagte, er selbst habe die Story auf irgendeiner Party zum Besten gegeben. Wie finden Sie das, zuerst stiftet er mich zu dieser Gemeinheit an, erwirkt damit einen Neuanfang im Marek-Prozess, dann tut er sich groß damit.«

»Wenn Sie Maywitz beschattet haben, müssten Sie doch wissen, mit wem er sich am Mittwoch Abend getroffen hat?«, fragte Feldmann. Sonderbarerweise war er sicher, dass die Simon ihm die Wahrheit sagte.

»Klar weiß ich das, an jenem Abend stand ich, wie so oft, auf der anderen Straßenseite, tat, als bastle ich an meinem Fahrrad. Er hat mich übrigens gar nicht wahrgenommen. Ich wusste von meiner Freundin, dass er sich um sieben mit der

Riemkoff verabredet hatte. Ich wollte nicht glauben, dass er sich mit dem alten Uhu im Tristan treffen würde, dachte, dass er eine neue Freundin hätte, also passte ich auf. Tatsächlich kam er ungefähr zehn Minuten vor sieben aus dem Haus, lief zum Tristan, es ist ja nicht weit. Dort wartete schon die Alte auf ihn. Mit mir war er nie dort, dazu war ich ihm wohl nicht vornehm genug. Aber ich kann mich nun mal nicht mit Klamotten von Dior behängen.«

»Na und, was geschah dann?« Feldmann zeigte Ansätze von Ungeduld.

»Ich wollte gerade wieder verschwinden, da kam er zurück, lief eilig in sein Büro. Er knipste das Licht sowohl im Vorzimmer wie in seinem Zimmer an. Das machte er, wenn er Besuch erwartete. Ich kannte das schon. Wenn er am Abend allein war, noch zu arbeiten hatte, brannte nur das Licht in seinem Büro. Ich dachte, nun warte ich mal, wer da zu ihm geht, blieb brav auf meinem Posten, obwohl es inzwischen kalt geworden war und ich ziemlich fror.«

»Nun machen Sie es nicht so spannend, wer ging denn nun zu ihm?«

»Eine alte Frau.«

»Was, eine alte Frau?« Feldmann war sehr überrascht. Das war eine völlig neue Entwicklung, hatte sich die Simon vielleicht geirrt.

»Ja, eine alte Frau, ich dachte, ist das eine Verschwörung der grauen Mäuse, oder was.«

»Wie sah sie aus?«, fragte Feldmann mit einem tiefen Seufzer der Enttäuschung.

»Wie alte Frauen eben aussehen. Alle alten Frauen sehen egal aus, entweder sie putzen sich raus, oder sie sind Grau in Grau, sind abgeklärt oder machen sich wichtig.«

»Zu welcher Kategorie gehörte diese Frau?«

»Sie wirkte irgendwie gleichgültig, vielleicht auch niedergeschlagen, elegisch, würde ich sagen.«

»Wie erkennt man Abgeklärtheit und wie Wichtigtuerei?«

»An der Art, wie jemand das Haus betritt, die eine zupft an ihren Haaren, prüft, ob der Hut richtig sitzt, schlägt den Mantelkragen um. Sie schaut nach oben, zum Fenster, streckt sich, dann klingelt sie. Die elegische Sorte macht das alles nicht, richtet sich nicht einmal auf, geht mit einem Katzenbuckel, wie auf dem Weg zum Schafott.«

»Sie meinen, sie machte nicht den Eindruck, als wolle sie jemanden zur Rede stellen oder eine offene Rechnung begleichen?«

»Nein, eher so, als erwarte sie die letzte Ölung.«

»Wollte die Frau wirklich zu Maywitz, kann es nicht sein, dass sie zu jemand anderem ging, schließlich wohnen sechs Parteien im Haus?«, fragte Feldmann, dem das sehr sonderbar vorkam.

»Beschwören kann ich es natürlich nicht. Von der anderen Straßenseite konnte ich auch nicht erkennen, auf welchen Klingelknopf sie gedrückt hatte.«

»Was geschah danach, verließen beide das Haus, wohin gingen sie, oder kam die Frau allein zurück?«

»Weiß ich alles nicht, ich fuhr nach Hause, legte mich ins Bett und heulte die Kissen nass. Ich nehme an«, sagte die Simon, »dass die Alte ihn erschlagen hat.«

»Das kann nicht sein, wir glauben, dass er noch einmal das Büro verlassen hat.«

»Woher wissen Sie denn das?«, fragte die Simon in stiller Bewunderung.

»Wir wissen es eben.«

»Ich werd verrückt«, sagte die Simon und sah

auch tatsächlich so aus. »Dann hat er sich noch mit jemandem getroffen. Schade, dass ich nicht gewartet habe. Wer kann das gewesen sein?«

Das hätte Feldmann auch gern gewusst.

XXI

Immer wenn Paula ihr Zimmer betrat, das nun nicht mehr ihr Zimmer war, seit Wedekind darin hauste, dachte sie, dass sie etwas von einer Heldin hatte. Und dass keiner es zur Kenntnis nahm, geschweige, es in irgendeiner Weise würdigte. Weder die Tochter noch der Schwiegersohn, ganz zu schweigen von Wedekind. Und das, fand sie, war ungerecht. Sie hatte ihr Zimmer hergegeben, nun litt sie darunter, sie war eingeschränkt in ihren Lebensäußerungen. Obwohl, das gestand sie sich ein, sie niemand veranlasst oder gar gezwungen hatte, ihr Zimmer zu räumen. Doch es war so wunderbar, edel zu sein, hilfreich und gut. Keine Frage, Wedekind hätte ebensogut in ein Krankenhaus gebracht werden können. Das hatte sie mit ihrem Veto verhindert. Nun, dachte sie, war sie lange genug hilfsbereit gewesen, es war an der Zeit, dass er zurückkehrte in sein Haus. Sie wollte es gern in Ordnung bringen, aufräumen, Feuer in den Öfen machen, damit er sich nicht gleich wieder eine Erkältung zuzog. Er war seit drei Tagen fieberfrei, aß normal, schlief gut, las viel, war schweigsam, ließ sich ohne Bedenken zu äußern, verwöhnen. Katharina ließ ihr Stethoskop auf seinem Rücken wandern, so sehr sie sich anstrengte, feindliche Geräusche waren nicht mehr zu hören. »Zwei, drei Tage«, sagte sie, »dann kann er nach Hause, heut darf er mal aufstehen.«

»Was, so lange dauert das noch?«, maulte Paula

»Er geht nach Hause, wenn er es selbst will.«

»Mein Gott«, stöhnte Paula, »wenn er nun auf die Idee kommt, für immer hierzubleiben.«

»Ich dachte«, Katharina lächelte, »du magst ihn.«

»Ja, natürlich, so wie ich meinen Zahnarzt mag oder Boris Becker.«

Katharina streichelte die Wange ihrer Mutter. »Ist da nicht ein bisschen mehr?«

Mit majästetischer Ruhe sagte Paula: »Ich denke nicht daran.«

»Er ist ein respektabler Mann, was willst du mehr. Da gibt es viele Frauen, die sehr glücklich mit ihm wären.«

»Ich lass mich nicht an anderen Frau messen. Im übrigen, dein Vater hat mir gereicht. Einen solchen Mann bekommt man nicht wieder.«

»Ich kenne Wedekind länger als du, Mutter, er ist ein anständiger Mann. Ich mag ihn.«

»Darüber wird er sich freuen.«

Paula bereitete das Abendessen, an dem zum ersten Mal Wedekind teilnehmen sollte. Sie bereitete Krabbensalat, briet kleine Steaks, es gab weißen Wein und kleine Kuchen. Sie stellte eine Kerze auf den Tisch, deckte die Tafel mit ungewöhnlicher Sorgfalt. Katharina beobachtete die Mutter, lächelte still vor sich hin.

Wedekind, sonst schweigsam und unbeteiligt, stand nach dem Essen plötzlich auf, hob sein Glas und hielt eine kleine, humorvolle Rede. Er pries das Haus und seine Bewohner, war voller Dankbarkeit und Zuneigung. Katharina war gerührt, auch Paula sah bewundernd zu ihm auf, Lenau hörte ihm, überrascht und bewegt, zu. Nur als Wedekind behauptete, seit neun Tagen im Haus zu sein, unterbrach Paula, verbesserte ihn, sagte: »Hier irrte Goethe, es sind zehn Tage.«

Katharina schimpfte mit der Mutter. »Musst du

Herrn Wedekind unterbrechen. Es ist schließlich egal, ob er zehn oder zwanzig Tage hier ist.«

Paula nickte beleidigt, sie wusste genau, seit wann sie in der Abstellkammer hauste, aber sie schwieg. Denn nun holte Wedekind zu einer Hymne über sie aus, das wollte sie sich doch nicht entgehen lassen.

Doch gerade in diesem wichtigen, spannenden Moment klingelte das Telefon. Katharina, die es gewöhnt war, zu jeder Stunde angerufen zu werden, nahm den Hörer, sagte schließlich. »Ja, ich komme, in gut zehn Minuten bin ich da.« Sie legte auf, seufzte. »Frau Marek hat angerufen, ihr Sohn ist gestürzt, hat eine Platzwunde am Kopf. Ich fahr mal schnell hin.«

Paula war aufgestanden. »Ich fahr mit, will die Leute mal kennen lernen.«

»Es sind ganz alltägliche Leute.«

»Es ist ein Mörderhaus.«

»Der Mann ist freigesprochen worden«, sagte Wedekind.

»Ja«, sagte Paula aufgebracht, »aus Mangel an Beweisen.«

Sie gingen zur Garage. Paula rief den Männern zu. »Ihr könnt ja auch mal abräumen und das Geschirr spülen.«

Die alte Frau Marek führte Katharina ins Wohnzimmer. Ihr Gesicht zeigte die Empfindungslosigkeit einer Mumie, die Haut wirkte wie altes, gebrochenes Leder. Uwe Marek lag auf der Couch, um den Kopf ein Handtuch. Seine Frau stand unbeteiligt neben ihm.

Paula war der Tochter gefolgt, blieb, ein wenig verlegen, neben der Tür stehen.

»Was ist denn passiert?«, fragte Katharina, nahm das Tuch vom Kopf, betrachtete die Wunde, die aufgehört hatte zu bluten. Weder die alte noch die junge Frau Marek antworteten.

»Wie ist er gestürzt, und wo ist er gestürzt? Es muss ein sonderbarer Sturz gewesen sein«, sagte Katharina.

»Wir wissen es nicht«, antwortete die junge Frau widerwillig. »Er war angeln, hier, direkt vor dem Haus, keine dreißig Meter entfernt, kam plötzlich angerannt, blutete. Seine Angelzeug liegt noch draußen am Wasser.«

Katharina dachte, es ist die Stelle, an der die kleine Laura ermordet wurde. Wie kann er sich dort hinsetzen, in aller Ruhe angeln. Marek stöhnte. Katharina betrachtete die Wunde. »Es ist zum Glück nur eine Platzwunde, trotzdem, sie müsste genäht werden. Am besten, wir rufen den Krankenwagen und bringen ihn ins Krankenhaus. Tetanus muss er auch bekommen.«

»Das kommt nicht in Frage«, knurrte die Alte, »dann hätte ich Sie ja nicht zu rufen brauchen.«

»Was haben Sie gegen das Krankenhaus?« Katharina gefiel der aggressive Ton nicht.

»Er käme da nicht wieder lebendig raus.« Die Alte ballte ihre magere Faust gegen einen imaginären Feind.

»Wohnen Sie jetzt hier?«, fragte Katharina die junge Frau.

»Wir sind aus der Stadt ausgezogen, haben unsere schöne Wohnung in der Jakobstraße aufgegeben. Es war nicht auszuhalten.«

»Was war nicht auszuhalten?«, mischte sich Paula in das Gespräch.

Keine der Frauen antwortete.

Es herrschte eine sonderbar müde Stille. Uwe Marek hatte die Augen geschlossen, lag bewegungslos auf der Couch. Die junge Frau wich der Schwiegermutter aus, sie begegneten sich nicht einmal mit Blicken. Zwischen diesen drei Menschen schien die Verbindung abgerissen zu sein. Die Alte lehnte am Fenster, es machte den Eindruck, als hätte sie für ein reines Gewissen ihre Seele hergegeben.

Katharina deutete eine Bewegung zur Tür hin an, wo noch immer ihre Mutter stand. »Ich werde die Wunde klammern«, sagte sie, »und ihm eine Spritze gegen die Schmerzen geben.«

»In Ordnung«, sagte die Alte, als hätte sie die medizinische Oberaufsicht.

»Ich brauche heißes Wasser«, sagte Katharina in einem Ton, der keinen Widerspruch duldete.

»Frau Marek, Sie können mir behilflich sein«, sie wandte sich an die junge Frau. »Ich kann so nicht arbeiten«, mit einer Handbewegung schickte sie Paula und die alte Marek aus dem Zimmer.

Die alte Frau ging in die Küche, Paula folgte ihr. Sie setzten sich auf die Bank vor dem riesigen Kachelofen, saßen sich gegenüber. Paula lehnte ihren Rücken an die warmen Kacheln, sie hätte gern Wonnelaute von sich gegeben, unterdrückte sie, notgedrungen, betrachtete die dicke Tischplatte, weißgescheuertes Holz, mit Hunderten von Kerben und Einschnitten. Paula dachte, wie viele Menschen mochten schon an diesem Tisch gesessen haben. Sie sind gestorben, begraben und vergessen, aber den Tisch, den gibt es immer noch, der steht und wird das nächste Jahrhundert überdauern. Warum behalten die Dinge ihren ewigen Wert, warum nicht auch die Menschen?

Die alte Frau Marek hatte ihren Kopf in die Hände gestützt, weinte. Weinte wie ein Mensch, der das lange nicht mehr getan hat. Paula dachte, so weint doch keine Mutter, nur weil sich der erwachsene Sohn eine Kopfwunde zugezogen hat, so weint ein Mensch, der sein Leben beklagt. »Ich habe Sie nie im Gerichtssaal gesehen«, sagte Paula neugierig und vorwurfsvoll.

Die Alte hob den Kopf, blickte Paula an, als prüfte sie, ob auch sie ihr feindlich gesonnen war. »Sie haben mich nicht gesehen«, sagte sie, »weil ich nicht dort war.«

»Und warum nicht?« Paula liebte es nicht, wenn man ihr mit dümmlicher Lakonie kam.

»Warum sollte ich?«

»Eine Mutter hat ihrem Sohn beizustehen, ganz gleich in welcher Situation.«

»Er ist erwachsen.«

»Hat es Ihnen der Anwalt verboten?«

»Ich lass mir nichts verbieten«, behauptete die Frau, schon etwas leiser.

»Dann hätten Sie bei Gericht ein gutes Wort für den Sohn einlegen können«, bohrte Paula weiter.

Genervt, als hätte sie die Fragerei satt, sagte sie: »Als Mutter brauche ich vor Gericht nicht auszusagen.«

»Dr. Maywitz hat es ja geschafft, Ihren Jungen rauszuboxen.«

Die Alte schwieg, stützte den Kopf wieder in ihre Hände, aber sie weinte nicht mehr.

Man hätte die beiden Frauen für feindliche Schwestern halten können. Deren Feindschaft auf der Unterschiedlichkeit ihrer Charaktere, aber auch auf ihren so andersgearteten Lebenswegen beruhte. Sie waren fast gleichaltrig und wirkten doch, als läge ein Jahrzehnt zwischen ihnen. Ihre Kinder standen etwa im gleichen Alter. Paula wurde in einer harmonischen Welt geboren, wurde auf den Namen Paula getauft, dem Patenonkel zuliebe, der Paul hieß und Intendant am Theater der Stadt war, jenem Theater, an dem Paulas Mutter bemerkenswerte, wenn auch nicht gerade überschwengliche Triumphe als Sopranistin gefeiert hatte. Der Patenonkel war es auch, der Paula an das Theater zog, ihr die Welt des Theaters als die wirkliche Welt, das wahre Leben vermittelte. Für Paulas Eltern stand schon früh fest, ihre Tochter würde ein Theaterstar, ungewiss war nur, in welchem Genre das geschehen sollte. Die Entscheidungen, die jeder Mensch in seinem Leben zu treffen hat, fällte Paula aus sicherer Obhut, beschützt und umsorgt.

Anneliese Marek dagegen konnte nie frei entscheiden. Sie lebte auf dem Bauernhof ihrer Eltern. Der Hof war Anfang und Ende und Mittelpunkt ihres Lebens. Die Ehe mit dem älteren Alfred vollzog sich ohne Gemütsbewegung. Er starb früh, erst als er nicht mehr da war, merkte sie, dass sie einen Freund verloren hatte. Alfred hatte zu ihr gehalten. Bei ihrer Hochzeit war sie von einem Fremden im fünften Monat schwanger. Er hatte sich ein paar Wochen im Dorf aufgehalten, keiner wusste, warum er sich versteckt hielt. Alfred hatte sie trotzdem genommen. Niemand im Dorf ahnte, wer der wirkliche Vater des kleinen Uwe war. Sie hatte das Kind ohne Freude zu Welt gebracht, hätte es am liebsten im See ertränkt.

Als Paula ihre Katharina zur Welt brachte, läuteten zwar nicht die Glocken der Schlosskirche, es wurden auch keine Böllerschüsse abgefeuert, ein Fackelzug fand auch nicht statt. Doch im Freundeskreis, im Theater und in der Familie, feierte man drei Tage lang.

Paula war glücklich, weil sie glücklich sein wollte. Anneliese war ohne Glück, weil sie nicht wusste, dass zum Glücklichsein der eigene Wille gehört.

Zog man das Fazit, stellte man sich die Frage, was den Frauen geblieben war, hatte Anneliese Marek die besseren Karten. Sie besaß ein Bauernhaus, Äcker, Wiesen, Wald und ein Stück vom Luisensee.

Das Land und das Seestück hatte sie verpachtet, die Pacht reichte aus für ein sorgloses Leben. Die Schweine, Rinder und Kälber hatte sie verkauft, in den Ställen rumorten nur noch Federvieh und niedliche, dicke Kaninchen. Hier, im Haus ihrer Eltern, Großeltern, würde sie bleiben bis an ihr Lebensende.

Paula besaß nichts, nur ihre Rente, schöne Erinnerungen und viele, viele Fotos.

Beide Frauen hatten in ihrem Leben hart gearbeitet. Wem hatte das Schicksal Recht gegeben?

»Was ist mit Ihrem Sohn«, fragte Paula, »wie ist er gestürzt?«

»Was spielt das wohl für eine Rolle«, erwiderte die Alte. »Der eine stürzt nie, der andere immer wieder.«

»Sie glauben«, fragte Paula, »im Krankenhaus wäre er nicht sicher?«

»Er ist nirgendwo sicher.«

»Nur hier?«

»Wenn er auf mich hört.«

»Wer will ihm was tun?«

Frau Marek zuckte die Achsel. »Das Gericht hat ihn freigesprochen, aber das nehmen diese Leute nicht zur Kenntnis.«

Auf dem Weg nach Haus sagte Paula zu ihrer Tochter. »Ich wette, er ist nicht gestürzt.«

»Woher willst du das wissen?«

»Die Wunde am Hinterkopf verläuft senkrecht, ein wenig schräg, als hätte einer mit dem Knüppel draufgehalten.«

»Was du nicht alles weißt.«

»Man muss immer die Augen offen halten.«

Katharina sah ihre Mutter besorgt an. »Misch dich da nicht rein, Mutter, es bringt nichts, du machst dir nur Ärger.«

»Schon gut, Mädel. Ich frag mich nur, wer es gewesen sein könnte. Was meinst du?«

Katharina hatte sich über diese Frage längst schon ihre Gedanken gemacht. Sie war sicher, dass ihre Mutter auf dem gleichen Weg war. »Es sollte nicht noch ein Mord passieren.«

Paula sprach aus, was beide dachten. »Ich fürchte, dass es Richard war. Er kommt über den Tod seiner kleinen Tochter nicht hinweg, will sich rächen.«

Katharina schwieg, was sollte sie auch sagen, außer grenzenloser Wehmut spürte sie nur Hilflosigkeit.

»Kannst du Feldmann nicht mal wieder zum Essen einladen? Wir sollten mit ihm reden«, sagte Paula mit der Unschuldsmiene eines Engels.

»Der Mann hat zu tun.«

»Doch nicht Tag und Nacht.«

»Doch, er arbeitet Tag und Nacht. Und was könnten wir ihm sagen, was er nicht selbst schon rausgekriegt hat.«

»Zum Beispiel die Sache mit Marek, dass da einer ist, der ihm eins verpasst hat?«

»Ich werde mich hüten, meine Schweigepflicht zu verletzen.« Katharina hatte es so entschieden gesagt, dass Paula nicht weiter in sie drang.

»Ich, Paula Riemkoff, unterliege keiner Schweigepflicht.«

»Halte dich nicht für das Gewissen der Welt, das ist zu anstrengend für dich.«

Sie fuhren an Wedekinds Haus vorbei, das sich breit und dunkel gegen den hellen Abendhimmel abhob. »Morgen gehe ich dahin«, sagte Paula, wies auf das Haus, »räume auf, wasch die Gardinen, Fenster putz ich nicht, soll er Licht machen, wenn er nichts sieht. Ich werde die Öfen heizen und übermorgen bringen wir ihn zurück in sein Verließ.«

Katharina lachte. »Du willst ihn also nicht behalten?«

»Nicht so einen, er liest ja nicht einmal mehr die Zeitung. Ich bin nicht sicher, ob er weiß, dass Kohl nicht mehr regiert, dass jetzt ein Herr Schröder am Regler sitzt.«

»Mache ihn nicht so schlecht. Er hat seinen Rucksack zu tragen, wer weiß, was ihm widerfahren ist. Der eine steckt es weg, der andere kaut sein Leben lang darauf rum.«

»Da muss ich ja nicht mitkauen.«

Katharina stieß die Mutter freundschaftlich an. »Ihr würdet gut zusammenpassen. Mit ihm könntest du dich bis in alle Ewigkeit streiten. Weißt du, wie er dich ansieht.«

»Na?«

»Ach, das sag ich lieber nicht.«

»Wenn ich einen Wunsch frei hätte in diesem Leben, wünschte ich mich in meine alte Wohnung zurück.«

»Du fühlst dich nicht wohl bei uns?«

»Das hat nichts mit dir oder deinem Mann zu tun. Es hat nur etwas mit mir zu tun. Denn nichts ist wichtiger für mich als meine Tochter Katharina.«

Katharina, von der ungewohnten Ernsthaftigkeit ihrer Mutter berührt, streichelte sanft ihren Arm.

»Pass auf die Straße auf«, brummte Paula.

XXII

Nach dem 1. Weltkrieg hatte der Großvater von Richard Serafin das kleine Uhrengeschäft am Theaterplatz aufgemacht. Richard hatte es von seinem Vater übernommen, es über alle polit-ökonomische Irrungen und Wirrungen halten können. Nach ihnen würde Laura das Geschäft übernehmen. Ihre pianistischen Fähigkeiten, glaubten sie, würden doch nicht ausreichen, um eine musikalische Laufbahn einschlagen zu können. Nach der Wende, als auch bei den Serafins der Traum vom großen Geld aufkam, erweiterte Richard das Sortiment, nahm Schmuck ins Angebot. Die Serafins gehörten zu der kleinen Stadt wie die Schlosskirche und der hundert Jahre alte Gesangsverein. Nach der Wende verdoppelte sich die Anzahl der Uhrmacher. Die Hoffnung vom blühenden Unternehmen wollte sich nicht erfüllen. Serafin bezahlte seine Träume mit handfesten Einbußen. Anna, die als Krankenschwester im Krankenhaus angestellt war, ging noch einmal in die Lehre, kündigte dann ihre Arbeit und half im Geschäft. Sie konnten den alten Uhrmacher entlassen, der schon bei Richards Vater im Geschäft war. Er hatte ohnehin in Rente gehen wollen.

Die Ermordung der kleinen Laura brachte Käufer in den Laden. Aus irgendeinem Grund suchten die Kunden die Nähe der Eltern. Der Kundenstrom ließ nach, als Richard die Aufträge, die Reparaturen nicht mehr termingerecht erledigte. Der alte Uhrmacher kam wieder, arbeitete zwei Stunden am Tag, um das Geschäft nicht vollends dem Ruin zu überlassen.

Als Kommissar Feldmann den Laden betrat, hätte er Anna fast nicht erkannt. Sie war schmal geworden, blass, das schwarze Trauerkleid machte sie noch unscheinbarer. Sie hielt sich aufrecht mit gemessenen Gebärden. Sie ist leblos wie ein Stück Holz, dachte Feldmann. Als sie den Kommissar erkannte, blieb ihr Gesicht ungerührt, als könnte nichts mehr ihre Aufmerksamkeit erregen.

Feldmann versuchte, freundlich und schonend mit ihr umzugehen. »Ich wollte Ihren Mann sprechen«, sagte er.

»Er ist nicht da, er ist verreist.«
»Wann kommt er wieder?«
»Er musste raus, ich hatte Angst, er könnte durchdrehen.«
»Wann kommt er wieder?«
»Ich weiß es nicht, ich habe ihm gesagt, er soll bleiben, so lange er mag.«
»Kommen Sie denn allein zurecht?«
Sie zuckte die Schulter, wandte den Kopf zur Seite. Feldmann fürchtete, sie könnte anfangen zu weinen. »Wohin ist er denn gefahren?«
»Zu seinem Bruder nach Rostock.«
Feldmann ließ sich die Adresse geben. Sonderbar, dachte er, sie fragt nicht einmal, was ich von ihm will oder ob es etwas Neues gibt.
»Es ist ja nichts rückgängig zu machen«, sagte sie, als Feldmann sich verabschiedete. Er wollte tröstend sagen: Das Leben geht weiter. Besann sich, es war das simpelste aller Trostwort, aber auch das einzige. Die kalte Wahrheit machte es unbrauchbar für sensible Menschen. Er nahm sich vor, Katharina anzurufen, zu bitten, sich um diese Frau zu kümmern. Er wusste ja, dass sie seit ihrer Schulzeit befreundet waren.
Von der Dienststelle aus rief er in Rostock an. Die Frau des Bruders meldete sich. »Er ist nicht gekommen, Herr Kommissar«, sagte sie. »Wir wundern uns, wissen nicht, was los ist. Mein Mann wollte Anna anrufen, aber sie nicht beunruhigen. Man weiß ja nicht, wie man es richtig macht.«
Feldmann bedankte sich, legte auf. Dann rief er Katharina an.
Lenau war am Apparat. »Katharina ist zu der alten Frau Marek gefahren, ihr Sohn ist gestürzt, er hat sich den Kopf aufgeschlagen.«
»Ich rufe später noch einmal an«, sagte Feldmann, »besser noch, ich komme raus.«

»Mach das, alter Junge«, riet Lenau, »wir freuen uns.«

Es dauerte nicht lange, da waren Katharina und ihre Mutter wieder zurück. Lenau erzählte von seinem Gespräch mit Feldmann. Paula rief enthusiastisch. »Das Wort des Himmels. Es kommt alles, wie es kommen soll. Haben wir noch Krabbensalat, damit füttern wir ihn an.«

»Mutter!«, warnte Katharina.

»Feldmann ist ein Freund von gutem Essen. Ich will ihm doch nur eine Freude machen.« Sie dachte, dass sie es einrichten würde, ihm so ganz nebenbei von Marek und der sonderbaren Verletzung zu erzählen. Katharina sah der Mutter an, was sie im Schilde führte. »Dass du Feldmann ja nichts von deinen Spekulationen erzählst.«

»Aber«, protestierte Paula, »der Erzengel Gabriel persönlich wird mir den Mund zuhalten.« Sie brachte es fertig, Katharina mit unschuldigen Augen anzusehen.

Feldmann begrüßte Katharina mit einem Küsschen, sagte: »Na, wie wars bei Marek, hat er sich den Schädel eingeschlagen?«

Noch bevor Katharina antworten konnte, sagte Paula: »Das Schicksal selbst hat zugehauen.«

»Mutter«, herrschte Katharina sie an, »lass deine gespenstischen Vermutungen.«

»Ach«, sagte Feldmann, »dann ist er wohl gar nicht gestürzt?«

»Das jüngste Gericht ist über ihn gekommen«, sagte Paula, und zu ihrer Tochter, die unwillig zu werden drohte, sagte sie. »Man wird sich doch wohl noch an seinen Religionsunterricht erinnern dürfen. Ich sag ja immer, wenn die Leute öfter in die Bibel sehen würden, geschähe weniger Unheil auf dieser Welt.«

»Amen«, vollendete Katharina.

»Ich finde Paulas Version ganz plausibel.«

»Für eine Seele von Mutters Art ist das Übernatürliche ganz selbstverständlich.«

»Weiß man näheres über das jüngste Gericht, wer es in Gang gesetzt hat?«, fragte Feldmann. »Hat es einen Namen oder eine Adresse?«

»Marek ist aus der Jakobstraße ausgezogen, hat sich bei seiner Mutter eingenistet«, erklärte Katharina.

»Seit wann? Und warum?«

»Ich denk«, sagte Paula, »man will ihn umbringen.«

»Wer will ihn umbringen?«

»Ein Mensch, der in der Lage ist, zwischen Recht und Gerechtigkeit zu unterscheiden«, erklärte Paula.

Feldmann glaubte zu wissen, wen Paula meinte. »Zum Glück leben wir hier nicht in Wild-West, und der Ku-Klux-Klan hat sich auch nicht etabliert.«

Lenau, der bisher stumm geblieben war, mischte sich ein. »Man versetzt den Anachronismus nichts ins Internet-Zeitalter. So etwas halte ich für ausgeschlossen.«

»Und wenn doch?«, fragte Paula.

»Dann müsstest du mir Beweise liefern.«

»Die Wunde an seinem Hinterkopf rührt nicht vom Sturz her.« Paula drehte den Hinterkopf ihres bereitwilligen Schwiegersohns zu Feldmann hin. »Die Wunde verläuft so, von hier oben nach unten, etwas schräg. Wenn du so viel Phantasie haben solltest, dir das vorzustellen.« Sie zog eine Linie von der Schädeldecke bis fast zum Hals.

»Das ist kein Beweis«, sagte Feldmann, »ein Beweis schließt andere Möglichkeiten aus.«

»Du bist ein ganz schöner Dickkopf«, brummte Paula, »kannst du nicht mal ein bisschen gesunden Menschenverstand und Logik in die Ermittlungen bringen? Auf welchem Tablett willst du den Täter serviert haben?«

»Paula«, bat Feldmann inständig, »kannst du nicht einmal etwas Sinnvolles tun.«

»Klar«, sagte Paula, »gib mir deine Dienstwaffe, und ich bringe dir den Unhold.«

»Anna Serafin geht es ziemlich mies, du könntest mal zu ihr gehen, das wäre eine edle Tat. Ich weiß, du bist zwar gerade dabei, die Welt in Ordnung zu bringen, aber vielleicht fällt mal eine Stunde ab.«

»Wo ist denn Richard?«, fragte Katharina.

Feldmann zögerte mit der Antwort, unschlüssig, ob er darüber reden sollte. Schließlich sagte er. »Das ist etwas rätselhaft, er wollte nach Rostock fahren, ist dort aber nicht angekommen.«

»Was soll das bedeuten?«, fragte Katharina, wechselte mit ihrer Mutter bedeutungsvolle Blicke.

»Was schon«, erwiderte Paula, »bevor er nicht erledigt hat, was er sich vorgenommen hat, fährt er nirgendwo hin.«

»Das erkläre uns mal bitte.«

»Da musst du selbst drauf kommen, Feldmann.«

»Du meinst, er hat Marek niedergeschlagen, wollte ihn vielleicht gar töten?«, fragte Feldmann.

Katharina hielt ihre Hand auf Paulas Mund. »Sag nichts, das ist kein Spiel mehr, Mutter. Versündige dich nicht.«

»Wenn er Marek niedergeschlagen haben sollte, dann hat er möglicherweise oder logischerweise auch Maywitz umgebracht.«

»Es stimmt nicht«, sagte Paula, »dass Gott die Welt erschaffen hat, weil er Langeweile hatte, es hat alles seine Ordnung. Es stimmt auch nicht, dass der Mensch eine Fehlkonstruktion ist, er folgt immer nur seinen eigenen inneren Gesetzen.«

»Verwechsle ethische Gesetze nicht mit juristischen.«

»Sie sollten identisch sein«, sagte Paula.

»Ja, dann hätten wir das Paradies auf Erden.«

Feldmann sagte zu Katharina: »Sie ist eine Anarchistin, wusstest du das?«

»Du nimmst mich nicht ernst, das wirst du noch bereuen«, sagte Paula.

»Dann sag mir«, bat Feldmann, »wo Serafin ist. Es darf keinen dritten Mord geben.«

»Ich vermute«, sagte Paula ernst, »er liegt in Lauerstellung.«

Feldmann, aber auch die anderen, beunruhigte der Gedanke, dass Serafin sich nicht mehr unter Kontrolle haben könnte. Feldmann stand auf. »Ich muss los, ihn suchen.«

Die Bungalowsiedlung lag wie ausgestorben. Fenster und Türen der Wohnwagen waren vernagelt. Die Antennen abgebaut, die Vorzelte weggeräumt, die Wasserleitungen mit Stroh umwickelt. Nirgendwo war ein Zeichen von Leben. Feldmann war oft genug hier gewesen. Vom Wohnwagen aus hatten sie die Spur des kleinen Mädchens verfolgt, nach möglichen Zeugen suchend. Nun war es schwer, den Wohnwagen wieder zu finden, so sehr hatte der Winter die Landschaft verändert. Er ging durch die Reihen. Aus einem der Wagen kamen Geräusche, es hörte sich an, als ob jemand hämmerte oder sägte.

Feldmann klopfte. Es dauerte nicht lange, da wurde die Tür geöffnet. Serafin sah den Kommissar ohne Anzeichen von Verwunderung an. Fast fröhlich sagte er: »Kommen Sie doch rein, Herr Kommissar.«

Der kleine Wohnraum glich einer Werkstatt, Holz lag da, eine Säge, ein kleiner Schraubstock.

Serafin bot dem Kommissar Platz an. »Bisschen eng hier«, sagte er entschuldigend.

»Frieren Sie nicht?«, fragte Feldmann.

»Frieren?« Serafin lächelte freundlich. »Aber nein, wie könnte ich hier frieren.«

»Wann fahren Sie denn wieder in Ihr Geschäft?«

»Ich habe mir eine Woche Urlaub genommen. Die Luft bekommt mir hier so gut.«

»Sie basteln wohl gern?« Feldmann deutete auf das Holz.

»Nein, eigentlich nicht. Ich bin nicht sehr geschickt. Meine Hände sind an kleine Schrauben und Rädchen gewöhnt.«

»Was machen Sie denn da?«

»Ein Kreuz für Laura.«

»Ein Kreuz?«

»Es wird vor dem Haus des Mörders aufgestellt. Damit er nie vergisst, was er getan hat.«

»Verstehe«, sagte Feldmann.

»Haben Sie den Mann gesehen?«

»Wen? Den Mörder meiner Tochter?«

»Ich will den Mann nie, nie wieder sehen«, sagte er mit der Entschiedenheit eines Fanatikers. »Er soll es nicht wagen, mir unter die Augen zu kommen.«

»Was ist mit dem Rechtsanwalt, bekommt der auch ein Kreuz?«

Serafin lachte, »Ach, weil hier noch so viel Holz liegt. Nein, nein, das wird ein Altar für Laura. Nicht dass ich Veit Stoß wäre, es wird kein Kunstwerk, nur eine Erinnerung an meine kleine Tochter. Hier«, er zeigte Feldmann ein Ölgemälde mit einem hübschen kleinen Mädchen darauf. »Das habe ich nach einem Foto malen lasse. Das stell ich in die Mitte, rechts und links Kerzenhalter und Blumenvasen.« Er lächelte glücklich. »Es ist noch ein gutes Stück Arbeit.«

»Wollten Sie nicht nach Rostock, zu Ihrem Bruder?«, fragte Feldmann

»Nicht, bevor ich hier nicht fertig bin.«

»Und was ist mit dem Verteidiger, dem Herrn Maywitz«

»Den hat doch der Teufel geholt«, frohlockte Serafin.

»Ja«, sagte Feldmann, »das stimmt.«

»Der Teufel ist ein zuverlässiger Bursche, aber nicht billig.«

»Wartet Ihr Bruder nicht auf Sie?«

»Wissen Sie, Herr Kommissar, mein Bruder hat keine Kinder, er weiß nicht, wie so etwas ist.«

»Ich fahre jetzt in die Stadt zurück«, sagte Feldmann sehr sanft, »soll ich Sie mitnehmen?«

»Ach nein«, sagte der Mann, sah auf das Bild seiner Tochter.

»Wie wäre es mit einem richtigen Abendessen, Eisbein mit Sauerkraut, dazu ein Bier?«

Serafin schien die Erinnerung an dieses schöne deutsche Gericht wiedergekommen zu sein, er überlegte. »Eigentlich wollte ich zu Katharina, sie soll mir etwas gegen meine Kopfschmerzen verschreiben.«

»Das trifft sich gut«, sagte Feldmann, »ich bringe Sie zu Frau Dr. Lenau, ich kenne sie gut.« Er dachte, wenn er erst dort ist, wird sich eine Möglichkeit finden, ihn festzuhalten, vielleicht einem Psychiater vorzustellen. Katharina würde ihm weiterhelfen. Er war froh, dass es ihm gelungen war, den Mann zu überreden.

»Ja«, sagte Serafin, »ich weiß, Sie sind befreundet.«

Er stieg willig in den Wagen. Sie fuhren bis vor das Haus der Lenaus. Dort parkte ein anderer Wagen. Serafin war ausgestiegen, war auf den Wagen zugegangen. »Es ist der Wagen von Anna, meiner Frau«, rief er, »sie denkt, ich bin in Rostock.« Er drehte sich auf dem Absatz um und lief davon, verschwand in der Dunkelheit.

XXIII

Hilfsbereitschaft ist eine Angelegenheit, bei der alle Beteiligten gewinnen. Bei Paula war die Hilfsbereitschaft bedauerlicherweise mit Neugier gekoppelt. Wenn sie da nicht auf ihre Kosten kam, verlor sie den Spaß daran. Als sie Wedekinds Haus betrat, stieg die Lust am Helfen im gleichen Tempo wie ihre Neugier. Sie dachte, dass es aufregend sein müsste, vor Überraschungen sicher im Haus kramen, räumen und entdecken zu können. Sie wollte dahinter kommen, wer er war, wo er herkam, ob er Familie hatte und wo sie geblieben war. Alle Versuche, ihm das zu entlocken, waren fehl geschlagen. Dieser Ignorant war ja nie bereit gewesen, freiwillig etwas von sich preiszugeben.

Sie hatte sich ihm offenbart, ohne Rückhalt, ohne Scheu. Bei so viel Herzensgüte konnte sie da nicht auch verlangen, dass er sich ihr anvertraute? Doch dieser Mensch saß auf seinen Geheimnissen wie ein Geizhals auf seinem Geldsack.

Zu ihrem heftigen Bedauern hatte sie nie ein Buch von ihm gelesen, wiewohl ihr sein Name als Autor vertraut war. Vielleicht hätte sie etwas von ihm, über ihn, seine Art zu denken, die Welt zu sehen, sich auszudrücken, erfahren. Wenn er ihr ein Buch von sich geben würde, sie wollte es sofort und ohne Vorbehalte lesen. Sie nahm sich vor, in seinem Bücherschrank so lange zu suchen, bis sie ein Buch von ihm fand.

Paula machte Feuer in allen Öfen. Auf der Suche nach Holz fand sie im Schuppen einen imponierenden Stapel. Im Holzhacken ist der Mann Spitze, dachte sie, er hat sogar Kienholz gestapelt. Paula fühlte sich in ihrem Element, obwohl Hausarbeit nicht zu ihren bevorzugten Betätigungen gehörten. Gegen Mittag hatte sie das meiste geschafft. Die Wohnung hatte an Glanz gewonnen, war wieder bewohnbar. Es war wohl doch ein Unterschied, ob ein Mann aufgeräumt hatte oder eine Frau. Die Frau prägt die Wohnung mit ihrer Persönlichkeit. Bedauerlicherweise war niemand da, der sie dafür hätte feiern können. Ein Zimmer jedoch hatte sie nicht betreten können, es war verschlossen, der Schlüssel ließ sich nicht finden. Zunächst nicht, weil sie davon ausgegangen war, dass Wedekind ihn versteckt hatte. In Wirklichkeit lag er zugänglich in einer Schublade. Der Bursche hatte ihn da reingelegt und ihn vorsätzlich vergessen. Diesen Raum, folgerte sie, wollte Wedekind nicht mehr betreten. Wie man einen Menschen aus seinem Gedächtnis streicht, ein ungeliebtes Möbelstück zerhackt, Liebesbriefe eines Ungetreuen ins Feuer wirft, so hat sich Wedekind von diesem Zimmer losgesagt.

Vor dem Fenster stand der Schreibtisch, auf ihm eine Schreibmaschine, sorglich zugedeckt. Ein Zettelkasten, ein Kalender aus dem Jahr 1992, zwei Stapel Manuskripte, ungeöffnete Briefe. Die Wände waren vollgestellt mit rohgezimmerten Regalen, darauf Bücher, geordnet und übereinander. Sie fand viele ihrer Lieblingsautoren, Christa Wolf, Granin, Thomas Mann, Tolstoi und Heinrich Böll. Sie empfand eine enge geistige Verwandtschaft zu diesem Waldschrat. Aber wo waren seine Bücher? Hatte er sie für ungültig erklärt? Gab es Bücher mit Verfallsdatum? Das grenzt an Selbstverleugnung, dachte sie, das geht zu weit. Diesem Mann musste man einmal die Meinung sagen.

Sie setzte sich an den Schreibtisch, versuchte sich vorzustellen, wie er da gesessen haben mochte, um mit unverändertem Blick auf eine veränderte Welt zu sehen. Eine Welt, die ihm Defizite beschert hatte. Hatte er gelitten und endgültig aufgegeben? Sind zugespitzte Situationen ein Schreibantrieb, oder behindert es das Schreiben? Schreibt es sich im Paradies leichter als im Fegefeuer? Sie nahm sich vor, ihn danach zu fragen.

Sie trug Schicht für Schicht der Manuskriptberge ab. Vielleicht fand sich etwas, was sie lesen konnte, Versuche, der Anfang eines neuen Romans. Aus einem offenen Umschlag fielen Fotos heraus. Viele Fotos, bunte Fotos, Männer waren darauf, Wassersportler mit dem Trikot des Sportclubs Dynamo Potsdam. Fotos einer Siegerehrung, dann Bilder der Männer mit ihren Frauen und Mädchen. Es waren Fotos aus einer glücklichen Zeit. Plötzlich stutze sie, ein Gesicht kam ihr bekannt vor. Es war Wedekind, die Frau an seiner Seite vielleicht seine Frau.

Wedekind schien, der Kleidung nach zu urteilen, Trainer der Gruppe zu sein. Paula suchte in den Gesichtern der anderen Leute nach vertrauten Zügen. Ein anderer Mann, dunkelhaarig, braun gebrannt, mit fröhlichem Gesicht, sieghaftem Lächeln, das war Maywitz. Paula hielt den Atem an, ihr wurde schlecht bei dem Gedanken, was sich aus dieser Entdeckung für Folgen ergeben konnten. Auf den Bildern war Maywitz mit Wedekind zu sehen, Maywitz allein, Maywitz mit einem sehr jungen, sehr schönen Mädchen, das auch bei Wedekind und seiner Frau stand, im vertrauten Umgang miteinander, wie sie nur sehr gute Freunde oder Verwandte zeigten.

Paula schlug das Herz bis in die Fingerspitzen, sie spürte es im Hals, im Bauch. Sie schloss die Augen, ermahnte sich zur Ruhe und Besonnenheit. Nachdenken, sagte sie sich, sie musste jetzt darüber nachdenken, was nun zu machen war.

Warum hatte Wedekind verschwiegen, dass er

Maywitz kannte, gut kannte, wie man sah, lange kannte, wie man sich ausrechnen konnte. Wie oft hatte sie mit ihm über Maywitz gesprochen? Nie hatte er zu erkennen gegeben, dass er ihn kannte. War es ein Zufall, dass sie hier wieder zusammen trafen. Nachdem Maywitz viele Jahre in München gelebt hatte? War die Verbindung unterbrochen, gar abgebrochen, weil Maywitz in den Westen gegangen war, ausgerechnet auch noch nach München? Wer war das junge Ding in seinem Arm? Wedekinds Tochter? Was ist aus ihr geworden, ist sie mit Maywitz mitgegangen? Warum sind die alten Freunde nach der Wende nicht aufeinander zu gegangen? Es war purer Zufall, dass Wedekind in Klein Wulkow lebte. Er war erst hierher gezogen, als seine Tante starb, ihm das Bauernhaus vererbte, bis dahin hatte er in Potsdam gewohnt. Nach der Wende zog er in das kleine Dorf. War es ein Zufall, dass auch Maywitz sich hier niederließ, dass er den Auftrag der Erbengemeinschaft annahm und hier arbeitete?

Paula, Spezialist sowohl im Aufstöbern von Geheimnissen als auch in ihrer Lösung, nahm sich vor, nicht zu ruhen, bis sie hinter das Geheimnis gekommen war. Sie wusste auch, wie sie vorgehen würde. Zunächst tat sich die Frage auf, was sie Wedekind sagen sollte, wenn er danach fragte, wie sie zu den Fotos gekommen sei. Es war ein Spiel, aufregend und folgenschwer, aber dafür wollte sie gern etwas riskieren.

Plötzlich wurde ihr sonderbar. Hatte Wedekind etwa mit Maywitz' Tod zu tun? Hatte er eine alte Rechnung beglichen? Wo war Wedekind am Mittwoch, zu dem Zeitpunkt, als der Mord geschah? Und warum hatte er behauptet, schon am Mittwoch ins Lenau-Haus gekommen zu sein, wo sie doch genau wusste, dass sie ihn erst am Donnerstag gerettet hatte. Ein Irrtum? Eine Verwechslung? Hing seine Krankheit, das hohe Fieber, damit zusammen, dass er einen Menschen erschlagen hatte? Eine so heftige Reaktion war bei sensiblen Menschen ohne weiteres möglich. Paula atmete tief durch. Wedekind ein Mörder? O Gott, nein, lass das nicht zu, es würde meinen Glauben an die Menschheit ins Wanken bringen. Sie versuchte, sich ihres ersten Gesprächs mit Wedekind zu erinnern, hatte sie da Maywitz' Namen genannt. Sie war sicher, sie hatte ihn genannt. Und wie hatte Wedekind reagiert, war er blass geworden oder rot, verlegen oder unwirsch? Je länger sie darüber nachdachte, desto sicherer wurde sie, dieser sparrige, wortkarge, ungehobelte Wedekind hatte den eleganten, geschmeidigen Maywitz umgebracht. Zwischen den beiden Männern musste über viele Jahre tiefer Hass gebrütet haben.

Paula nahm ihre Tasche, die so groß war wie eine Turmuhr, steckte die Fotos ein, verschloss das Haus und ging. Die nächsten Stunden waren für sie, vor allem aber für Wedekind von großer Bedeutung.

Zu Hause angekommen, hängte sie ihren Mantel in die Garderobe, stellte die Tasche ab und ging zum Telefon. Sie rief Feldmann an. »Kannst du mir eine Frage beantworten, ohne dass du dahinter eine Verschwörung vermutest?«

Feldmann sagte. »Paula, welche Freude, dich zu hören.«

»Geht in Ordnung, deine Freude gefällt mir. Meine Frage lautet, kann die Ehefrau eines Verdächtigen zu einer Aussage gegen ihren Mann gezwungen werden?«

Feldmann wollte die Strafprozessordnung zitieren, ihr die Zusammenhänge und Möglichkeiten des Zeugnisverweigerungsrechts erklären. Bei ihr wusste man ja nie, was sie damit anfing, da wollte er sicher gehen. Paula unterbrach ihn. »Ein Ja oder ein Nein würde mir für meinen Zweck genügen.«

»Also, wenn du so fragst, nein, eine Ehefrau braucht nicht auszusagen, aber sie kann, wenn sie will.«

»Goldhase«, sagte Paula, »du bist ein Goldhase. Morgen backe ich Pfannkuchen für dich.«

Wedekind dachte oft an Paula. Seit sie im Sommer, in ihrem weißen Kleid zwischen dem blauen Rittersporn, dem roten Phlox, den Sonnenblumen aufgetaucht und tänzelnd auf ihn zugekommen war, bekam er sie nicht mehr aus seinem Kopf. Seine Gefühle für sie waren unentschieden, verschoben sich in Stärke und Intensität von Tag zu Tag. Ihre Liebenswürdigkeit war selbstgefällig, ihre Klugheit aufdringlich. Sie redete viel. Sie kam nicht, wenn man sie sehnlichst herbei wünschte, und sie ging nicht, wenn man sie nicht mehr ertrug. Diese Frau passte in kein Klischee. Die Welt, die ihr angemessen wäre, gab es nicht. Das nahm sie gar nicht zur Kenntnis, nahm auch keine Rücksicht. Sie bewegte sich unbefangen, als wäre diese Welt ihre Welt.

Aber, sie hatte etwas in ihm zurückgeholt, was er verloren glaubte, Freude am Leben, Interesse für Menschen. Seit er sie kannte, fragte er sich, ob er es schaffen würde, aus seinem Leben wie aus einer Straßenbahn auszusteigen, um eine andere Bahn zu wählen, die in die entgegengesetzte Richtung fährt. Ohne Paula würde ihm das nicht gelingen, mit ihr wollte er nicht. Er hätte fürchten müssen, jeden Morgen eine neue Katastrophe zu erleben.

Wedekind stand am Fenster, sah hinaus in die trübe, kalte Novemberlandschaft. Er versuchte, sich an den Gedanken zu gewöhnen, dass er nun bald wieder in seine Einsamkeit zurückkehren würde. Damit ließ er einen Abschnitt seines Lebens hinter sich, der zu den unerfreulichsten gehörte. Er wollte vergessen.

Da sah er Paula den Seeweg entlang auf das Haus zu kommen. Er wollte ihr nicht begegnen, zu frisch waren seine Überlegungen, zu unfertig seine Entschlüsse.

Seine Vorsicht war umsonst, es dauerte nur wenige Minuten, da klopfte Paula an die Tür, und indem sie klopfte, trat sie schon ein. »Brüderlichste Kampfesgrüße von Mummi und Brummi«, sagte sie, freundlich, als wäre die Welt in Ordnung.

»Wer, um alles in der Welt, sind Mummi und Brummi?«

»Ihre Katzen. Ich habe ihnen Milch gebracht.«

»Der Nachbar versorgt die Tiger.«

Paula kicherte. »Sie haben ihm einen fetten Zander geklaut und aufgefressen. Der ist sauer auf die Biester.«

»Seit wann haben Katzen solch alberne Namen?«

»Seit heut, von mir.«

»Aber das Haus steht noch?«

»Es ist schöner denn je.«

»Machen Sie mir keine Angst, was haben Sie dort angestellt?«

»Etwa ein Zentner Dreck rausgeschafft, Gardinen gewaschen, Betten bezogen, geschrubbt, gebohnert, den Blumen Wasser gegeben.«

»Ich habe gar keine Blumen.«

»Seit heute, mein Guter, in der Küche ein Hibiskus, im Schlafzimmer ein Elephantenfuß und im Arbeitszimmer drei Geranien.«

Sein Blick wurde starr. Für einen Moment hatte es ihm die Sprache verschlagen. »Sie waren in meinem Arbeitszimmer?«

»Welch Blasphemie, das Arbeitszimmer des Meisters; Terra incognita. Da musste mal frische Luft rein.«

Wedekind zwang sich zur Mäßigung. »Haben Sie auch nichts durcheinander gebracht.«

»Bin ich ein Hurrikan?«

»Nicht weit davon entfernt. Aber wozu der ganze Aufwand?«

»Als Zeichen meines Mitgefühls.«

»Was soll das schon wieder heißen?«

»Ihnen stehen schlimme Zeiten bevor.«

Wedekind hatte sich wieder ins Bett gelegt, schloss die Augen, als ginge ihn die Welt nichts mehr an.

»Ich muss mit Ihnen reden«, sagte Paula.

»Muss ich antworten?«, fragte Wedekind.

»Wir wollen doch Spannungen vermeiden, oder?«, sagte Paula mit einem bezaubernden Lächeln.

»Ich habe Verständnis für Sie«, begann Paula, ihre Rede, die sie sich zurechtgelegt hatte, weil sie wusste, bei diesem Mann konnte man nicht vorsichtig genug sein. »Ich habe mich auch einmal mit Mordplänen getragen, ja, ich gebe es zu. Mein Schwiegersohn passte mir nicht, da dachte ich, ich schaffe ihn einfach um die Ecke.«

»Sehr gottgefällig.«

»Und deshalb weiß ich, wie das ist.«

»Wie denn?«, fragte Wedekind, der langsam Spaß an der Unterhaltung bekam.

»Hass ist wie ein Güterzug, der sich vor die Vernunft schiebt.«

»Was hat das alles mit mir zu tun?«, fragte Wedekind, noch immer ahnungslos.

»Ich habe die Fotos gefunden«, sagte Paula ohne jede Theatralik.

»Und?«

»Ich geh davon aus, dass Sie Maywitz umgebracht haben.«

»Wäre das nicht auch in Ihrem Sinne gewesen?«

»Das spielt jetzt keine Rolle. Wir müssen etwas unternehmen.«

»Wir?«

»Ja, wir. Ich bin die einzige, die von Ihrer Verbindung zu Maywitz weiß. Es muss in Ihrer gemeinsamen Vergangenheit etwas gegeben haben, was sie zu Feinden gemacht hat.« Sie wartete, dass er nun beichten würde, er tat ihr nicht den Gefallen.

»Großer Gott, was sind das nur für sonderbare Scherze?«, fragte Wedekind.

»Sie begreifen wohl etwas schwer?«

»Ich begreife gar nichts.«

»So sehen Sie auch aus«, sagte Paula.

»Versprechen Sie sich irgendetwas von diesem Theater?«

Paula hatte nicht gedacht, dass dieser Mann so bockig sein könnte. Sollte er nicht froh sein, einen so tapferen, umsichtigen und allseits fröhlichen Menschen an seiner Seite zu haben? Spürte er nicht, dass er ohne sie verloren war? »Ich will es Ihnen noch einmal erklären, langsam, zum Mitschreiben. Also, wenn, sagen wir, Kommissar Feldmann dahinter kommt, dass Sie Maywitz kannten, ihn hassten, eine mögliche Rechnung zu begleichen hatten, vielleicht, weil er sie betrogen hatte, weil er Ihnen, nur mal als Beispiel, die Frau weggenommen hat oder die Tochter oder weil er sonst etwas angestellt hat. Dann ermittelt Feldmann wie besessen, und der ganze Schmutz kommt hoch, dahinter dann wird das Motiv sichtbar.«

»Welches Motiv und welcher Schmutz?«

»Weshalb Sie Maywitz getötet haben.«

»Ach so«, sagte Wedekind.

Paula dachte, er ist nicht sonderlich beeindruckt, aber vielleicht hatte er noch gar nicht begriffen, worum es ging.

»Und wenn dann noch rauskommt«, fuhr sie fort, »dass Sie kein Alibi haben, dann ist der Weltuntergang nahe. Es steht verdammt schlecht um Sie.« Paula legte ihr ganzes Mitleid in die Stimme.

»Soll ich abhauen?«, fragte Wedekind.

»Wohin?«

»Ich weiß nicht, was halten Sie von der Elfenbeinküste?«

Paula, in ihrem heiligen Eifer, eine gefallene Seele zu retten, spürte nicht den leisen Spott, der in seiner Stimme lag. Mit der Bestimmtheit, mit der man einen Lehrsatz verkündet, sagte sie: »Ich wüsste einen Weg.« Sie hielt inne, wartete, dass Wedekind gierig nach dem Strohhalm greifen würde. Doch er sagte nur: »Und?«

»Wir heiraten.«

Er holte tief Luft, schwieg, sah sie zwischen Himmel und Abgrund an, sagte dann: »Als Sie im Frühsommer bei mir auftauchten, lebte ich im Einklang mit mir und meiner Welt, doch seit dieser Zeit befinde ich mich auf einer verteufelten Achterbahn. Jetzt soll ich sogar noch heiraten. Welcher Schlag ereilt mich dann?«

»Wollen Sie denn ins Zuchthaus, lebenslänglich. Der Verteidiger, der Sie da raus haun könnte, den gibt es nicht mehr, den haben Sie ja umgebracht.«

»Ich versteh nicht, meine Teure, wieso kann mir eine Heirat helfen?«

»Ist das wirklich so schwer zu begreifen? Also, aufgepasst, die Sache ist so, außer mir weiß niemand von Ihren Verstrickungen. Ich wäre verpflichtet auszusagen, aber als Ihre Ehefrau darf ich den Mund halten, das hat sich der Gesetzgeber so ausgedacht.«

»Ah, so ist das, sehr anständig vom Gesetzgeber. Und das stimmt auch wirklich?«

»Hat Maywitz Ihnen die Frau weggenommen?«, fragte Paula neugierig und mitfühlend.

»Darüber möchte ich nicht reden, nicht jetzt, es tut zu weh.«

»Verstehe«, sagte Paula, griff seine Hand, streichelte sie tröstend. »War das Ihr erster Mord?«, fragte sie.

»Der erste und der einzige.«

»Da bin ich aber froh.«

Wedekind nickte, überließ ihr seine Hand, sagte leicht bekümmert, »genau genommen ist Heiraten wie eine Wurzelbehandlung beim Zahnarzt.«

Paula fauchte ein wenig. »Sie können ja witzig sein.«

»Sollten wir uns jetzt nicht duzen?«, fragte Wedekind.

»Wieso das?«, erwiderte Paula.

»Ich habe gehört, das soll bei Brautleuten üblich sein.«

Das Wort Brautleute erschreckte Paula sehr.

XXIV

Der Porsche des toten Anwalts parkte vor dem Haus im Goethe-Park, da, wo er auch sonst immer gestanden hatte, wenn Dr. Maywitz anwesend war. Darüber wunderte sich Kommissar Feldmann. Wenn er richtig informiert war, wurde der Leichnam des so bedauernswert ums Leben gekommenen Anwalts zu etwa dieser Stunde in München beigesetzt. Was also machte sein Porsche hier?

Die Witwe, das konnte Feldmann mit einiger Gewissheit annehmen, weilte zu eben diesem Zweck in München, hatte sich um die standesgemäße Gestaltung der Trauerfeier sowie das anschließende Gedenk-Dinner zu kümmern, damit die Rituale eingehalten würden, die Gradmesser für das Ansehen des Verblichenen, seine Stellung in der gesellschaftlichen Hierarchie, Gradmesser auch für das Verhältnis der Ehegatten zueinander waren.

Die junge, blonde Witwe hatte alle Hände voll zu tun. Was also trieb sie hier? Oder war sie gar nicht hier, sondern jemand anders, jemand, dem sie den Porsche geschenkt, geliehen oder verkauft hatte? Aber was hatte der im Büro zu suchen? Die Staatsanwaltschaft hatte die Räume freigegeben, die Spuren waren gesichert, alle Unterlagen, die einen Hinweis auf den Mord hätten liefern können, waren überprüft. Rechtlich gesehen konnte es keinen Einwand für den Aufenthalt eines Fremden geben.

Trotzdem, Feldmann wollte wissen, was es mit dem Porsche vor der Tür und dem Menschen im Büro auf sich hatte. Es war seine berufsbedingte Eigenschaft, dass er hinter ungeklärte Dinge kommen wollte. Möglich, dass es einen ganz simplen Grund gab. Und eigentlich rechnete er auch damit. Von einem treuen Hund, sagt man, dass er seinen Herren da sucht, wo er ihn verloren hat. Von einem Porsche hatte man solches noch nicht gehört.

Während Feldmann das Haus betrat, den Fahrstuhl rief, überlegte er, ob die Sekretärin noch im Amt war oder ob alle Aufräum- und Abwicklungsarbeiten abgeschlossen waren und sie mit unfrommen Gedanken wieder ungeduldig in der Warteschlange beim Arbeitsamt stand. Feldmann klingelte. Die Musik, laut und weitgehend unmelodisch, riss ab, Schritte waren zu hören, die Tür öffnete sich, und vor ihm stand Dreamboy. Großer

Gott, dachte Feldmann, was machte denn der hier? Der Bursche sah flott aus, ohne Jackett, die Ärmel des Oberhemds hoch gekrempelt. Er machte den Eindruck eines Mannes, dem weder Tod noch Teufel etwas anhaben können oder als hätte er eben die Käse-Praline erfunden.

»Hallo Herr Kommissar«, begrüßte ihn der junge Mann. »Was für eine Überraschung. Ich habe mit unangenehmeren Besuch gerechnet.«

»Die Überraschung ist ganz auf meiner Seite«, versicherte Feldmann, »ich sah den Porsche unten stehen, fragte mich, wer den flotten Schlitten jetzt wohl fährt.«

»Bitte«, sagte Dreamboy, »kommen Sie doch rein, aber erschrecken Sie nicht.«

Feldmann erschrak trotz der Warnung. Das Büro glich einem Sammelplatz für Altpapier. Alles Papier, das sich im Büro befunden haben mochte, befand sich auf diesem Berg. Und Dreamboy war dabei, alles, was sonst noch in Schränken, Fächern, Schubladen lagerte, raus zu holen und dazu zu werfen.

»Geh ich fehl in der Annahme«, fragte Feldmann, »dass Sie etwas suchen?«

»Das Fatale daran ist, dass ich nicht einmal weiß, was ich suche.« Dreamboy lachte wie ein kleiner Schelm.

»Sie haben nicht einmal eine dunkle Ahnung?« Feldmann fand den Burschen angenehm putzig. »Die Hauptsache, Sie fühlen sich wohl dabei.«

»Entschuldigen Sie, Herr Kommissar«, sagte der Mann, »ich habe mich Ihnen noch gar nicht vorgestellt. Mein Name ist Winter, Torsten Winter. Bei unserer ersten Begegnung schickte es sich nicht, mich in den Vordergrund zu schieben.«

Feldmann dachte, dass er die Kollegen in München gebeten hatte, Erkundigungen über diesen Gentleman einzuholen. Wahrscheinlich lag das Fax auf seinem Schreibtisch, er hatte es nicht gelesen.

»Ich bin der Junior-Chef der Immobilienfirma Winter & Co.« Er sagte er mit dem natürlichen Stolz, den nur die Erfolgreichen wirklich beherrschen. »Doktor der Volkswirtschaft, hauptsächlich Wirtschaftsberater.«

»Donnerwetter«, sagte Feldmann, »ich hätte Sie beinahe für einen Gigolo gehalten.«

Der junge Mann lachte. »Auch ein Beruf, der mich reizt.«

»Und warum sind Sie nicht auf der Beerdigung des teuren Toten?«

»Ich mache mir nichts aus solchen Veranstaltungen. Mein alter Herr erweist dem Verblichenen die letzte Ehre, er hat die richtige Einstellung dazu.« Dr. Winter holte eine Flasche aus der Hausbar, nahm zwei Gläser, schenkte ein. »Ein Tröpfchen auf den armen Schlucker, der jetzt in die kalte Novembererde muss. Er hätte noch bleiben können, mich hat er nicht gestört.«

»Und was suchen Sie wirklich hier?«

»Die Bestätigung einer Vermutung.«

»Geht es etwas genauer?«

»Die gute Sybille, ich meine Frau Maywitz, glaubt, dass sich hier in dem Papiermüll eine Honorarforderung befindet, die nicht beglichen wurde. Die soll ich finden, das ist der Preis, jetzt nicht auf dem Friedhof in München zu sein.«

»Wissen Sie den Namen? Dr. Maywitz hatte Hunderte Klienten.«

»Nein, natürlich nicht, sonst wäre es leicht, ihn zu finden.«

»Warum ist es denn so wichtig?«

»Keine Ahnung, ich weiß es nicht.«

Der Kommissar hatte den Eindruck, dass Winter ihm nicht die Wahrheit sagte. »Es geht mich zwar nichts an«, sagte er merklich reserviert, »etwas verwunderlich ist das schon, woher weiß Frau Maywitz von dieser Forderung? Sie war kaum hier, hatte keinen Einblick in die Geschäftsabläufe.«

»Der Gatte wird es ihr geflüstert haben. Sie hatten sich ja sonst nichts zu sagen. Aber, Herr Kommissar«, er legte mit edler Geste die Hand auf den Körperteil, in dem er sein Herz vermutete, »ich schwöre Ihnen, ich weiß wirklich nicht, was sie erwartet und warum sie es tut. Ich habe ihr den Gefallen getan. Morgen früh fahre ich zurück nach München. Sie wird sich damit abfinden müssen, wenn ich das blöde Papier nicht finden sollte.«

»Ist sie finanziell so schlecht gestellt, dass es ihr auf ein paar hundert Mark ankommt?«

»Herr Kommissar«, sagte Winter mit gespielter Entrüstung, »die Frau ist Millionärin.«

Und unter diesem Aspekt fand Feldmann die Geschichte noch merkwürdiger.

Es war an der Zeit, dass Feldmann und sein Assistent Berg Bilanz machten. Allmählich bemächtigte sich ihrer ein Gefühl von Erschöpfung und drohender Niederlage. Von ihrem Chef, der ebenfalls aus München gekommen war und der den schmählichen Tod eines quasi Landsmann als eine Art persönliche Beleidigung empfand, hatten sie keine Nachsicht zu erwarten. Feldmann wunderte sich, dass der Chef nicht schon längst ein echt bayerisches Donnerwetter losgelassen hatte, mit der Androhung verbunden, ihn, Feldmann, nebst Assistenten, in die Wüste zu schicken. Auch die Öffentlichkeit, damit war die Heimatzeitung gemeint, erlaubte sich bereits Anzüglichkeiten. Frau Renate Schnapke-Eulenstein sprach leise

Drohungen aus, stellte Vermutungen an, ob die Ermordung eines Anwalts aus dem Westen möglicherweise politisch determiniert sei, so dass die Aufklärung deshalb nicht voran käme, weil gewisse Verbindungen zu den Hintermännern bestünden. Feldmann wünschte sich Susi Simon zurück, die zwar auch derb spekulierte, aber nicht hinterhältig war. Es wird nicht lange dauern, dachte er, da fangen sie an, auf uns einzudreschen; das Kaliber, mit dem sie auf uns ballern, wird nicht klein sein.

Feldmann und Berg mussten sich schweren Herzens eingestehen, dass sie mit leeren Händen da standen. Obwohl sie alles getan hatten, was zu tun war, was möglich war, was sie auch sonst getan hatten. Sie hatten die Bewohner des betreffenden Hauses befragt, die Bewohner der Häuser gegenüber, die des Hauses nebenan, die Taxifahrer vom Taxistand an der Ecke, die Kellner vom »Bürgerbräu« eine Straße weiter, die Reinemachefrau, den Hausmeister, Leute, die jeden Tag zur üblichen Zeit die Straße passierten, Hundebesitzer, die ihren Putzi zu der nämlichen Zeit ausführten. Alle diese ermüdenden, tristen Bemühungen hatten nichts eingebracht. Die Spurensucher hatten tagelang nach Fasern und Fusseln gesucht, Fingerabdrücke genommen, die Schlösser der Türen und Fenster überprüft. Nirgendwo zeigte sich eine verwertbare Spur. Es war zum Verrücktwerden.

Und dabei hatte es am Anfang ausgesehen, als würde sich der Fall ohne wesentliche Komplikationen lösen lassen. Da waren gleich mehrere, passable, durchaus ernst zu nehmende Täter. Es sah aus, als brauchten sie nur einen zu greifen. Dieser, etwas leichtfertige Optimismus erwies sich als brüchig.

Susi Simon war eine der Verdächtigen gewesen.

Ihre Motive passten ins Bild, waren ausreichend, glaubwürdig und begründet. War es denn so abwegig zu vermuten, dass sie Maywitz getötet hatte? So wie er sie behandelt hatte! Frauen, die gedemütigt werden, die man bis in die Seele verletzt, reagieren nun mal emotional und irrational. Man konnte annehmen, Susi Simon, bis ins Herz getroffen, verlor die Beherrschung und schlug zu. Bei genauem Hinsehen erwies sich der Verdacht allerdings als unsinnig. Susi war an Enttäuschungen gewöhnt. Warum sollte sie ausgerechnet diesen Mann für seine Untreue mit so rigorosen Mitteln bestrafen? Außerdem hatte sie ein Alibi. Sie war an jenem Abend nach Haus gekommen, fror jämmerlich, stellte das Fahrrad deshalb zunächst im Hausflur ab, um es später, wenn sie sich aufgewärmt hatte, in den Keller zu bringen. Als sie dann zu ihrem Fahrrad kam, erwischte sie den Jungen aus dem Nachbarhaus, der das Dynamo abmontieren wollte. Sie verübte ein paar handfeste erzieherische Maßnahmen und brachte das Rad in Sicherheit. Das geschah, nach mehreren Zeugenaussagen, gerade zu jener Stunde, da Maywitz seinen Mörder empfing.

»Da hat sie ja noch einmal Glück gehabt«, sagte Berg, »wie konnte diese Frau nur annehmen, dass Maywitz sie heiratet.«

»Sie glaubte wahrscheinlich an den Pygmalion-Effekt.«

»Pygmalion funktioniert doch nur bei Frauen mit Substanz.«

Feldmann gab ihm zwar nicht recht, er hätte gern noch ein bisschen über dieses Thema diskutiert, aber sie hatten sich mit ernsthafteren Dingen zu beschäftigen. Sie hakten das Thema Susi Simon ab.

»Der zweite auf unserer Liste ist Bombusch«, fuhr

Feldmann fort, »wie begründet ist der Verdacht gegen ihn?«

Berg blätterte in der Akte, las die Befragung der Zeugen. »Er gibt an, zur fraglichen Zeit bei seiner Schwester in Berlin gewesen zu sein. Wir haben die Kollegen von Berlin-Mitte gebeten, die Angaben zu überprüfen, das haben sie getan und sie bestätigt. Bombusch ist damit raus.«

»Nicht so schnell«, sagte Feldmann, »seit die Bahn AG eine Stundenverbindung nach Berlin eingerichtet hat, braucht einer, der wendig und pfiffig genug ist, etwa drei Stunden für ein solches Vorhaben. Das ist zwar sehr riskant, man kann von Hunderten von Leuten gesehen werden, aber es ist wirkungsvoll. Bombusch hätte seiner Schwester sagen können, er wolle sich das Regierungsviertel oder den Kudamm ansehen oder seiner alten Alma Mater einen Besuch abstatten. Er hätte dafür mehr als drei Stunden gebraucht. Der Schwester wäre es doch gar nicht aufgefallen, dass er nach Haus fuhr. Ist das nicht einleuchtend?«

»Wenn diese kühne Konstruktion alles ist, was wir gegen ihn haben, ist das herzlich wenig, also ausgesprochen mager. Und sie stimmt schon deshalb nicht, weil alles darauf hindeutet, dass es sich nicht um Vorsatz handelt, also dass die Tat nicht geplant war«, erklärte Berg.

»Bombusch wusste, dass er ein Mordwerkzeug vorfindet«, sagte Feldmann, »er kannte die Bronzefigur, die bei Maywitz auf dem Schreibtisch stand, wusste, wenn es zum Eklat kommt, würde er sie benutzen. Also, wenn er die Tat geplant haben sollte, dann hat er sie gut geplant. Er kennt sich schließlich aus im Strafgesetzbuch, wer, wenn nicht er?«

»Stimmt«, sagte Berg, »für Totschlag bekäme er entschieden weniger.«

»Es gibt da noch etwas, was mir sonderbar vorkommt«, sagte Feldmann, »Bombusch raucht, wie wir wissen, Zigarren, dicke, schwarze Raketen.«

»Der Aschenbecher war leer.«

»Aber am Fenster, in einem der Blumentöpfe, fand sich die Asche einer Zigarre, sie war noch nicht zerfallen, noch erhalten in ihrer Form. Also kann sie erst am Abend dort abgestreift worden sein. Der feuchte Boden der Grünpflanze hätte sie zersetzt, wenn sie länger als vierundzwanzig Stunden dort gelegen hätte.«

»Ein bisschen abenteuerlich, die Version«, klagte Berg. »Richter erschlägt Rechtsanwalt, ein wenig ungewöhnlich, wenn schon, dann umgekehrt.«

»Bleibt das Motiv«, sagte Feldmann, »was für ein Motiv sollte Bombusch haben. Dass Maywitz ihn gefeuert hat? Für einen Mann wie Bombusch ist das zu simpel. So einfältig kann er nicht gewesen sein. Und dass er gefeuert worden ist, das hat er nicht zum ersten Mal erlebt. Er hat keine Illusionen mehr, er hat sich für den Rest seines Lebens mit seinen deprimierenden Verhältnissen abgefunden.«

»Schade ist es trotzdem, dass wir ihn als Täter abschreiben können«, spottete Berg, »er hatte alle Voraussetzungen, einen Mord zu begehen, leider kein einleuchtendes Motiv. Die Simon hatte ein bilderbuchschönes Motiv, aber dafür keine Voraussetzung.«

»Was ist mit den Leuten von der LPG? Da sieht es auch ziemlich unerfreulich aus. Der ehemalige Vorsitzende, dieser Hitzkopf, der gegen Maywitz revoltierte, die Tischplatte zerschlug, ein hochexplosiver Mensch, liegt seit Wochen mit einem Schlaganfall im Bett. Der Mann hat einen zu hohen Blutdruck, ist übernervös und zu leicht erregbar. Mit Bedauern müssen wir ihn von unserer Liste streichen. Mit dem jungen Menschen, dem Buchhalter, sieht es nicht besser aus, er hat sich als Entwicklungshelfer in ein fernes, fremdes Land abgemeldet. An dem Tag, an dem Maywitz ermordet wurde, fuhr er weg. Es ist schwer vorstellbar, dass einer, bevor er nach Afrika abdampft, noch schnell hingeht und Maywitz tötet, obwohl sich seine Wut inzwischen erheblich abgekühlt haben mochte.«

»Bei Serafin sieht die Sache schon etwas anders aus«, sagte Feldmann, und auch sein Assistent war geneigt, den Vater des ermordeten Mädchens zu verdächtigen. Bei ihm schien alles zusammen zu passen, er hatte ein handfestes Motiv und die Gelegenheit. Art und Weise der Begehungsart entsprechen seiner Mentalität. »Er tut mir so unendlich leid«, sagte Feldmann. Alles in ihm sträubte sich gegen den Gedanken, dieser Mann, der so viel gelitten hatte, könnte sich mit dieser unsinnigen Tat an den Rand des sicheren Abgrunds begeben haben.

»Wenn er Maywitz umgebracht hat, kommen wir nicht an ihm vorbei.«

Feldmann brauchte kein moralisches Stützkorsett, er hielt es allerdings für zulässig, dass man sein Mitleid sogar mit einem potentiellen Täter aussprechen durfte. »Mit Vermutungen haben wir nichts erreicht«, sagte er, »wir brauchen Beweise.«

»Hat sich Serafin zur Sache geäußert?«, fragte Berg.

»Seine Äußerung hätte keinen großen Wert. Der Mann ist verwirrt, ihm fehlt der Bezug zur Wirklichkeit. In der Verfassung, in der er sich jetzt befindet, gesteht er jeden Mord. Er würde zugeben, Kennedy getötet zu haben, wenn man ihn um dieses Geständnis bitten würde. Und da wir davon ausgehen können, dass er Maywitz den Tod gewünscht hat, ist er hoch erfreut, dass der Mann tatsächlich tot ist, dass es ihm nicht darauf ankommen würde, die Tat zuzugeben.«

»Wo war er eigentlich zur Tatzeit, wissen wir das?«, fragte Berg

»Ich nehme an, dass er das selbst nicht weiß. Er will jedenfalls nicht darüber sprechen.«

»Sieht er nicht, dass er sich damit belastet?«

»Er hat das Gefühl für die Gefahren des Lebens verloren.«

Feldmann erzählte seinem Assistenten von seinem Besuch bei Serafin im Wohnwagen. »Er ist nicht etwa unwillig, er versucht zu erklären, wo er sich aufgehalten hat. Aber alles was er sagt, klingt unwahrscheinlich. So will er zum Beispiel im Park gewesen sein, vor Lauras Schule. Er brachte sie jeden Morgen hin, holte sie am Nachmittag wieder ab. Er hatte Angst, dem Kind könnte etwas passieren. Gleichzeitig will er am Luisensee gewesen sein, aber auch in der Werkstatt und am Bahnhof.«

»Was wollte er am Bahnhof?«

»Sich nach den Zügen nach Rostock erkundi gen.«

»Was sagt der Arzt?«

»Frau Dr. Lenau, sie ist allerdings nur Allgemeinmedizinerin, kein Facharzt, meint, er lebt in einem seelischen Vakuum. Was er tut, tut er mechanisch, essen, trinken, schlafen. Er ist unfähig, in Zusammenhängen zu denken. Er denkt wie ein Kind, in Ausschnitten.«

»Kann das gespielt sein?«, fragte Berg

»Ich halte ihn für einen ehrlichen und friedlichen Menschen, dem eine solche Tat nicht zuzutrauen ist. Es sei denn, er war zeitweilig nicht zurechnungsfähig.«

»Ach Chef, nur keine Traurigkeit aufkommen. Noch ist nicht alle Hoffnung dahin, noch haben wir die alte Dame im schwarzen Mantel, mit dem

Kapotthütchen«, sagte Berg, »wenn wir die finden, sind wir einen Schritt weiter.«

»Hast du in herausgebracht, wer diese Frau ist?«

»Eine von der katholischen Kongregation, die Abonnenten für die *Christliche Familie* werben wollte.«

»Was ist das?«

»Eine Zeitschrift.«

»Und, was hast du raus bekommen?«

»Keiner der Mieter war scharf auf das Blatt, alle haben sie weggeschickt.«

»Haben wir die Adresse dieser Zeitung?«

»Nein, natürlich nicht, diese Zeitungs-Muffel, die auf den katholischen Segen nicht angewiesen sind, haben sie abgewiesen, ergo blieb auch kein Anmeldeformular zurück.«

»Es wird doch raus zu kriegen sein, wo sich die Redaktion befindet?«

»Früher war das ganz einfach, da ging man zum Postzeitungsvertrieb, dort waren alle Zeitungen und Zeitschriften registriert.«

»Heule bloß nicht alten Zeiten nach, sonst denkt der Chef, du bist so eine nostalgische Heulsuse, dann kannst du lange auf deine Beförderung warten«, warnte Feldmann, »häng dich lieber ans Telefon, wir brauchen die Frau. Sie könnte den Täter gesehen haben.«

XXV

Paula stand vor dem Spiegel, versuchte, die feinen Falten, die das uneinsichtige Alter in ihrem schönen, ebenmäßigen Gesicht hinterlassen hatte, zu übertünchen. Dann zog sie mit einem Stift die Lippen nach, war nicht kleinlich dabei, packte rote Farbe auf die Wangen, sparte nicht damit, zog die

Ränder ihrer Augen nach und färbte die Lider blau. Sie tat alles, um ihre natürliche Schönheit in eine Maske zu verwandeln, was ihr ohne Mühe gelang. Dann benetzte sie die Spitze des Zeigefingers mit einem überirdischen Duftstoff, der sich Chanel 5 nannte, betupfte die Schläfen und die Ohrläppchen, zupfte und zottelte an ihrer Frisur. Sie trieb diesen Spaß mit ernster Hingabe. Die Blicke, mit denen sie sich nach jedem Eingriff musterte, leuchteten kurz und gefühlsbetont auf.

Katharina saß hinter der Mutter in einem Sessel, ihre Blicke begegneten sich manchmal im Spiegel. Sie sah den Verwandlungskünsten der Mutter mit verhaltener Ungläubigkeit zu. »Schön wie der Weihnachtsbaum am Alten Markt, fehlt noch ein silbernes Glöckchen am rechten Ohr und eine Wunderkerze am linken.«

Paula lächelte, sie verübelte es der Tochter nicht, dass sie ihren Bemühungen um ein damenhaftes Aussehen so wenig Verständnis entgegenbrachte. »Es ist eine Notwendigkeit des Alters, und es ist gegen die Gefahr, sich gehen zu lassen«, sagte Paula nachsichtig, »und außerdem ist es für einen guten Zweck.«

»Unser Vater musste sich von Zeit zu Zeit besaufen, weil er unfähig war, die rauhe Wirklichkeit zu ertragen.«

»Ist mir noch gut in Erinnerung«, erwiderte Paula, »er blieb trotzdem immer ein Gentleman.«

»Von Zeit zu Zeit setzt du deine kosmetischen Täuschungsmanöver in Gang, von denen niemand weiß, welchen Zweck sie haben. Vielleicht, weil du die rauhe Wirklichkeit nicht ertragen kannst?«

»Zirkuspferde sind die meistgefeierten, aber auch die unglücklichsten Pferde. Es gibt gewisse Ähnlichkeiten.«

»Was für ein Vergleich.«

»Ich verwandle mich für dich, deinen Mann und für noch einen Mann«, sagte Paula, die Katharinas Verwirrung für ziemlich übertrieben hielt.

»Was ist los, Mutter«, sagte die Tochter, »spann mich nicht auf die Folter. Und sprich nicht in Rätseln, heutzutage hat keiner Zeit, Sprachrätsel zu lösen.«

»Also gut, mein Kind«, sagte Paula, warf der Tochter einen ungemütlichen Blick zu, den Katharina als Zeichen ihrer Unsicherheit wertete. »Ich werde mich«, sagte sie vorsichtig, als tänzelte sie über dünnes Eis, »auch wenn diese schöne Sitte aus der Mode gekommen ist, verloben.« Sie lachte, es klang wie Blechmusik.

»Großer Gott, mit wem denn und warum denn? Was ist denn in dich gefahren. Ich glaube, ich sollte dir zu dieser Dummheit keine Einwilligung geben. Wer ist es denn?«

Paula spreizte den Daumen, deutete zur Wand. »Er sitzt dort und denkt über seine Sünden nach.«

»Wedekind? Du willst Konrad Wedekind heiraten? Hast du dir denn das auch überlegt. Wie, um alles in der Welt, ist das zustande gekommen. Los, erzähl endlich.«

»Wer spricht hier von Heiraten?«

»Na hör mal, wozu verlobt man sich denn?«

»Es gibt Situationen im Leben, da ist man vor sich selbst nicht sicher.«

»Der letzte Versuch?«, fragte Katharina und bereute sogleich, als sie Paulas arrogantes Lächeln sah.

Paula wollte nicht glauben, wie weit die Tochter von der Wahrheit entfernt war. »Jeder lebt sein Leben.«

»Noch vor einer Woche hast du dich gesträubt, wie ein Zicklein am Strick.«

»Es ist eher eine Rettungsaktion.«

»Sagst du mir auch, wer gerettet werden soll und vor wem?«

»Nein«, sagte Paula.

»Das soll einer verstehen?«

»Keiner versteht es, außer den Beteiligten.«

»Unsere Mutter, unser Arc de Triomphe, verlobt sich, verrückt, total verrückt. Dann haben wir also demnächst eine Jubelfeier in diesem Etablissement, mit Wein, Kerzenlicht, kleinen Reden, natürlich nur Lobpreisungen, kleine Häppchen, einer Mozartsonate, die Damen in festlicher Robe.«

»Warum so verbittert, Kind, ich bleibe euch doch erhalten. Es ist vielleicht alles nur Schein.«

»Mutter«, sagte Katharina, »was weißt du eigentlich von dem Mann, außer, dass er Bücher geschrieben hat und Konrad heißt?«

»Was weiß er von mir?«, fragte Paula unwillig.

»Sollte mich doch sehr wundern, wenn du ihm nicht längst alle unsere Familiengeschichten erzählt hast, alle Tragödien und Beinahe-Tragödien.«

Paula antwortete nicht, ihr wurde plötzlich bewusst, dass Wedekind sich über sie lustig machte, sie wie eine Fremde behandelte, nichts von sich preisgab. Warum sagt er mir nicht, was damals passiert ist. Warum lässt er mich nicht teilhaben an seinem Kummer? Kann eine Verbindung bestehen, wenn einem nur die Schokoladenseite des Partners angeboten wird? Ich muss ein Stück seiner Seele in den Händen halten, sonst bleibt alles an der Oberfläche. Vielleicht will er, dass alles an der Oberfläche bleibt. Und ich, was will ich eigentlich?

»Ich denk«, sagte Katharina, »wir sollten, zu so einem Ereignis, Feldmann einladen. Er ist unser bester Freund, fühlte sich sonst ausgeschlossen, das hat er nicht verdient. Er liebt dich und deine Extravaganzen.«

Paula dachte einen Augenblick nach. Dann sagte sie hoheitsvoll: »Ich lasse bitten.«

Noch bevor sie sich feierlich verkleiden konnte, ging sie hinüber in das Zimmer, in dem sich Wedekind aufhielt. Er saß in einem bequemen Sessel und las Zeitung. »Hallo Kokolino, welch ein Fortschritt«, sagte Paula, »du liest Zeitung, du bist also auferstanden von den Scheintoten.« Sie sah in sein offenes Gesicht, das durch die Rasur, den konsequenten Haarschnitt, gewonnen hatte. Das seidene Halstuch, das sie ihm geschenkt hatte, machte ihn zu einer adretten Erscheinung. Nicht etwa, dass er wie Marcello Mastroianni aussah, aber sehr weit war er von ihm nicht entfernt.

Als sie ihm so gegenüber stand, dachte sie mit versöhnlichem Unterton, will ich wirklich wissen, was damals war, was Maywitz ihm angetan hat, und warum der Hass noch immer so lebendig war, dass er ihn tötete? Ist es nicht besser, ich verstopfte mir die Ohren, lass nichts an mich ran kommen, bleibe in meiner kleinen Welt, vielleicht mit ihm? Immerhin, sagte sie sich, er ist ein Mörder! Könnte ich je darüber hinweg kommen, es vergessen?

Er sah sie an, lange, lächelte sein sanftes, entsagendes Lächeln, vielleicht ahnte er, was in ihr vorging, welche Zweifel in ihr waren. »Ich kann dein Opfer nicht annehmen«, sagte er, »ich darf es nicht von dir verlangen. Es ist die Lehre meines Lebens, man soll nie Schicksal spielen.«

Sie hatte sich angewöhnt, immer zu widersprechen, wenn jemand anderer Meinung war. Statt ihm nun Recht zu geben, zu sagen, also gut, wir überlegen uns das alles, kann sein, es ist Quatsch, sagte sie: »Gib mir einen Whisky und red nicht so einen Unsinn.«

»Habe ich denn nicht recht?«, fragte er.

»Ach weißt du«, erwiderte sie, »vielleicht sind wir

nur zu feige, uns einzugestehen, dass wir uns mögen.«

Er reichte ihr das Glas. »Wenn es so wäre, wäre ich, glaube ich, sehr froh.«

Katharina rief Feldmann an. »Hast du ein bisschen Zeit, willst du zu uns kommen?«, fragte sie.

Feldmann freute sich über ihren Anruf. »Außer dass ich einen Mörder fangen muss, habe ich nichts zu tun.«

»Hier findet eine mittelgroße Sensation statt.«

»Muss ich Blumen kaufen?«

»Fall nicht vom Stuhl, Paula will sich verloben.«

Feldmann fiel nicht vom Stuhl, er pfiff nur leise durch die Zähne.

Darüber ärgerte sich Katharina, wenn sie, als Tochter, Vorbehalte gegen Mutters Eigensinn hatte, war das ihre Sache. Doch sie billigte keinem anderen zu, die Mutter lächerlich zu finden. »Was pfeifst du nach Gauner-Art?«

»Ach, das ist ja interessant«, erwiderte Feldmann, »wer, um alles in der Welt, ist der Typ?«

»Ein Mann aus dem Dorf, Konrad Wedekind.«

»Ein Bauer aus Klein Wulkow?«

»Aber nein, Wedekind ist Schriftsteller, bis vor einigen Jahren lebte er in Potsdam.«

»Ich komme«, sagte Feldmann, »ich komme sogar gern.«

Feldmann hatte plötzlich das Gefühl, als öffne sich eine neue Spur. Dieser Wedekind war aus Potsdam, stammte Maywitz nicht auch aus Potsdam? Er glaubte, so etwas in den Akten gelesen zu haben, holte sich die Maywitz-Akte, las die Recherchen, fand seine Vermutung bestätigt: Maywitz hatte sechs Jahre in Potsdam gelebt, hatte in Babelsberg Rechtswissenschaft studiert. Und dieser Wedekind hatte auch in Potsdam gelebt, war es Zufall?

Warum hatte Paula ihn kürzlich angerufen, ihn gefragt, ohne dass ein Zusammenhang sichtbar wurde, ob es in der Strafprozessordnung ein Zeugnisverweigerungsrecht für Ehefrauen gäbe? Er hatte nicht gefragt, warum sie es wissen wollte. Er dachte, so etwas kann doch nur einen Menschen interessieren, der in einem direkten Zusammenhang mit dieser speziellen Frage steht. Und nun wollte sie sich verloben, etwas sonderbar war es schon. Und wenn die Hoffnung noch so gering war, in der Mordsache weiter zu kommen, er musste diesem Verdacht nachgehen. Es musste die Frage geklärt werden, kannten sich Wedekind und Maywitz? Wie eng war ihre Beziehung?

Berg hatte seinem Chef mit leichter Skepsis, aber aufmerksam zugehört. »Es könnte also sein«, sagte er, »dass Paula Riemkoff mehr über den Mord an Maywitz weiß, als sie zugibt, dass sie diesen Wedekind schützen will.«

»Davon geh ich aus«, sagte Feldmann, »obwohl es mir verdammt schwer fällt.«

»Was könnte eine Frau wie Paula dazu bringen, solche krummen Sachen zu machen?«, fragte Berg.

»Die Liebe, ein verirrter Beschützerinstinkt, ach, was weiß ich«, knurrte Feldmann, er fühlte sich unwohl, musste gegen eine Frau ermitteln, die er bewunderte, mitunter zum Teufel wünschte, aber die er von Herzen gern hatte.

»Ich sattele mein Pferd«, sagte Berg, »und reite gen Potsdam. Ich kenne da jemanden, der wird mir helfen. Albert ist Schriftsteller, er kennt alle seine Kollegen.«

»Meinen Segen hast du«, sagte Feldmann, »ich bin bis gegen 19 Uhr hier, dann bei den Lenaus zur Verlobungsfeier.«

Peter Berg brauchte etwa eine Stunde bis Potsdam. Unterwegs überlegte er, was wäre, wenn er Albert nicht antreffen sollte. Aber Berg hatte doppeltes Glück, er traf Albert nicht nur zu Hause an, dieser erinnerte sich sogar noch an Berg. Ihre Urlaubsbegegnung an der Ostsee war nur kurz, was beide damals bedauerten. Natürlich kannte Albert seinen Kollegen Konrad Wedekind, wusste alles von ihm, was ein Außenstehender nur wissen konnte. Wedekind war einst Sportlehrer an einer Erweiterten Oberschule, wo auch seine Frau als Mathe-Lehrerin arbeitete. Kurz vor seinem vierzigsten Geburtstag gab er seinen Beruf auf, wurde freischaffender Schriftsteller. Zu diesem Zeitpunkt hatte er bereits zwei Bücher veröffentlicht, die von der Kritik sogar zur Kenntnis genommen worden waren, er schrieb auch ein Theaterstück, das aber fiel durch. Das Stückeschreiben ließ er dann.

Seine Verbindung zum Sportclub hatte er nie aufgegeben, er blieb als Trainer bis zur Wende. Einer seiner begabten Kanusportler war Klaus Maywitz, damals noch Jura-Student. Die Wedekinds hatten eine bildschöne Tochter, Julia, ihr einziges Kind, es war sozusagen das Heiligtum der Eltern. Alle Jungs im Club waren verliebt in die Kleine. Aber nur Maywitz schaffte es bei ihr. Sie trafen sich heimlich. Wenn Wedekind das gewusst hätte, er hätte ihn erschlagen. Maywitz machte sein Staatsexamen. Als er sein Diplom in der Tasche hatte, ging er in den Westen. Und er nahm Julia mit, sie war gerade siebzehn geworden. Sie flohen heimlich über die Grenze, mitten in der Nacht. Wedekinds Frau erlitt einen Herzinfarkt, er hörte auf zu schreiben, sprach mit keinem Menschen.

In München erklomm der gutaussehende, eloquente Maywitz die ersten Stufen der Karriereleiter. Julia wurde schwanger, starb bei der Geburt.

Wedekind brach zusammen. Seine Frau erlitt einen zweiten Herzinfarkt. Sie quälte sich noch ein paar Jahre, dann starb sie an einer Überdosis Schlaftabletten, sagt man, es kann auch ein natürlicher Tod gewesen sein.

Was sollte Feldmann mit der Information anfangen, die Berg ihm ins Haus gebracht hatte? Sollte er mit einem Blumenstrauß und Handschellen zur Verlobung gehen, als Begleitmusik das Martinshorn? Feldmann fluchte angemessen, aber ziemlich laut. Sollte er das Paar zuerst hochleben lassen, auf sein Wohl trinken, den Bräutigam dann abführen? Konnte er es wagen, Katharina den Hurrikan anzukündigen oder mit Paula zu reden? Einsicht und Vernunft waren die schwächsten Bausteine ihrer Charakterstruktur.

»Fahr hin und sondiere die Lage«, riet ihm Berg. »Wenn Wedekind, das arme Schwein, ein glaubhaftes Alibi hat, ist er aus dem Schneider. Kann ja sein, dass er mit der Sache nichts zu tun hat, unschuldig wie das liebe Jesulein ist, obwohl so ziemlich alles gegen ihn spricht, ich persönlich denke, dass er es war, er hat Maywitz erschlagen, hat die alte Rechnung endlich beglichen. Fahr hin, ich halte hier die Stellung.«

Eine leichte Melancholie war in ihrem Lächeln, obwohl sie prächtig aussah, etwa wie Kaiserin Theresia bei ihrer Abdankung. Die Glückwünsche nahm Paula gefasst entgegen, als wären es Kondolationen und als wäre sie gerade einem Verhängnis entronnen. Katharina schien es, als könnte sich die Mutter nicht so recht in ihre neue Rolle finden. Wedekind dagegen tat, als spiele er in einem Stück, von dem man nicht genau wusste, ob es sich um eine Komödie oder Tragödie handele. Er hatte ohnehin nicht die Gabe eines wabernden Conférenciers. Die leichte Konversation war nicht seine Sache. Als Feldmann die Blumen überreichte, verlegen Glückwünsche murmelte, fragte Paula: »Wozu wünschst du mir eigentlich Glück?«

Damit brachte sie Feldmann in Bedrängnis. »So eine Verlobung hat doch etwas zu bedeuten, oder irre ich mich da?«

»Eine Verlobung ist eine süße Wichtigkeit«, erwiderte Paula.

»Wenn du lyrisch wirst«, sagte Lenau, »hat das nichts Gutes zu bedeuten.« Er verstand am wenigsten, was in seinem Hause vorging, es drängte ihn aber auch nicht, das zu erfahren. Keiner hätte sagen können, warum die Stimmung etwas gedrückt war, warum sie keine Fröhlichkeit ausbreitete. Das Menü war fabelhaft, daran konnte es nicht liegen. Katharina hielt sogar eine kleine Rede, auch die war, schon wegen ihrer Kürze, ohne negativen Einfluß auf die Gemüter. Feldmann fragte. »Du hast es recht eilig gehabt mit deiner Verlobung?«

»Wenn man die Sechzig überschritten hat, kann man von Eile nicht mehr reden.«

»Sind Verlobungen überhaupt noch modern?«, fragte Lenau. Katharina stieß ihn unterm Tisch an. Er sah sie erstaunt, keineswegs eingeschüchtert an. »Ist denn meine Frage so unpassend?«, fragte er.

Paula sah Wedekind an, ihr Blick fiel ein wenig zu starr aus. »Die Liebe bezwingt alles, sogar den Verstand.«

Wedekind wusste nicht, ob er zustimmen oder sich unwissend stellen sollte.

»Es kommt mir manches sonderbar vor«, begann Lenau wieder, »mir ist so, als stimmte etwas nicht.

Ich meine, wir sind doch eine Familie, Feldmann gehört seit Erschaffung der Welt zu uns und nun auch Wedekind. Warum reden wir denn so vorsichtig daher, als säßen wir in einer Talk-Show bei der ARD?«

Diese Frage konnte ihm niemand beantworten, man schwieg, jeder griff zu seinem Glas, trank, lobte den Wein, den Fisch, die Vorspeise und das Dessert, sogar der Mokka wurde in den Lobgesang einbezogen, obwohl er sonst nie eine Rolle gespielt hatte. Sie sprachen über das milde Wetter, priesen die Freundschaft allgemein, die Familienzusammengehörigkeit, man war sich einig, dass nichts im Leben so wichtig wäre wie die Familie, die Freunde und die Verlässlichkeit der Freunde.

Gegen Ende der Party sagte Feldmann zu Wedekind, und alle hörten zu: »Können Sie morgen um zehn bei mir im Büro sein?«

Paula vereiste, bekam kreisrunde Augen, schwieg bestürzt. Katharina hielt sich erschrocken die Hand vor den Mund, aber auch sie schwieg. Nur Lenau, der von all dem nichts wusste, fragte: »Was soll er denn bei dir?«

»Ich habe eine paar Fragen.«

»Kannst du sie ihm nicht hier stellen?«

»Aber«, sagte Feldmann, »ich werde doch die schöne Feier nicht stören.«

Lenau wandte sich an Wedekind. »Wenn Sie wollen, nehme ich Sie mit in die Stadt, ich muss ohnehin rein.« Wedekind nickte. »Danke, das Angebot nehme ich gern an. Ich müsste sonst mit dem Fahrrad fahren.«

Feldmann wunderte sich, dass Wedekind nicht einmal fragte, was er auf dem Präsidium sollte. War das nun die Ergebenheit eines Einsichtigen oder die Schläue eines Uneinsichtigen?

XXVI

Einen Nachmittag in der Woche hielt Katharina frei für ihre Patienten im Dorf. Es waren meist alte Leute, krank und gebrechlich. Die Jungen hatten das Dorf verlassen, das Glück zu suchen, das Arbeit hieß.

Seit Paula im Haus lebte, hatte Katharina es verstanden, sie für diese Tätigkeit zu interessieren. Und wie nicht anders zu vermuten war, hatte Paula Spaß daran gefunden. Sie erweiterte ihren Blickwinkel, lernte Leute und Verhältnisse kennen, die ihr sonst verborgen geblieben wären. Paula, der Stadtmensch, begriff den Reiz des Landlebens, der nicht nur von der zärtlichen märkischen Landschaft ausging, sondern von den Menschen selbst. Paulas flache, aber fröhliche Sprüche gefielen den Leuten. Für manchen Kranken waren sie so wichtig wie die Tabletten aus der Apotheke.

An diesem Tag wollte Paula nicht mit der Toch ter mitgehen, sie war mürrisch, weigerte sich zu kochen, wollte nicht essen, nicht einmal abwaschen. »Bist du krank?«, fragte Katharina.

Sie wusste nicht genau, woran dic Mutter litt, war es der misslungene Rettungsversuch? Paula war nicht der Mensch, der eine Niederlage akzeptierte. Vielleicht aber litt sie um Wedekind?

Mochte sie in wirklich, hatte sie es ernst gemeint mit der Verlobung, die so genannte Rettung nur vorgeschoben? »Na gut«, sagte Katharina, »dann muss ich eben allein fahren. Schade, ich dachte, du würdest zu Marek mitkommen.«

»Marek! Zu dem Mörder geh ich nicht mehr hin, ich kriege Pickel, die Atmosphäre ist vergiftet.« Sie schüttelte sich.

»Er ist freigesprochen, vergiss das nicht.«

»Na und, was ändert es daran, dass er ein Mörder ist.«

Katharina holte den Wagen. Als Paula den Motor hörte, griff sie ihre Jacke und lief hinaus, stieg wortlos ein. Mit ihren Zweifeln und Befürchtungen allein zu sein, erschien ihr noch unerträglicher. Es war schon dunkel, als sie zu Mareks Haus kamen. Die Fenster waren erleuchtet. Die Laterne vor dem Haus gab trübes Licht. Katharina parkte den Wagen vor der Toreinfahrt. »Wenn du nicht mit rein kommen willst«, sagte Katharina, »bleib im Wagen, es dauert nicht lange.«

»Ich geh schon nicht verloren.«

Kaum war Katharina im Haus verschwunden, da stieg Paula aus, spazierte zum Ufer des Sees. Die Birken und der Ahorn und alle Sträucher hatten ihre Blätter verloren, den Blick freigemacht auf das Wasser, das schwarz und geheimnisvoll im Hintergrund lag. Paula schauderte, hier war der Mord geschehen, hier war das passiert, was der Mensch das Unbegreifliche nannte, weil er sich sträubte, den gewaltsamen Tod eines Kindes zu erklären und damit begreifbar zu machen.

Im Dämmerlicht hob sich die Silhouette eines Kreuzes ab. Paula entzifferte die Schrift: »Sie starb durch Mörderhand«, darunter waren die Daten des Kindes. Serafin hatte also sein Vorhaben wahr gemacht. Paula konnte ihm das nicht verdenken. Sie dachte, wenn der Mörder aus dem Fenster seines Wohnzimmers schaut, sieht er das Kreuz. Ob ihn dann der Blitz trifft? Oder gewöhnt er sich an das Kreuz?

Von fern zuckten Lichter auf. Ein Auto näherte sich. Die Straße hörte wenige Meter hinter dem Haus auf, ging in einen Feldweg über, der in den Wald führte. Ein Liebespaar, das in den Wald fuhr, dachte Paula, vielleicht aber bekamen die Mareks

Besuch. Der Wagen kam auf leisen Sohlen näher, hielt vor dem Haus. Paula stand hinter einem Baum, neugierig zu erfahren, wer sich da in Mareks Haus verirrt hatte. Ein Mann stieg aus, bald darauf, etwas zögernd, eine Frau. Sie standen abwartend. Die Frau deutete auf Katharinas Wagen. »Da ist jemand.« Der Mann ging an den Wagen, betrachtete das Symbol mit dem Äskulap-Stab. »Ein Arzt«, sagte er, »der hält sich nicht lange auf.«

»Ich will keine Zeugen«, entschied die Frau. Sie stiegen wieder ein. Die Tür klappte zu, als fiele ein Sahnetropfen in den Spinat. Der Wagen wendete, fuhr ins Dorf zurück. Paula überlegte, wer das gewesen sein mochte. Sie kannte weder den Mann noch die Frau. Was suchten die hier, Verwandte waren es nicht und Freunde benahmen sich nicht so. Die Frau wollte keine Zeugen. Warum, und wozu? Paula bedauerte, den Wagen nicht erkannt zu haben, sie hätte nicht einmal sagen können, welche Farbe er hatte. Was war bei den Mareks schon zu holen? So sehr Paula sich auch anstrengte, sie kam zu keinem Schluss.

Als Katharina zurückkam, erzählte sie ihr von dem merkwürdigen Besuch. »Fahr zum Dorfplatz«, bat Paula, »ich will in die Kneipe, bestimmt sitzen die dort, warten, dass der Arzt verschwindet. Dann tauchen sie ganz sicher wieder hier auf.«

»Hänge dich nicht schon wieder in Sachen, die dich nichts angehen«, bat Katharina, »du müsstest von deiner letzten Aktion noch genug haben.«

»Du hast ja Recht, Tochter, fahr trotzdem zur Kneipe.«

Der Dorfplatz war, wie man sich Dorfplätze wünscht, rund, in der Mitte eine dicke alte Linde, um die dicke alte Linde eine Holzbank. Die Tür der Dorfkneipe stand offen, vor der Tür parkte ein Porsche. »Das ist er, das ist der Wagen«, rief Paula aufgeregt. »Ich geh jetzt rein, tue, als suchte ich jemanden, guck mir die Leute mal an.«

»Und ich kann dich nicht davon abhalten?«, fragte Katharina. Aber da war Paula schon ausgestiegen. Am Tresen standen Bauern, tranken Bier. An einem Tisch nahe der Tür saß ein Paar, vor sich eine Tasse Kaffee. Die Frau war jung, sah gut aus, sie gehörte nicht hierher, das war auf den ersten Blick zu sehen. Der Mann passte zu der Frau, auch er schien aus der Schicht der Besserverdienenden zu kommen. Paula durchschritt den Raum, musterte mit majestätischer Geringschätzung die biertrinkenden Männer, übersah das elegante Paar mit übertriebenem Desinteresse und rauschte wieder hinaus. Sie stieg zu Katharina in den Wagen, sagte: »Fahr, fahr schnell los.«

»Warum?«, fragte Katharina. »Hast du wieder was angestellt?«

Paula sah zum Rückfenster, sah, dass Licht aus der geöffneten Tür der Kneipe kam. »Dachte ich es mir doch. Der Knabe wollte wissen, wer ich bin. Vermutet, dass sie jemand aufgespürt hat.«

»Mutter, jetzt spinnst du dir aber was zusammen. Du siehst wohl überall Gespenster.«

»Glaube deiner alten Mutter, hier geht etwas vor, was das Licht des Tages scheut.«

»Wie poetisch du ganz simple Vorgänge beschreiben kannst.«

»Mach dich nicht lustig über mich. Ich habe den sechsten Sinn für so etwas. Und ich sage dir, hier geht etwas ganz Außerordentliches vor sich.«

»Mafia?«

»Weißt du, was die Frau anhatte, ein Strick-Cape, Merinowolle, rosenholz.«

»Eine Art Mafia-Uniform?«

Sie fuhren an Wedekinds Haus vorbei. Es lag dunkel wie ein Totenhaus. Paula wurde unsanft in die rauhe Wirklichkeit zurückgeholt. »Der arme Kerl«, murmelte sie, »er denkt, ich habe ihn verraten.«

»Vielleicht ist er bei uns. Sei nicht traurig, Mutter.«

Sie kamen zu Hause an, Paula rannte die Treppe hinauf. Wedekind war nicht da. »Sie haben ihn eingesperrt«, sagte sie und sah plötzlich uralt aus.

Am Morgen, kurz nach Dienstbeginn, erlebte Feldmann eine Überraschung, die geeignet war, seinen Gemütszustand positiv zu beeinflussen. Sein Assistent, Peter Berg, erschien zum Dienst in Begleitung einer Frau. Bei ihrem Anblick löste sich ein kleiner Begeisterungsschrei aus Feldmanns Kehle, den er gerade noch unterdrücken konnte, da er sich mit seiner Seriosität nur schlecht vertragen hätte. Die Frau war um die Sechzig, groß, hager, eigentlich schon mager, trug einen schwarzen Mantel, auf dem Kopf hatte sie ein mausgraues Kapotthütchen. Aus ihren Augen sprach spöttische Intelligenz und eine sonderbare innere Souveränität. »Darf ich Ihnen meinen Chef, Kommissar Feldmann vorstellen«, sagte Berg und bewies damit die Kenntnis feiner Umgangsformen.

»Und das ist Frau Ursula von Werth«, sagte Berg. Feldmann war aufgestanden, hatte der Frau die Hand gegeben, dachte so ganz nebenbei, dass das die erste Frau wäre, die sich älter machte als sie war. Doch das war ihm gleichgültig. »Ich freue mich, Sie zu sehen«, sagte Feldmann, selten war ihm ein Kompliment so ehrlich über die Lippen gekommen.

»Frau von Werth klingelte gestern Abend an meiner Tür«, erklärte Berg, »um mir ein Abonnement der *Christlichen Familie* anzubieten.«

»Aufzudrängen«, verbesserte ihn die Frau mit

sympathischer Selbstironie. »Ich lebe in Paderborn, dem Sitz des Erzbischofs, dort ist es leichter, für die Kirche zu werben.«

»Paderborn«, lobte Feldmann, »eine schöne, alte Stadt, dort kommen die Kinder mit dem Katechismus auf die Welt.«

»Ich bin Dozentin für Kirchengeschichte des Mittelalters. Ich war neugierig auf den Osten.«

»Und?«, fragte Feldmann

»Abgesehen davon, dass es fast nur Atheisten gibt, ist es ganz gemütlich hier.«

»Und wie lange dauert Ihr Erkundungsflug?«

»In der nächsten Woche geh ich wieder zurück. Ich kann eine Menge erzählen zu Hause.«

In Feldmann war ungeduldig, weil er hoffte, nun mit Hilfe dieser Frau in der Mordsache Maywitz weiter zu kommen. Er war sicher, dass diese Frau, die ihr Amt als Dozentin mit dem Amt des Treppenterriers vertauscht hatte, akribisch Buch geführt hatte und ihm dadurch verlässliche Angaben machen konnte. Er dachte, bevor sie mich für die *Christliche Familie* werben will, sollten wir schnell zum Thema kommen.

»Sie waren am vergangenem Mittwoch im Haus Goethe-Park 35, können Sie sich daran erinnern?«

Wie Feldmann mit prophetischer Weitsicht vermutet hatte, holte die Frau ein kleines, schwarzes Büchlein hervor, blätterte darin herum. Sie nickte entgegenkommend. »Was wollen Sie wissen?«

»Mit welchen Personen haben Sie in diesem Haus gesprochen, ist Ihnen etwas aufgefallen?«

»Ich sprach mit zwei Familien und dem Anwalt aus der zweiten Etage.«

»Mit Dr. Maywitz, er hat Ihnen selbst die Tür geöffnet?«

»Wir haben nur ein paar Worte miteinander gewechselt.«

»Haben Sie, während sie im Haus waren, jemanden ins Haus kommen oder weggehen sehen?«

Die Frau überlegte. In diesem Moment klopfte es an der Tür. Konrad Wedekind kam herein. »Ich wollte mich bei Ihnen melden, Herr Feldmann«, sagte er.

»In Ordnung«, sagte Feldmann, er hatte Wedekind nicht so früh erwartet. »Bitte warten Sie einen Moment.«

»Das war ja der Anwalt, dieser Dr. Maywitz«, sagte Frau von Werth, zeigte auf die Tür, hinter der Wedekind verschwunden war.

»Wer war das?«

»Na, dieser Anwalt aus dem zweiten Stock.«

Feldmann war verwirrt. »Wie kommen Sie denn darauf?«

»Ich habe ihn sofort wieder erkannt. Ich hatte geklingelt, dieser Mann machte auf, wir redeten ein paar Worte, er sagte, er sei Atheist, brauche keine Kirchenzeitung. Dann ging ich wieder, er schloss die Tür. Ich hatte keinen Anlass anzunehmen, dass der Herr nicht in diese Wohnung gehört.«

Schlagartig begriff Feldmann die Zusammenhänge. Der Fall, dachte er, ist so gut wie gelöst. Entgegen seinen sonstigen Gewohnheiten glaubte er sofort, dass sie den Täter gefasst hatten. Er hoffte, Wedekind würde ein Geständnis ablegen.

»Sie haben Klaus Maywitz gekannt?«, fragte Feldmann Wedekind.

»Ja, diese Zeit möchte ich gern vergessen.«

»Er hat Ihnen die Tochter genommen, Ihre Frau ist darüber zugrunde gegangen.«

»Maywitz' Grundsatz war: Das Glück kommt nur mit Hilfe der Ellenbogen.«

»Sie haben ihn gehasst?«, fragte Feldmann.

»Ja, sehr.«

»Sie haben nie aufgehört, ihn zu hassen?«

»Nein, nie, aber mit den Jahren hat sich der Hass gewandelt, wie sich alle großen Gefühle mit den Jahren wandeln. Hass verliert an Schärfe, an Spontanität. Wenn man sich dieser Wandlung bewusst wird, ist man stolz auf sich, wertet es als erfreuliches Resultat des Alterns. Das Leben ist vorüber, man ist am Ziel, steht dem Tod gegenüber, diesem trostlosen Gleichmacher.«

»Wussten Sie, dass Maywitz zurückgekommen ist?«

»Ich hatte ihn aus meinem Gedächtnis gestrichen.«

»Von wem erfuhren Sie von ihm?«

»Paula Riemkoff kam, wollte, dass ich etwas über einen machthungrigen, geldgierigen Menschen schreibe, da erfuhr ich, dass er wieder da ist.«

»Sie sind zu ihm gegangen, haben ihn zur Rede gestellt.«

»Nein.«

»Sie waren nicht bei ihm?«

»Nein.«

»Wo waren Sie am vergangenem Mittwoch, als Maywitz ermordet wurde?«

»Bei den Lenaus, ich lag krank im Bett.«

»Am Donnerstag holte Frau Riemkoff Sie ins Haus, Donnerstag, nicht Mittwoch.«

»Sagt sie das?«

»Das sagt Frau Dr. Lenau aus.«

Wedekind schwieg, dann sagte er. »Sie muss sich irren.«

Feldmann war wütend, versuchte sich zu beherrschen, warum leugnete der Mann etwas, das man ihm mit Leichtigkeit widerlegen konnte?

»Wir haben eine Zeugin, die beweisen kann, dass Sie an jenem Mittwoch bei Maywitz waren.«

Wedekind antwortete nicht.

»Warum haben Sie der Frau, die am Abend an der Tür klingelte, weis gemacht, dass Sie der Anwalt sind?«

»Habe ich doch gar nicht. Wahrscheinlich hat sie es nur angenommen?«

»Sie geben also zu, dort gewesen zu sein?«

Wedekind nickte.

»Sie haben Ihren alten Freund Maywitz erschlagen, er hat Ihnen Ihre Familie genommen.«

»Ich werde meine Tochter nicht vergessen, Herr Kommissar, ich habe sie sehr geliebt, aber an einer Tatsache komme ich nicht vorbei, Maywitz war Julias große Liebe. Er hat sie sehr glücklich gemacht. Das sage ich, weil ich es endlich begriffen habe.«

»Es hört sich edel an, ist es vielleicht auch, aber es steht nun mal fest, dass wir einen Toten haben und dass Sie zur Zeit der Tat in der Nähe waren.«

»Ich habe ihn nicht erschlagen.«

»Als Sie der christlichen Frau die Tür öffneten, war Maywitz da schon tot?«

»Aber nein, er war munter und sehr guter Dinge.«

»Warum ist er nicht zur Tür gegangen?«

»Er telefonierte.«

»Mit wem?«

»Keine Ahnung.«

»Erinnern Sie sich, es könnte für Sie von Wichtigkeit sein.«

»Ein Klient, glaube ich, es ging um ein Treffen, das sie verabredeten.«

»Mehr wissen Sie nicht?«

»Nein.«

»Ich werde Ihnen sagen, wie es wirklich war. Sie hatten eine heftige Auseinandersetzung, gerieten in Wut, Maywitz machte sich lustig, beleidigte das

Andenken der Toten, sie sahen rot, griffen die Bronzefigur, sie auf dem Schreibtisch stand und schlugen zu.«

Wedekind lächelte seltsam entrückt, als wäre diese Lächeln nur für ihn. »Die Bronzefigur«, fragte er, »mit der Bronzefigur soll ich Maywitz erschlagen haben? Ach, Herr Kommissar, die Bronzefigur ist meine Tochter. Er hat sie nachbilden lassen. Glauben Sie, ich könnte mit dem Abbild meiner Tochter einen Menschen erschlagen? Wie roh muss ein Mensch sein, der so etwas zustande bringt.«

»Warum haben Sie geleugnet, bei Maywitz gewesen zu sein?«

»Darüber möchte ich nicht sprechen, es ist ein ebenso kindischer wie harmloser Grund.«

»Sie werden darüber reden müssen.«

»Später vielleicht. Ich möchte mich nicht lächerlich machen.«

Feldmann dachte, wer will das schon, aber wenn es um den eigenen Kopf geht, sollte man nicht so kleinlich sein.

Paula rannte die Treppe hinauf in Feldmanns Büro. Sie gönnte sich keine Zeit zu verpusten, Herz und Lunge zu besänftigen. Heute war es ihr egal, ob sie jemand hochrot sah und hechelnd, wie ein gehetzter Hund. Sie wollte zu Feldmann, klopfte energisch, trat ohne Aufforderung ein.

Feldmann sah auf. »Du, Paula. Ich dachte es wäre ein Elefant.«

»Was hast du mit ihm gemacht?«, fragte sie in einem Ton, als wäre sie in Vertretung des Jüngsten Gerichts hier.

»In Ketten gelegt, natürlich«, sagte er düster.

»Wo ist er?«, fragte sie.

Feldmann grinste. »Auf dem Weg zum Schafott.«

»Mach keinen Quatsch, Feldmann.«

»Paula«, rief er überrascht, »du zitterst ja.«

»Hat er Maywitz tatsächlich ...« Sie vermochte das schreckliche Wort nicht auszusprechen.

»Wir müssen weiter ermitteln.«

»O mein Gott«, Paula fiel auf einen Stuhl, legte die Hände mutlos in den Schoß. »Ist er in Haft?«

»Es besteht keine Fluchtgefahr.«

»Wo ist er jetzt?«

»Auf dem Weg nach Hause.«

Katharina, die einen Parkplatz gesucht hatte, kam herein, hörte, was mit Wedekind geschehen war. »Fahren wir, er sollte jetzt nicht allein sein.«

»Ich bin sein Unglück«, klagte Paula tonlos, »ich hätte ihn nie aus seinem Knusperhäuschen locken dürfen.«

»Unsinn, Paula«, sagte Feldmann, »so läuft das Leben nicht ab.«

Katharina legte den Arm um die Mutter. »Was dich nicht davon abhält, schon wieder Kassandra zu spielen. Weißt du, Feldmann, sie ist einer neuen Verschwörung auf der Spur.« Sie konnte sich die Ironie nicht verkneifen. »Hoffen wir, dass Troja nicht dabei untergeht.«

»Erzähle«, sagte Feldmann.

»Sie hat den Porsche des toten Anwalts gesehen.«

Paula fiel der Tochter mit aufflammendem Enthusiasmus ins Wort. »Was glaubst du, Feldmann, wo ich ihn gesehen habe, du kommst du nicht drauf, er stand vor Mareks Haus.«

»Klingt wie eine Unwettermeldung«, spöttelte Katharina.

»Mach dich nur lustig über mich«, knurrte Paula, »ich backe künftig nur noch kleine Brötchen.«

»Wer fuhr den Porsche?«, fragte Feldmann, der sich über Paulas Entdeckung durchaus nicht amüsierte.

»Eine elegante Dame in Begleitung eines eleganten Herrn«, erklärte Paula, »rätselhaft und sehr verdächtig.«

Feldmann lächelte. »Paula wandelt auf Himmelsweiden.« Er sah Katharina an. »Uns ist das nicht mehr vergönnt.«

»Ich will nach Hause«, sagte Paula leise.

Feldmann räumte seinen Schreibtisch auf, ein Ritual aus DDR-Zeiten, an dem er überraschend, aber mit Beharrlichkeit und Hingabe festhielt. Berg sah ihm zu. Als auch das letzte Papierchen vom Schreibtisch verschwunden war, sagte er: »Wir wissen noch zu wenig von Wedekind, sollten uns intensiver mit ihm befassen.«

»Ich habe meine Zweifel, dass er es war«, erwiderte Feldmann, »die Art und Weise passt nicht zu ihm.«

»Was meinst du?«

»Hast du dir den Obduktionsbefund genau angesehen, ist dir da nichts aufgefallen? Der Täter ist mit außergewöhnlicher Brutalität vorgegangen. Er hat Maywitz zuerst erschlagen, ihm dann das Kehlkopfgerüst gebrochen, indem er ihm die Daumen in die Drosselgrube drückte, schließlich hat er ihm auch noch den Fuß auf den Hals gesetzt. Hat dir das nicht zu denken gegeben?«

»Das ist doch nicht so selten«, erwiderte Berg, »der Täter wollte sicher gehen.«

»Ich könnte verstehen«, sagte Feldmann, »wenn er Maywitz niederschlägt, aus einem plötzlichen Impuls heraus, aus Hass, Wut, weil er sich betrogen fühlt, spontan, ohne dass er es geplant hat. Aber diese Grausamkeit, die traue ich ihm nicht zu.«

»Er hat ein Motiv, ein nahezu klassisches Motiv«, sagte Berg. »Chef, mein Magen randaliert, wir könnten dann weiter reden. Ein leerer Magen ist ein freudloser Ratgeber.«

Der Weg zu ihrer Stammkneipe führte sie am Haus des Anwalts im Goethe-Park vorbei. Vor dem Haus stand der Porsche. Da wusste Feldmann, dass Paula nicht gesponnen hatte.

Er blieb stehen, sah hinauf zu den erleuchteten Fernstern. »Ich möchte zu gern wissen, was die Maywitz von Marek wollte.«

»Woher weißt du, dass sie dort war?«, fragte Berg

»Paula hat sie gesehen.«

»Wenn wir unsere Paula nicht hätten«, spottete Berg, »willst du etwa rauf gehen, die Maywitz fragen, was sie bei Marek wollte?«

»Warum eigentlich nicht?«

Dr. Winter öffnete. Als er den Kommissar erkannte, schwankte er zwischen Unmut und Beflissenheit. »Kommen Sie rein, Herr Kommissar.« Mit leicht angehobener Stimme rief er ins Zimmer: »Sybille, wir haben Besuch.«

Frau Maywitz kam ihnen ohne Hast entgegen. »Bringen Sie uns gute Nachrichten, Herr Kommissar?«

»Es zeigt sich ein Silberstreif am Horizont.«

»Und, wer war es?«

»Noch ist es top secret«, sagte Feldmann mit wichtiger Miene.

Die Frau zog die Augenbrauen hoch. »Herr Kommissar, um mir das zu sagen, sind Sie doch nicht hergekommen?«

Feldmann machte ein bedeutsames Gesicht. »Vielleicht wollte ich auch nur sehen, wie es Ihnen geht.«

»Noblesse oblige, was wollen Sie wirklich, Herr Kommissar?«

»Es ist nichts, ich habe mich nur gewundert, dass Sie hier sind, wo Sie die Stadt doch so gar nicht mögen.«

»Geht Sie das was an?«, fragte die schöne Witwe.

»O nein, natürlich nicht«, sagte Feldmann, »aber wenn es ein Geheimnis sein sollte, würde es mich sehr interessieren.« Er lächelte dabei.

»Was wird das, ein Verhör?«, fragte Frau Maywitz.

Feldmann dachte, für eine Frau, die eben erst ihren Mann unter die Erde gebracht hat, ist sie fast so munter wie ein Festredner.

»Es ist so viel zu regeln«, Winter warf sich ins Gefecht, »es müssen Vermögensentscheidungen getroffen werden, Verträge gekündigt, Versicherungen annulliert, wir müssen mit der Lebensversicherung verhandeln. Sie wissen ja, was die Bürokraten sich so alles ausdenken, uns Steuerzahlern das Leben bunt und bewegt zu gestalten. Außerdem wollte ich Frau Maywitz den Luisensee zeigen, er ist ja wunderschön in seiner Art.«

»Verstehe«, sagte Feldmann, »in Bayern gibt es ja auch keine Seen.«

»Trinken Sie einen Tee mit uns?«, fragte Sybille Maywitz

Berg war anzusehen, wie schwer ihm der Tausch Bier und Curry-Wurst gegen Tee und kleine trockene Kuchen fiel.

»Sie kannten meinen Mann?«, fragte Frau Maywitz.

»Ja, ich kannte ihn.«

»Dann trifft es sich gut, dass wir miteinander reden können. Ich bin nicht nur hier, den Papierkram zu erledigen, das hätte auch ein Anwalt machen können. Es gibt einen anderen Grund. Ich möchte mit Leuten reden, die ihn gekannt haben, zu denen er eine besonders gute oder eine schlechte Beziehung hatte. Und ich möchte ein paar seiner früheren Mandanten kennen lernen.«

»Wollen Sie ein Buch über ihn schreiben?«, fragte Feldmann zwischen Belustigung und Erstaunen.

»Jeder Mensch hinterlässt Spuren. Ich möchte dahinter kommen, wie er hier, hier in seiner alten Heimat gewirkt hat. Welche Spuren er hinterlassen hat.«

»Wenn Ihnen das so wichtig ist, hätten Sie ja mit ihm hier leben können,« sagte Feldmann. Die Frau ist exzentrisch, dachte er, will sie sich großtun, oder führt sie etwas ganz anderes im Schilde?

Sybille Maywitz dachte nicht daran, auf diese heikle Frage zu antworten, statt dessen sagte sie: »Ich muss etwas weiter ausholen. Es hat damit zu tun, dass es meinem Man nicht gelingen wollte, seine Ideale in die Wirklichkeit umzusetzen. Dies, denk ich, war seine Tragik.«

Dr. Winter unterbrach sie. »Du irrst Sybille, das war nicht seine Tragik, seine Tragik war seine Unfähigkeit, sich dem herrschenden Zeitgeist anzupassen. Er begriff nicht, dass man mitschwimmen muß, wenn man im Leben weiter kommen will. Du musst mit den Wölfen heulen, heißt es, und wes Brot ich ess, des Lied ich sing. Es gibt noch mehr von diesen bußfertigen Sprüchen, so infantil sie klingen, sie sind richtig. Ideal und Wirklichkeit sind ein Gegensatzpaar, Gegensätze lassen sich nur schwer vereinbaren.«

Feldmann musste Winter recht geben. »Wir im Osten hatten auch Ideale. Sie sind mit der Wirklichkeit kollidiert, nun sitzen wir auf ihren Scherben. Wer sich damit nicht abfinden konnte, fiel durch das soziale Netz und fällt immer weiter.«

»Mein Mann kam mit der Hoffnung in den Osten, ein neues Leben anzufangen, sich neu einzubringen. Eigentlich wollte er Richter werden. Das war sein Traum, damals schon, während seines Studiums in Potsdam. Das Richteramt hätte seinem Wesen mehr entsprochen. Als er nach München übersiedelte, kämpfte er um eine Berufung, es war aussichtslos. Man wollte ihn nicht.«

»Warum denn das?«, fragte Feldmann.

»Weil er aus dem Osten kam. In München war man besonders misstrauisch gegen solche Leute. Was aus dem Osten kam, war a priori suspekt. Bayerische Beamte gehören nun mal in die Kategorie der höheren Wesen, sie sind eine Art rustikale Adelskaste. Wer in Bayern in den höheren Beamtenstand will, muss durch hundert Fegefeuer.«

Feldmann gestand sich ein, diese Frau voreilig in die Kategorie extravaganter Zierpuppen mit schlichtem Gemüt eingeordnet zu haben. Diese Sybille Maywitz war anders, sie konnte psychologisch denken, differenzieren, sprach ohne Scheu aus, was sie dachte, und war dabei auch noch charmant. Sie wurde ihm sympathisch. »Erzählen Sie weiter«, bat er.

»Klaus blieb nichts anderes übrig, als Anwalt zu werden«, fuhr die Frau fort, »er tat sich schwer damit. Ihm widerstrebte es, Menschen zu verteidigen, von denen er nicht immer überzeugt war, dass sie unschuldig waren. Er fürchtete sich davor, die Distanz zwischen sich, seinem ethischen Empfinden und dem Gemeinen, Abgründigen, zu verlieren. Er fürchtete sich auch davor, dass etwas von dem Bösen in der Gedankenwelt dieser Menschen auf ihn abfärben könnte.«

»Was Sie da sagen, Frau Maywitz, kann nur die verklärte Sicht einer liebenswürdigen Frau auf ihren toten Mann sein«, erwiderte Feldmann. »Ich habe Ihren Mann ganz anders erlebt. Im Prozess gegen Uwe Marek war er überhaupt nicht zimperlich, im Gegenteil, er bewegte sich hart an der Grenze des Erträglichen.«

»Aber er bewegte sich immer in den Grenzen der Strafprozessordnung«, sagte Dr. Winter.

»Ohne Sie kränken zu wollen, Frau Maywitz«, ereiferte sich Feldmann, »mir geht die Bewunderung für einen Anwalt ab, der mit tausend Tricks versucht, einen Mann rauszupauken, der wegen des bestialischen Mordes an einem kleinen Mädchen angeklagt war. Die Indizien sprachen gegen ihn. Er hatte mir den Mord gestanden, er hatte ihn dem Haftrichter gestanden. Aber Dr. Maywitz veranlasste ihn, das Geständnis zurückzunehmen.« Feldmann sah Frau Maywitz mit inquisitorischem Blick an. »War Ihr Mann von der Unschuld des Marek überzeugt?«

»Ich weiß es nicht«, sagte die Frau und wurde rot, »ich weiß es wirklich nicht. Nach der Urteilsverkündung rief er mich an, sagte, nicht ohne Stolz, er habe einen Freispruch erwirkt, an den keiner geglaubt hat. Ich gratulierte ihm, sagte, er soll den Sieg feiern. Da wurde er ganz still, sagte schwunglos, einen Pyrrhus-Sieg feiert man nicht. Daraus schlussfolgerte ich, er fürchtete, dass er diesem Marek die Möglichkeit verschafft haben könnte, neue Verbrechen zu begehen.«

Feldmann schwieg betroffen. Wenn das stimmte, was die Frau da sagte, hatte er dann Maywitz falsch eingeschätzt? Er sah ihn, wie man alle Wessis sah, die in den Osten gekommen waren. Es waren Leute, die alles besser wussten, auf Publicity aus waren, auf Geld, Macht und Besitz. Und ihre Freundlichkeit, die mitunter sogar Ansätze von Herzlichkeit haben konnte, war irreführend, so echt wie Falschgeld.

Feldmann war auch überzeugt, dass es Maywitz gleichgültig war, wen er verteidigte, wenn es nur etwas einbrachte. »Kann sein«, gestand Feldmann vorsichtig ein, »dass ich Ihren Gatten nicht gut genug gekannt habe. Aber im Falle Uwe Marek hat er, menschlich gesehen, eine miese Rolle gespielt.«

Sybille goss Tee ein, warf braunen Kandis hinterher, tröpfelte dicke Sahne in die goldgelbe Flüssigkeit, sie ließ sich Zeit.

»Manchmal denke ich«, sagte sie, »er wusste, dass Marek schuldig war, vielleicht wollte er ihm helfen, ein sauberes Leben anzufangen. Sicher bin ich nicht. Ein unheimlicher Bursche, doch er war sozusagen das Opus ultimum, der letzte Fall meines Mannes, deshalb fuhr ich zu ihm, wollte ihn sehen, mit ihm reden. Ich dachte, er müsse meinem Mann dankbar sein, dass diese Dankbarkeit ihn moralisch verpflichtete, mit mir über den Prozess zu reden.«

»Und, haben Sie was rausgefunden?«, fragte Feldmann.

»Er ließ sich nicht sprechen, er ist, glaube ich, eingeschüchtert. Die Leute setzen ihm zu. Sein Hauswirt hat ihm gekündigt. Er lebt jetzt bei seiner Mutter, eine ungute Atmosphäre, ihr passt das nicht, es passt auch seiner Frau nicht. Sie war übrigens die einzige, mit der man reden konnte. Sie meinte, wenn er sich in der Öffentlichkeit sehen ließe, brächte man ihn um.«

»Ja«, erwiderte Feldmann, »die Leute sind immer noch entsetzt. In ihr Entsetzen mischt sich Wut.«

Sybille Maywitz horchte auf. »Wie wurde das Mädchen denn wirklich umgebracht?«

Feldmann wechselte einen schnellen Blick mit Berg. »Auf eine Weise, über die man nicht gern spricht.«

Er stellte seine Teetasse mit einer raschen Bewegung zurück, ihm schien ein wichtiger Gedanke gekommen zu sein. »Es tut mir leid, Frau Maywitz, wir müssen aufbrechen.« Sie standen auf, verabschiedeten sich.

Sie saßen im Auto. »Verdammt nochmal, warum ist uns nie eingefallen, die Tatausführung der beiden Morde zu vergleichen!«

»Warum sollten wir?«, fragte Berg, »Es sind zwei verschiedene Verbrechensarten, einmal der Sexualmord an einem Kind, dann der Totschlag an einem erwachsenen Mann.«

»Stimmt«, erwiderte Feldmann, »aber es gibt übereinstimmende Merkmale, uns hätte stutzig machen müssen, dass in beiden Fällen der Täter die Opfer würgte, den Kehlkopf zerquetschte, wahrscheinlich um sicher zu gehen, dass sie tot sind. Für uns stand ja immer fest, dass Marek die kleine Laura getötet hat, jetzt bin ich sicher, dass er auch Maywitz umgebracht hat.«

»Ist das nicht zu kühn?«, fragte Berg. »Wo soll das Motiv liegen.«

»Das wird uns Marek gleich erklären.«

»Eine verrückte Geschichte«, sagte Berg, »darauf kann doch wirklich keiner kommen, dass Marek den Anwalt tötet, der ihm zur Freiheit verholfen hat.«

Die Abendbrotzeit war vorüber, als Feldmann an Mareks Tür klopfte. Gerda Marek öffnete. »Nach dem Anschlag von neulich«, sagte die kleine Frau, »ist mein Mann ängstlich. Er hat sich in die Dachkammer verzogen.«

Die alte Frau Marek erschien. »Darf ich fragen, was Sie von uns wollen?«

»Mit Ihrem Sohn sprechen.«

Die Frau nickte, wies wortlos auf die Stiege, die zum Boden des Hauses führte.

Uwe Marek war alt geworden, alt, zerknittert, nervös, aggressiv. Seit Tagen hatte er sich nicht mehr rasiert. Sein braunes Haar war von grauen Strähnen durchzogen. Er sah nicht auf, als die Kriminalisten eintraten, stierte weiter auf den Fernsehschirm, auf dem ein eloquenter Hobby-Koch seine mäßigen Späße trieb.

»Sie haben uns erwartet?«, fragte Feldmann.

Marek schwieg.

»Warum haben Sie Klaus Maywitz umgebracht?«

Die Frage verwirrte Marek, obwohl er mit ihr gerechnet haben musste. Sie war für sein langsam arbeitendes Hirn zu schnell gekommen. »Er hat mich betrogen«, sagte er schließlich. Wieder schwieg er, dann schrie er los: »Was ist das für in Leben, hier in der Bodenkammer. Immer die Angst, am Tag kann ich das Haus nicht verlassen. Haben Sie das Kreuz gesehen, draußen vor der Tür? Ich wollte es zerhacken, die Weiber da unten haben mich daran gehindert. Man würde das Haus anstecken, sagten sie, sie wollen mich quälen, mich leiden sehen.«

»Warum haben Sie Maywitz umgebracht?«

»Er ist an allem schuld, solange der Prozess lief, war ich die Nummer eins, da tanzte er um mich herum, da war ich wichtig für ihn. Er machte alles für mich. Ich dachte, er täte es für mich. Ein Irrtum, er tat es für sich. Durch mich wollte er in die Zeitung kommen, wollte der große Macker sein. Er schmückte sich mit mir wie ein Pfingstochs mit dem Rosenkranz. Ich wollte das Geständnis nicht widerrufen, er hat mich überredet. Ich durfte im Prozess nichts sagen, dabei wollte ich dem Gericht erklären, wie das damals war.«

»Deshalb haben Sie ihn getötet?«

»In der U-Haft hat er mir versprochen, wenn ich erst draußen bin, hilft er mir. Er wollte mir einen Job auf einem Landgut in Bayern besorgen. Dann wäre ich weg aus der Gegend. Er dachte nicht daran, sein Versprechen zu halten. Immer wieder versetzte er mich. Er wich mir aus. Wir verabredeten uns, aber er kam nicht, hundertmal vielleicht. Da jagte ich ihm einen Schrecken ein, sagte ihm, wenn er jetzt nicht Wort hält, gibt es einen Skandal. An dem Tag hatte er plötzlich Zeit, ließ sogar sein Essen in der Nobelkneipe stehen.«

»Was geschah dann?«

»Es gab einen heftigen Streit. Er sagte, er könne mich seinen Freunden in Rosenhain nicht zumuten, nannte mich menschlichen Abschaum, menschlichen Abschaum, haben Sie schon einmal so ein schlimmes Wort gehört?«

»Und?«

»Ich griff, was in der Nähe stand, schlug zu.«

»Was stand in der Nähe?«

»Etwas Schweres, ich weiß es nicht mehr.«

»Als er auf dem Boden lag, traten Sie mit dem Fuß auf seinen Hals. Warum?«

Marek blickte die Kriminalisten zögernd, zweifelnd an. »Habe ich das getan? Ich kann mich nicht erinnern.«

Die alte und die junge Frau Marek hatten an der weit geöffnete Tür gestanden, waren dem Gespräch mit bleichen Gesichtern gefolgt. Sie hielten sich müde am Türrahmen fest.

Als Marek abgeführt wurde, wichen sie vor ihm zurück.

»Ob wir noch bei Lenaus klingeln können, die haben ganz bestimmt ein kühles Bier«, sagte Berg.

»Wir schauen mal, wenn noch Licht brennt, wagen wir es.«

»Die freuen sich, ganz bestimmt.«

»Paula könnte Wedekind heiraten«, überlegte Feldmann, »dann könnte sie in ihre alte Wohnung ziehen. Die ist ja wieder frei.«

Die Kriminalisten klingelten, denn bei Paula war noch Licht.

Leseprobe

aus:
Fritz Erpenbeck, Der betende Engel
Kriminalgeschichten aus der DDR
DIE-Krimi 216
ISBN 3-360-01216-x

Angeschwemmt

Da hatte ich nun endlich meinen Erholungsurlaub«, erzählte mir Peter Brückner, »und ich war froh, in der Sonne am Schwarzen Meer zu liegen, eine Zeitlang nichts zu hören und zu sehen von den Schattenseiten des Lebens. Warna ist herrlich ...!«

»Aber?« fragte ich, denn ich hörte in seinem letzten Ausruf deutlich einen Seufzer mitklingen.

»Aber – da bemerkte ich, wie in der Nähe des Landestegs viele Badegäste zusammenliefen und in die Brandung starrten. Es war gegen vier Uhr nachmittags. Etwas trieb heran. War jemand ertrunken? Vielleicht war noch Hilfe möglich. Ich lief hinzu. Aber da gab es leider nichts mehr zu retten. Der Frauenkörper, der angeschwemmt wurde, war bekleidet, und man brauchte nicht Mediziner zu sein, um zu erkennen, daß der Tod schon vor Tagen eingetreten sein mußte.

Zwei Bademeister zogen den Körper vollends auf den Strand.

›Halt‹, sagte ich und hielt sie davon ab, eine laienhafte Untersuchung nach Papieren oder dergleichen zu beginnen. Ich wandte mich an die Badegäste: ›Bitte, treten Sie zurück, und lassen Sie alles so, wie es ist.‹ Und zu einem der beiden Bademeister, der Deutsch verstand: ›Rufen Sie die Miliz an.‹ Man folgte bereitwillig meinen Anweisungen, obwohl ich – in Badehose wie alle anderen – nicht daran dachte, mich zu legitimieren.

Erstaunlich schnell waren zwei Milizionäre zur Stelle und übernahmen die Sicherung des Fundorts; ebenso erstaunlich schnell trafen die Kollegen der bulgarischen Kriminalpolizei und der Sanitätswagen ein. Es waren noch keine dreißig Minuten vergangen, als am Goldstrand schon wieder das übliche Treiben herrschte. Nur die Stelle, wo die Tote angeschwemmt worden war, wurde sichtlich gemieden.

Als ich abends beim Essen im Restaurant Kaliakra saß, kam ein wohlbeleibter, freundlicher Mann an meinen Tisch und stellte sich vor: ›Major Polaroff‹. Ein bulgarischer Kollege. Er habe in meinem Hotel erfahren, wer ich sei; man habe ihn beauftragt, mich zu fragen, ob ich trotz meines Urlaubs bereit sei, an der Aufklärung des Falls teilzunehmen. Die Tote sei nämlich als Bürgerin der DDR identifiziert worden, und wahrscheinlich würde ich gewisse Zusammenhänge schneller und zuverlässiger erkennen und aufdecken können.

›Zusammenhänge?‹ fragte ich erstaunt. ›Ist denn die Frau nicht einfach ertrunken? Kein Unglücksfall?‹

›Nein. Der ärztliche Befund – Zustand der Lunge und einige Anzeichen am Körper – hat ergeben, daß die Frau gewaltsam unter Wasser gedrückt, also ermordet wurde.‹

Urlaub hin, Urlaub her, natürlich sagte ich meine Unterstützung zu.

Polaroff zog sein Notizbuch. ›Bisher haben wir folgendes festgestellt‹, sagte er. ›Es handelt sich um die siebenundzwanzigjährige Rita Böhme aus Plauen, Chefsekretärin in einer volkseigenen Textilfabrik, vor acht Tagen als sogenannte Einzelreisende, also nicht mit einer Gruppe, eingetroffen. Ihr Hotelzimmer, Nummer dreihundertfünfundzwanzig, teilte sie mit der ihr bis dahin unbekannten DDR-Bürgerin Rita Buhl, zweiunddreißig Jahre alt, Ehefrau eines Gaststätteninhabers in Berlin-Pankow. Die beiden Frauen haben nur wenig miteinander gesprochen. Nun ja, Sie wissen doch, wie das so ist in einem Badeort: Man kommt eigentlich nur nachts zum Schlafen ins Zimmer, tagsüber geht jeder seinen Neigungen nach.‹

Ich nickte. Dann fragte ich: ›Die beiden hatten sich also nicht, wie das doch gewöhnlich geschieht, gemeinsam einen Sonnenschirm am Strand gemietet?‹

›Nein. Fräulein Böhme hatte sich schon während der Herfahrt einem Ehepaar angeschlossen, einem Dresdner Chemiker und seiner Frau; Böttcher heißen die Leute. Frau Buhl aber blieb für sich, fuhr zweimal nach Warna, dann nach Nessebar und einmal per Flugzeug nach Sofia, wo sie einen Tag lang blieb. Sie hatte sich nämlich gleich am ersten Tag einen Sonnenbrand geholt und mied deshalb den Strand.‹

Ich dachte kurz nach. ›Trotzdem ist es auffallend‹, sagte ich, ›daß Frau Buhl niemand benachrichtigte, als ihre Zimmergefährtin zwei Nächte lang nicht erschien. Ebenso wundert mich, daß dem Ehepaar Böttcher nichts auffiel.‹

›Doch, den Böttchers ist es schon aufgefallen, daß ihre junge Bekannte nicht mehr zu dem gemeinsamen Liegeplatz kam; aber schließlich, so sagen die beiden aus, hätten sie angenommen, Fräulein Böhme habe gute Bekannte oder Freunde gefunden und sich denen angeschlossen, vielleicht wolle sie auch aus einem hygienischen Grund oder wegen der starken Brandung nicht baden. Die Ermordete war nämlich Nichtschwimmerin. – Frau Buhl, ihre Gefährtin von Nummer dreihundertfünfundzwanzig, die ich ebenfalls ausführlich vernahm, war ärgerlich. Sie kümmere sich grundsätzlich nicht um das Privatleben anderer Leute, sagte sie, und schon gar nicht um das völlig fremder. Sie habe angenommen, Fräulein Böhme sei mit irgendwelchen Einheimischen bekannt oder befreundet und habe außerhalb geschlafen.‹

Ich schüttelte den Kopf. ›Sagte Frau Buhl, wie sie zu

dieser immerhin etwas sonderbaren Annahme komme?‹

›Ja, sie habe Fräulein Böhme gleich am ersten Abend in der kleinen Hotelbar zusammen mit zwei jungen Bulgaren gesehen. Auf meine Frage, in welcher Sprache sie sich mit ihnen unterhalten habe, antwortete sie, das habe sie wegen der lärmenden Musik nicht hören können, aber sie habe den Eindruck gehabt, daß Fräulein Böhme mit den beiden Männern sehr befreundet gewesen sei und sie einander mühelos verstanden hätten. Die Personenbeschreibung, die sie von den jungen Bulgaren gab – wenn es überhaupt welche waren –, war sehr allgemein, durchaus nichtssagend.‹

Ich schlug dem Kollegen Polaroff folgende Arbeitsteilung vor: Ich würde unter den deutschen Badegästen nach Anhaltspunkten und Verdachtsmomenten forschen; er und seine Mitarbeiter sollten sich nicht zuletzt unter dem bulgarischen Hotelpersonal, den Kellnern, Bademeistern und den Strandarbeitern, um Aufklärung des Falls bemühen.«

Zur Ausführung der Tat mußte ein Boot benutzt worden sein, denn Fräulein Böhme, Nichtschwimmerin, war bekleidet angeschwemmt worden. Wer hatte etwas beobachtet, wer etwas gehört? Nachts waren alle Rettungsboote wie immer ziemlich hoch an Land gezogen, die Riemen entfernt, Hilfsmotoren, mit denen einige Boote ausgestattet waren, demontiert worden. Gab es Fischerboote in der Nähe? Wem gehörten sie, konnten sie unbemerkt von Fremden benutzt werden?

»Es ist doch kaum anzunehmen, daß die Tat tagsüber begangen wurde«, schloß ich.

»Kaum«, bestätigte Major Polaroff. »Dazu sind Strand und Meer bis spätabends viel zu belebt.«

Es wäre sinnlos gewesen, über ein mögliches Tatmotiv zu grübeln. Wir trennten uns. Jeder würde, so machten wir aus, den anderen auf dem laufenden halten.

Während nun die Badegäste eifrig ihren Urlaubsfreuden nachgingen, sich in der Sonne bräunten, im Meer tummelten, abends tanzten, gelegentlich Ausflüge machten, arbeitete ich nicht weniger eifrig, als sei ich in Berlin im Dienst. Ich glaube, es waren fünfzig oder mehr Gespräche, die ich anknüpfte und – meist gar nicht zum Vergnügen der Belästigten – zäh und unbeirrbar durchführte. Leider fast durchweg ergebnislos.

Frau Buhl wußte nicht mehr oder wollte nicht mehr wissen, als sie bereits meinem Kollegen Polaroff erzählt hatte. Sie tat, als sei es eine persönliche Beleidigung, daß sie durch eine zufällige Zimmergefährtin in einen Kriminalfall verwickelt worden war. Sie war eine hübsche, aber kratzbürstige Kleinbürgerin ohne irgendwelche erkennbaren geistigen Interessen. Nein, Bekannte oder gar Freunde habe sie hier keine. Ob sie, fragte ich, Fräulein Böhme für einen besonders unternehmungslustigen Menschen gehalten habe. »Ja«, meinte sie gedankenlos, »denn ein anständiges junges Mädchen bleibt doch nicht nächtelang außer Haus.«

Das Ehepaar Böttcher schilderte Rita Böhme als einen ruhigen, intelligenten Menschen. Sie habe aufmerksam die in der Hotelhalle ausgelegten Zeitungen gelesen und sich über vieles mit ihnen unterhalten. »Auf uns machte Fräulein Böhme den Eindruck eines wohlunterrichteten Menschen; nicht wahr, Helga?«

Seine Frau bestätigte es lebhaft. »Sie war überhaupt sehr sympathisch. Ich kann mir gar nicht denken, daß da, wie man munkelt, irgendwelche Männergeschichten mit im Spiel gewesen sein könnten. Fräulein Böhme wirkte, alles in allem, sehr solide.«

Ganz ähnlich sagten auch mehrere andere Badegäste aus; allerdings hatte niemand die Ermordete näher gekannt.

Endlich stieß ich auf eine Spur. Hinter der Schranke des Empfangsraums im Hotel saß eine ältere Frau, die recht gut Deutsch konnte. Sie erzählte mir: Vor vier Tagen, also kurz bevor Fräulein Böhme verschwunden sei, habe ein Mann nach ihr gefragt und einen Brief – eigentlich sei es nur ein zusammengefalteter Zettel mit der Zimmernummer gewesen – für sie abgegeben. Den habe sie Fräulein Böhme ausgehändigt, abends, vor dem Abendessen. Fräulein Böhme habe das Blatt gelesen, dann aber erstaunt den Kopf geschüttelt und sei gegangen.

»Schien Fräulein Böhme belustigt, betroffen oder aufgeregt?« fragte ich.

»Nein, nur erstaunt.«

»Und was geschah mit dem Zettel?«

»Den stopfte Fräulein Böhme nachlässig in ihre Hosentasche.«

Ich fragte die Frau, warum sie diese Beobachtung nicht längst der Polizei mitgeteilt habe.

Sie zuckte lediglich die Achseln. »Am nächsten Tag war ich dienstfrei, und dann habe ich es vergessen.«

Was das für ein Mann gewesen sei?

»Ein grauhaariger mit kurzgeschnittenem Bürstenbart, nicht groß, nicht klein, nicht dick, nicht dünn.«

»Gut angezogen?«

Daran erinnerte sie sich nicht mehr. Wie er denn gesprochen habe?

»Deutsch, aber nicht richtig.«

»Wieso nicht richtig?«

»Wie wenn er ein Ausländer wäre.«

»Ein Bulgare?«

»Nein, das auf keinen Fall.«

Mehr war aus der recht phlegmatischen Frau nicht herauszuholen.

Ich traf mich mit Polaroff, berichtete ihm und machte, da mittags eine IL 18 nach Berlin flog, den Vorschlag, dort Ermittlungen anzustellen und gegebenenfalls auch Auskünfte von den Plauener Kollegen einzuholen. Natürlich war er damit sehr einverstanden und führte sogleich die erforderlichen Telefongespräche.

Übrigens konnte auch er mir einiges Neue mitteilen. Es war inzwischen ermittelt worden, daß Frau Buhl noch nie in der Bar des Hotels gewesen war. Man legte dem Mixer und seiner mitarbeitenden Frau – beide sehr aufgeweckte junge Menschen – Fotos von Fräulein Böhme vor. »Auch diese Dame war nie hier«, erklärten beide sehr bestimmt.

Noch durchdenkenswerter war für mich etwas anderes. Fischerboote gab es weit und breit keine, wohl aber lag alle paar hundert Meter ein Rettungsboot. Von diesen Booten war, nach einhelliger Aussage des zuständigen Personals, bestimmt keines in der Nacht benutzt worden.

»Bei unseren Nachforschungen«, berichtete mir Major Polaroff, »fanden meine Mitarbeiter einen Bademeister, der aussagte, er habe in der Mordnacht von weit draußen Motorengeräusch gehört, als er schätzungsweise gegen ein oder zwei Uhr austreten ging. Er habe aufs Meer hinausgespäht, aber nichts erkennen können. Er habe sich auch weiter keine Gedanken darüber gemacht, warum auch? Eines aber könnte er mit Bestimmtheit sagen, denn er sei von Beruf Motorschlosser: Das Geräusch stammte keinesfalls von einem Buday-Motor, mit dem viele der Rettungsboote ausgestattet sind, noch von einem der größeren Motorboote des Küstendienstes. Er meinte, es handelte sich um ein schnelles Sportfahrzeug. Ich habe da eine vage Vermutung«, schloß Major Polaroff nachdenklich, »aber Sie werden verstehen, daß ich sie zunächst noch nicht ausspreche ...«

Das verstand ich nur zu gut, denn bloße Vermutungen sind in der Kriminalistik eine sehr zweischneidige Sache.

Polaroff fuhr mich zum Flugplatz, und ich flog nach Berlin. Nicht einmal drei Stunden brauchte die IL 18 für die fast 2000 Kilometer, und schon am übernächsten Abend konnte ich zurückkehren. Ich hatte einiges erreicht.

Über Fräulein Böhme gab es – mittels Fernschreiber eingeholt – nur gute Leumundszeugnisse. Ich fand keinerlei Anhaltspunkte. Anders sah es mit der Familie Buhl aus. In deren Kneipe verkehrten allerlei zweifelhafte Elemente, für die sich unsere Dienststellen schon seit längerem interessierten. Bei irgendwelchen kriminellen Handlungen war Herr Buhl, Biedermann vom Scheitel bis zur Sohle – richtiger von der Glatze bis zu den Filzlatschen –, noch nie erwischt worden. Seine viel jüngere Frau Rita fuhr einen Wartburg de luxe. Woher das Geld kam, war dunkel. Sie hatte, wie ich vorliegenden Berichten unserer Mitarbeiter entnehmen konnte, mancherlei Männerbekanntschaften, von denen ihr Mann zweifellos wußte, die er sogar wohlwollend duldete. Ahnungslos erzählte mir dann Frau Koffke, eine mundfertige Reinemachefrau, an die mich ein Mitarbeiter verwiesen hatte, daß die unternehmungslustige Rita zur Zeit mit einem Kavalier, einem älteren Herrn mit Bürstenbart, vermutlich einem Österreicher, ans Schwarze Meer gefahren sei. »Und da ist noch einer in ihrem Wagen mitgefahren, so ein jüngerer mit viel Geld, ein ganz mieser, frecher Kerl, mit dem die Buhls immer heimlich getuschelt haben, und wenn man in die Nähe kam, dann schwiegen sie plötzlich.« Ich konnte, da mir Frau Koffke emsig half und da die fragwürdigen Kunden des Herrn Buhl in letzter Zeit von unseren Mitarbeitern besonders genau beobachtet worden waren, ziemlich zuverlässig ermitteln, wer dieser »miese, freche Kerl« war: ein aus Magdeburg geflüchteter Buchhalter, nach dem polizeilich gefahndet wurde.

Major Polaroff holte mich in Sofia vom Flugzeug ab. »Ihre Ermittlungen, Genosse Brückner«, rief er aus, nachdem ich ihm berichtet hatte, »decken sich mit den unseren. Wir können zugreifen! Der Zettel, den Fräulein Böhme im Hotel erhielt, ist in einem der Papierkörbe an der Seepromenade gefunden worden, nahe dem Steg. Darauf stand als Anschrift lediglich: Rita B., Zimmer dreihundertfünfundzwanzig, also kein Familienname. Auch im Text nicht, sondern nur: ›Rita, dreiundzwanzig Uhr vierzig an Strand kommen, fünfzig

Meter links vom Landesteg.‹ Da Fräulein Böhme wohl kaum daran dachte, vielleicht nicht einmal wußte, daß auch Frau Buhl mit Vornamen Rita heißt, ging sie, wahrscheinlich auf ein heiteres Abenteuer gefaßt, zum angegebenen Treffpunkt. Was dort geschah, kann ich vorläufig nur rekonstruieren, aber wir werden es bestimmt sehr bald durch die Geständnisse der Täter bestätigt finden: Anstelle der Rita Buhl, die den Lohn für Zubringerdienste ausgehändigt bekommen sollte, erschien – völlig unerwartet – eine junge Frau, die sofort mißtrauisch zu fragen begann: Rita Böhme. Wenn sie an Land blieb, zu schreien begann, war das Unternehmen der Menschenhändler geplatzt. Also zerrten sie die Kerle ins Motorboot und gaben Vollgas. Draußen haben sie dann die gefährliche Mitwisserin bedenkenlos ermordet, denn mitnehmen konnten sie sie so wenig wie zurückbringen.«

»Wohin mitnehmen?« fragte ich verblüfft.

»In die Türkei«, antwortete Polaroff. »Es gibt hier nämlich eine Bande, organisiert und geleitet von einem ehemaligen ungarischen Offizier, welche allen möglichen Verbrechern, kriminellen wie politischen, zur Flucht in die Türkei verhilft. Das Ehepaar Buhl leistet dabei Zubringerdienste, gegen beträchtliche Bezahlung natürlich. Aber nicht mehr lange, und unser Grenzschutz hat die Banditen dingfest gemacht. Die Falle ist bereits aufgestellt. Heute nacht schlägt sie zu.«

»Und Frau Buhl ...?«

»... ist bereits festgenommen. Ohne Zweifel werden sich aber Ihre Dienststellen mehr für sie und ihren Mann interessieren als wir.« Er sah mich lächelnd an. »Wollen Sie die Dame in Empfang nehmen?«

»Nee, danke bestens!« rief ich. »Ein wenig möchte ich nun doch noch meinen Erholungsurlaub genießen.«